民国
演讲

MINGUO YANJIANG

血钟与义旗

民国演讲
第一编

沈钧儒 等 著

中国文史出版社

出版说明

本丛书选取的六百余篇民国时期的演讲，来自社会地位、术业专攻、身后评价不同的近二百位民国人物，政界、军界、商界、新闻界、学术界、教育界、文艺界、民间团体等，无所不包，力求全面地呈现多元化的民国风貌。

本丛书涉及史料庞杂，文章取舍与编排依循一定原则，具体说明如下：

一、本丛书收录的演讲稿，时间范围从 1912 年 1 月起，至 1949 年 9 月末止。全套共分为十编，每一编均以时间为轴，依演讲者出生年月排次；以人物为面，按演讲发表时间排序。每位人物均附生平简介。

二、本丛书收录篇目以演讲为主，其他如宣言、广播稿、采访谈话、讲义以及当众宣读的论文、报告、答辩词等，亦有部分收录。

三、本丛书所选资料来源广泛，多为翻阅国家图书馆及各地方图书馆馆藏民国文献，如民国时期出版的各种文集、报纸、杂志等，经重新录入、点校所得。所收录文章有不同版本者，以出版（发表）时间较早或内容较全的版本为主。

四、本丛书所选之演讲者，均为在其所属领域具有代表性或典型性的人物，但限于篇幅、编者知识水平以及其他种种因素，尚有部分人物演讲未能收录。

五、对于生平演讲颇丰的人物，在筛选其文章时，编者在主题不重叠的前提下，尽量撷取背景、场合、受众不同，且较有内容价值的若干篇目，以求多方位地展现该人物的思想和主张。

六、鉴于本丛书的史料性，编者在进行编校加工时，以尊重原作为基本原则，对于严重违背史实、观点偏激、存在不当舆论导向的个别语句，酌情做删节处理，处理后并不影响原文主旨大意的表达。

七、由于民国时期语言文字、标点的用法与现在有所不同，为方便现代读者阅读，编者在尽量保留作品原貌的情况下，做了如下处理：

（一）繁体字改为简体字。

（二）原文竖排均改为横排。

（三）原文无标点或仅有部分标点的，由编者根据文意断句加标点。原文标点有明显错漏的，编者予以修改或增补。

（四）原文有明显错误、漏缺等情况的，由编者加“〔 〕”，并在六角括号中注明正确或增补的字，以供参考。原文有明显衍字的，由编者直接删改，以免造成困惑和歧义。原文不清、无法辨识且难以根据上下文推断的文字，用“□”表示。其他无从判断正误的情况，不妄作改动。

（五）原文不符合现代汉语写法的词语，如“澈底”、“那末”、“罢”（吧）、“底”（的）等，均按现代汉语习惯写法进行更改，并不影响语句原意。

（六）原文中的人名、地名等的译名以及相关专有名称，在不影响读者理解的情况下，原则上不改为现今通用译名；有碍理解的，由编者作注说明。

（七）凡未标“原注”的注释，均为编者所加。

本丛书卷帙浩繁，尽管尽心竭诚，力求取精用宏，然因我们能力有限，亦难免存在缺失疏漏，热望社会各界批评与指正。

编　者

2019 年 10 月

前　言

民国是新旧思想交替的时代，是中外思潮碰撞的时代，是政治风云变幻的时代，更是文化色彩斑斓的时代。

了解一个人，多是先听其谈吐；了解一个时代，自然也少不得听它的声音。于是，便有了这套“民国演讲”系列丛书——说民国与民国的说；声音的历史与历史的声音。

演讲，即是就某个问题对听众说明事理或发表见解，展示想法或愿景，归根结底是一种交互行为。从某一个角度来说，交互推动进步。人与物的交互刺激发明和创造，比如工具的使用及生产技术的革新；人与人的交互产生人文伦理和传世价值，激发人类去思考良知、理性和社会责任。演讲作为一种人与人之间的交互方式，既能将物质的也能将精神的文明成果集合并发散，承前并启后，抑扬顿挫，精准了当，让讲者内心燃烧，让故事迸溅火花，由是观之，可谓是顶高级的传播艺术。至今为止，这种艺术仍既是经典的，也是前沿的。

我们本着这样的认识和眼光，从瀚如烟海的故纸堆中，拣选出近二百位民国时期来自不同领域的出色人物，收录了六百余篇民国时期的各类演讲。其中一些人物的一些演讲还是第一次进入读者的视野，这样的瞩目当属来之不易。这些演讲作品中，既有关乎济世救国的拳拳之心，或王者之气，或匹夫之责；也有阐述百年树人的教育方略，或家长之情，或师长之意；更有充满文学之妙的作家才情，或指点江山，或陶醉草野。无论是叱咤风云，还是低吟浅唱，无论是逆势反常或是领情会意，无论是节日祝词还是庆生悼挽，都明确无误地引领读者进入了那个年代的景色深处，其中自有仰山之高，悬河之美。

操持数年，自知不免挂一漏万，也还是不肯罢手，一一敛来，旨在使一个时代的演讲作品得以归拢，得以装束，得以排列齐整地成体系地被集结，被收藏，被后人打量、阅读和品味。

既然说的是民国的人、民国的事，自然就回避不了民国的某一些人、某一些事——那些有过态度的和要过态度的、那些受待见的和不受待见的——人和事——也还是听听他们的说。我们通过斟酌与报备，予以选录和保留，以显示这份记载与收藏的确实与丰富。可以说，这是迄今为止收录量最大、编排体系最完备的一套民国演讲作品。

由于对民国时期文化的珍视与体恤，对于个别未能联系上演讲者后人的篇目，我们不忍轻易舍弃，只有将作品先行用之，望有关人士能够谅解，并在见到该书后及时与我们联系，以便奉寄样书和稿酬。

编　者

2019 年 10 月

目　　录

CONTENTS

袁世凯

(1859—1916)

生平简介

袁世凯（1859—1916），字慰亭（又作慰庭），号容庵，河南项城人，故人称“袁项城”。中国近代史上著名的政治人物。早年屡试不第，1881年投靠淮军提督吴长庆，得到提携。戊戌变法期间，伪装赞成维新运动，却暗地出卖维新派，取得慈禧太后的宠信。1899年任山东巡抚，残酷镇压义和团。1900年八国联军侵犯北京时，加入帝国主义策划的“东南互保”。1902年任北洋大臣。1907年调任军机大臣。1909年被摄政王载沣解除官职，归隐河南。1911年武昌起义发生后，被清廷任命为内阁总理大臣。1912年2月12日逼清帝溥仪逊位，隆裕太后接受优待条件，下诏袁世凯组建中华民国；2月15日，南京参议院正式选举袁世凯为中华民国临时大总统；依据《中华民国临时约法》，改总统制为内阁制，大大削减袁的权力，但袁坚持于3月10日在北京就任中华民国临时大总统。为清除异己，袁世凯曾派人刺杀国民党代理理事长宋教仁；为巩固地位，向帝国主义借款，发动内战，扑灭反袁的“二次革命”；为复辟帝制，接受日本提出的灭亡中国的“二十一条”要求。1916年1月1日登上皇帝宝座，改“中华民国”为“中华帝国”，年号为“洪宪”。在声势浩大的反袁护国运动中，3月22日被迫取消帝制。同年6月6日，因尿毒症不治而亡，8月24日正式归葬于河南安阳。

就任正式大总统演讲[①]

1913 年 10 月 10 日

余不才，忝居政界数十年，向持稳健主义，以为立国大本，在修明法度，整饬纪纲，而后应时势之所宜，合人群而进化。故历办革新诸政，凡足以开风气者，必一一图之。但余取渐进而不取急进，以国家人民之重，未可做孤注之一掷，而四千年先民之教泽，尤不可使斫丧无余地！戊申以后，归田课耕，不复与闻政事，生平救国之志，已如过眼烟云。乃武汉事起，为时势所迫，身当其冲，大惧吾国吾民之无以生存，而思减少其痛苦。后清帝逊位，共和告成，以五大族之不弃，推为临时大总统。此种政体，吾国四千年前已有雏形，本无足异；乃事权牵掣，无可进行，夙夜彷徨，难安寝馈。然且忍之又忍，希望和平。乃本年七月间，少数暴民，破坏统一，倾覆国家，此东亚初生之民国，惴惴焉将不保。余为救国救民计，

① 本文是袁世凯在北京紫禁城太和殿发表的演讲，观礼嘉宾有民国政府要员、各国公使、清室代表等。

不得已而用兵，幸人心厌乱，将士用命，不及两月，内乱戡平。极思解职归田，长享共和幸福，而国民会议群相推举，各友邦又以余被选之日，为承认之期，何敢高蹈鸣谦，以致摇动国基，负我父老子弟之期望！盖余亦国民一分子，耿耿此心，但知救国救民，成败利钝不敢知，劳逸毁誉不敢计，是以勉就兹职。今将以余极诚恳亲爱之意，与我国民一言之：

西儒恒言，立宪国重法律，共和国重道德，顾道德为体，而法律为用。今将使吾民一跃而进为共和国民，不得不借法律以辅道德之用。余历访法美各国学问家，而得共和定义。共和政体者，采大众意思，制定完全法律，而大众严守之；若法律外之自由，则共耻之。此种守法习惯，必积久养成，如起居之有时，饮食之有节，而后为法治国。吾国民性最驯，唯薄于守法之习惯。余望国民共守本国法律，习之既久，则道德日高，而不自知矣。

又共和国以人民为主体，人民大多数之公意，在安居乐业。改革以后，人民受种种刺激，言之惨然，余日望人民恢复元气，不敢行一扰民之政，而无术以预防暴民，致良民不免受其荼毒，是余引为憾事者也。余愿极力设法使人民真享共和幸福，以达于乐利主义之目的。国民生计日戚，迫于饥寒，暴民之尤狡者，利用此等贫民，驱之死地，可悯之至。欲国之长治久安，必使人人皆有生计。而欲达此目的，则必趋重于农工商。余闻文明国头等人物，往往愿为实业家。吾国天时地利，不让诸强，徒以垦牧不讲，工艺不良，矿产林渔，弃货于地，无凭贸易，出口日减，譬诸富人藏窖，而日日忧贫。余愿全国人民，注意实业，以期利用厚生，根本自固。

虽然，实业之不发达，厥有二因：一在教育之幼稚；一在资本之缺少。无论何项实业，皆与科学相关，理化之不知，汽电之不讲，人方以学战、以商战，我则墨守旧法，迷信空谈。余愿国民输入外国文明教育，即政治、法律等学，亦皆有实际而无空言。余对于教育之观念如是。

实业非资本不办，以吾国地质之膏腴，物力之丰富，岂得谓贫？生人所需，不出衣食住之属，金钱其筹码耳。但金钱不足，无以为兑换之资，缺少金钱，犹缺少筹码，故欲备一切实业之开办，资本不得不仰诸富有筹码之乡邻。迨地利既辟，无旷土，无游民，所借资本母子相生，除偿还本利外，尚有盈余，比诸藏窖而忧贫苦者如何？故愿吾国输入外国资本，以振兴本国实业。

夫输入外国文明与其资本，是国家主义，而实世界主义。世界文明之极，无非以己之有余济人之不足，使社会各得其所，几无国界可言。孔子喜言大同，吾国现行共和，则闭关时代之旧思想，必当扫除净绝。凡我国民，既守本国自定之法律，尤须知万国共同之法律。与各国往来，事事文明对待，万不可有歧视外人之意见，致生障碍，而背公理。迩来各国对我政策，皆主和平中正，遇事诸多赞助，固征世界之文明，尤感友邦之睦谊。凡我国民，务当深明此义，以开诚布公，巩固邦交为重。本大总统声明：所有前清政府及中华民国临时政府与各外国政府所订条约公约，必应恪守，及前政府与外国公司人民所订之正当契约，亦当恪守。又各外国人民，在中国按国际契约及国内法律并各项成案成例已享之权利并特权豁免各事，亦切实承认，以联交谊，而保和平。凡我国民，当知此为国际上当然之理；盖我有真心和好之证据，乃能以礼往来也。

余之所以告国民者，此其大略也，而又重言以申明者，仍不外道德二字。道德范围广大，圣贤千万语而不能尽其词。余所能领会者，约言之，则忠信笃敬而已。

忠之本义，忠于一国，非忠于一人也。人人以国为本位，勿以一身一家为本位，乃能屈小己以利大群，其要在轻权利重义务，不以一己之权利妨害国家之大局，而义务心出焉！是谓忠。

孔子云：“民无信不立。”文明各国，有以诈欺行为诮人者，其受辱若挞之于市朝。华盛顿幼时，受其父教，即不作诳语。吾国向重信义，近来人心不古，习为侜张，立身且难，何况立国？前清曾国藩云：“立身以不妄语为本。”故无论对内对外，必当以信。

何谓笃？文明各国，保存国粹，虽一名一物，唯恐或失，不害其进化之速也。吾国向以名教为大防，经四千年之胚胎变化，自有不可磨灭者存；乃或偏于理想，毁弃一切，不做实事，专说大话，未得外国之一长，先抛本国之所有，天性硗薄，传染成风，本之不存，叶将焉附？故救之以笃。

何谓敬？有恒心然后有恒业，人而无恒，则有事时犯一乱字，无事时犯一偷字，职业所在，惰气乘之，万事败坏于悠忽之中，而无人负责，徒为旁观嘲讽之语，而己之分内事，转漠然不察，始外古人敬事二字，有味乎其言之也！故去傲去惰，必以敬。

以上忠信笃敬四字，余矢与国民共勉之！日诵于心，勿去于口。盖是非善恶，为立国之大方针，民之好恶，虽不尽同，而是非善恶，必有标准，大致奉公守法者则为是为善，越礼犯义者则为非为恶。余愿国人有辨别心。人亦有言，文明日进，则由俭入奢，是已，若以贫弱不堪之国，不学他人之文明，而唯学其奢华，是以病夫与壮士斗也！近岁以来，国民生活程度日高，而富力降而愈下。国奢示俭，古人言之，余愿国民于道德中尤注意于俭德。

总而言之，法律与道德同时并进，则共和之国度，乃稳固而不摇。至国防问题，吾国正在休养生息之时，尚非武力竞争之时；唯余所切切于心者，海陆军人以服从命令为义务，以保护人民为天职，各将领谁不知之？而此二者，颇为近日风潮所鼓荡，未能完全收效，是余统率之责，有未尽也。此后当于精神教育十分注意，以对于人民。

故余以最诚挚亲爱之意申告于国民曰："余一日在职，必一日负责！顾中华民国者，四万万人民之中华民国也，兄弟睦则家和，全国之人同心同德，则国必兴。余以此祝我中华民国焉！"

黎元洪

(1864—1928)

生平简介

黎元洪（1864—1928），字宋卿，湖北黄陂人，故人称“黎黄陂”。中华民国第一任副总统、第二任大总统。1883 年入天津北洋水师学堂学习，1906 年擢升暂编陆二十一军统领。1911 年武昌起义后被革命党人强迫推举为湖北都督。1912 年元月，中华民国临时政府在南京成立，黎元洪被选为副总统兼领鄂督。1913 年支持袁世凯镇压“二次革命”。同年 10 月，袁世凯、黎元洪分别当上正、副大总统。黎元洪又支持袁世凯解散国会，破坏《中华民国临时约法》，兼任御用的参政院院长。后袁世凯迫黎元洪赴京，被安置在瀛台，与之结为儿女姻亲以控制之。1915 年袁世凯复辟帝制，册封黎元洪为“武义亲王”，黎元洪坚辞不就。1916 年 6 月，袁世凯死后，黎元洪继任大总统，宣布恢复约法，召集国会，但实际权力则为国务总理、皖系军阀段祺瑞所掌握。黎元洪不甘于受段摆布，形成“府院之争”。段祺瑞利用张勋将黎驱走，由副总统冯国璋代行大总统。1922 年 6 月，直系军阀曹锟、吴佩孚赶走皖系总统徐世昌，请黎元洪复职。黎元洪复任总统后无实权，次年 6 月再度辞职，退出政坛，移居天津投资实业。

继任大总统就职宣言[①]

1916年6月7日

现在时局艰难，补救之方，以遵守法律为主。元洪谨本前大总统救国救民之意，继任职务。嗣后一切设施，自应谨遵法律办理。惟元洪武人，法律知识较浅，尚望诸公同心协力，匡我不逮，无任感盼。

---

① 1916年6月6日，正值端阳佳节，袁世凯因尿毒症去世，民国元首出现了短暂的真空。次日上午10时，黎元洪在东厂胡同就职大总统，并将继任一事通告中外，再次表示维护共和国体和建设法治国家的愿望：“自惟德薄，良用竞竞，唯有遵守法律，巩固共和，期造成法治之国。”

附录：

武昌起义祭天演讲[①]

1911年10月15日

黄帝四千六百零九年仲秋月下浣之四日，曾孙黎率国民军，用牲洁酒，敢昭告于天地、山川、河海与我汉族祖宗之前。曰：惟我汉族，神明之裔。沦于胡羯，二百余年。汉人实耕，满奴食之；汉人实织，满奴衣之。以四百万犬羊之种，凌驾于四百兆主人之上，缚我手足，服以胡服。而令我跪拜俯伏，以供犬马奴隶之役。吸我膏血，藏之私库，而纵其骄淫嗜欲，以筑宫室池台之游。私河山为自有，取财赋若家珍。罪大恶极，擢发难数。

缅维我祖，或教稼穑，或制衣裳，或平水土，或定礼乐。艰难缔造，四千余年。彼沙漠小丑，饮酪卧毡，乃敢盗窃神器，肆虐滔天。此天地、山川、河海与我祖宗之灵所共照也。

自庚子以来，天诱民衷，祖宗来格，义旗废举，未奏肤功。盖其积恶未稔，则删除维也。兹湖北伪督瑞澂，收我汉族军械，欲用满奴之百人，歼我国民全军。义声一动，万众同心。兵不血刃，克复武昌。

---

① 本文是黎元洪在湖北武昌阅马场对武昌起义官兵的演讲。

我天地、山川、河海、祖宗之灵，实凭临之。元洪投袂而起，以承天庥。以数十年群谋众策，呼号流血所不得者，得于一旦，此岂人力所能及哉？日来搜集整备，即当传檄四方，长驱漠北，吊我汉族，歼彼满奴，以与五洲各国立于同等。用顺天心，建设共和大业。凡我汉族，一德一心，今当誓师命众。日朗云空，天容如笑，江清波静，山川有光。伏惟歆享，不尽血诚。谨告。

孙中山

(1866—1925)

生平简介

孙中山（1866—1925），名文，字载之，号日新，又号逸仙；在日本从事革命活动时曾化名中山樵。广东香山（今中山市）翠亨村人。中国近代民主革命的先驱，中国国民党的创始人，民国第一任临时大总统。1892 年毕业于香港西医书院。在行医的同时，结纳反清秘密会社。1894 年在檀香山组织兴中会，以“驱除鞑虏，恢复中华，创立合众政府”为奋斗目标。1895 年在广州组织起义，事泄失败，逃往海外。1905 年与黄兴等人以兴中会、华兴会为基础，创建同盟会，被推举为总理，以“驱除鞑虏，恢复中华，建立民国，平均地权”为同盟会的纲领，并提出“民族、民权、民生”的三民主义主张。此后在国内外发展同盟会组织，联络会党、新军、华侨，壮大革命力量，先后在广东、广西、云南等地多次发动起义。1911 年 10 月 10 日，在他和同盟会的影响下，革命党人发动了武昌起义，起义胜利后各省纷纷响应。同年 12 月下旬回到国内，被推举为中华民国临时大总统，1912 年元旦宣布就职，不久辞职。1913 年 7 月发动“二次革命”，失败后流亡日本。1914 年在日本组织了中华革命党，被推举为总理。1919 年将中华革命党改组为中国国民党。1924 年 1 月组织召开了中国国民党第一次全国代表大会，通过了新的党纲，确定了“联俄、联共、扶助农工”三大政策，同年 11 月，应冯玉祥、段祺瑞、张作霖之邀，抱病北上共商国是，翌年因肝癌在北京病逝。遗著有《孙中山选集》《孙中山全集》《国父全集》等。

中华民国临时大总统宣言书[①]

1912 年 1 月 1 日

中华民国缔造之始，而文以不德，膺临时大总统之任，夙夜戒惧，虑无以副国民之望。夫中国专制政治之毒，至二百年来而滋甚，一旦以国民之力踣而去之，起事不过数旬，光复已十余行省，自有历史以来，成功未有如是之速也。国民以为于内无统一之机关，于外无对待之主体，建设之事，更不容缓，于是以组织临时政府之责相属。自推功让能之观念以言，文所不敢任也；自服务尽责之观念以言，则文所不敢辞也。是用黾勉从国民之后，能尽扫专制之流毒，确定共和，以达革命之宗旨，完国民之志愿，端在今日。敢披沥肝胆，为国民告：

国家之本，在于人民。合汉、满、蒙、回、藏诸地为一国，即合汉、满、蒙、回、藏诸族为一人。是曰民族之统一。

武汉首义，十数行省先后独立。所谓独立，对于清廷为脱离，

① 本文是孙中山在南京就任中华民国临时大总统时的演讲。

对于各省为联合，蒙古、西藏意亦同此。行动既一，决无歧趋，枢机成于中央，斯经纬周于四至。是曰领土之统一。

血钟一鸣，义旗四起，拥甲带戈之士遍于十余行省。虽编制或不一，号令或不齐，而目的所在则无不同。由共同之目的，以为共同之行动，整齐划一，夫岂其难？是曰军政之统一。

国家幅员辽阔，各省自有其风气所宜。前此清廷强以中央集权之法行之，遂其伪立宪之术；今者各省联合互谋自治，此后行政，期于中央政府与各省之关系调剂得宜，大纲既挈，条目自举。是曰内治之统一。

清朝时代借立宪之名，行敛财之实，杂捐苛细，民不聊生。此后国家经费取给于民，必期合于理财学理，而尤在改良社会经济组织，使人民知有生之乐。是曰财政之统一。

以上数者，为政务之方针，持此进行，庶无大过。

若夫革命主义，为吾侪所昌言，万国所同喻。前此虽屡起屡踬，外人无不鉴其用心。八月以来，义旗飙发，诸友邦对之抱和平之望，持中立之态，而报纸及舆论尤每表其同情，邻谊之笃，良足深谢。临时政府成立以后，当尽文明国应尽之义务，以期享文明国应享之权利，清朝时代辱国之举措与排外之心理，务一洗而去之，与我友邦益增睦谊，持和平主义，将使中国见重于国际社会，且将使世界渐趋于大同。循序以进，不为幸获。对外方针，实在于是。

夫民国新建，外交、内政，百绪繁生。文自顾何人，而克胜此！然而临时之政府，革命时代之政府也。十余年来，从事于革命者，皆以诚挚纯洁之精神，战胜所遇之艰难。即使后此之艰难远逾于前日，而吾人唯保此革命之精神，一往而莫之能阻，必使中华民国之基础确定于大地，然后临时政府之职务始尽，而吾人始可告无罪于国民也。今以与我国民初相见之日，披布腹心，唯我四万万之同胞共鉴之！

尊师重教[①]

1912 年 5 月

今日广东女子师范第二校开会，欢迎兄弟到校，兄弟对于此校，极为赞成。唯有一言为诸君告，现在中华民国成立伊始，万种事业皆由此时发起，由此时举办。凡为中华民国之人民，均有平等自由之权。今民国既已完成，国民之希望甚大，然最要者为人格。我中国人民受专制者已数千年。近二百六十余年，又受异族专制，丧失人格久矣。今日欲回复其人格，第一件须从教育始。中国人数四万万人，此四万万之人皆应受教育。然欲四万万人皆得受教育，必倚重师范，此师范学校所宜急办也。而女子师范尤为重要。今诸君发起此校，诚得要务。因中国女子虽有二万万，唯于教育一道，向来多不注意，故有学问者甚少。处于今日，自应以提倡女子教育为最要之事。诸君今既成立此女子师范第二校，生徒达百七十人，将来此百数十人，各担荷教育之事，希望固甚大也。

---

① 本文是孙中山在广东女子师范第二校发表的演讲。

唯必有学识，方可担任教育。盖学生之学识，恒视教师以为进退，故教师之责任甚大。兄弟今日唯望诸君谨慎小心，养成国民之模范。即教育乃可振兴。教育既兴，然后男女可望平权。女界平权，然后可成此共和民国。但今乃军政时代，正宜上下一心，补救政府，巩固教育，诸君能竭力维护，兄弟有厚望焉。

团结奋进，实行民生主义[①]

1912 年 8 月

兄弟此次北来，于南北同胞有无穷之希望。盖共和虽说成立，而国本尚是动摇。国本动摇皆由人心不能巩固，故欲巩固国本必先巩固人心。今五党合并，兄弟切望诸君同心合志，破除党界，勿争意见，勿较前功，服从党纲，修明党德，合五党之力量气魄，以促民国之进行。是中华民国前途之无量幸福。即有他党反对，我党亦宜以和平对付，绝不宜为鹬蚌之争。中国当此危急存亡之秋，只宜万众一心，和衷共济。五党合并，从此成一伟大政党，或处于行政地位，或处于监督地位，总以国利民福为前提，则我中华民国将可日进富强。故兄弟于五党合并，有无穷之希望也。再者，现时人心总以军人破坏共和为虑。据兄弟看来，此次共和既由军人赞成，则军人绝无破坏共和之事。吾人苟心志坚定，以国家为前提，决可不

① 本文是孙中山在国民党成立大会上的演讲。

怕军人武力干预政事。军人如家主雇用之武士，以防外患者也。设家主父子不能相安，甚至杀人放火，则武士亦不忍坐视矣。故家主自能治家，然后武士自知防外患，军人固用以防外患，绝不致用武力干预内政，以破坏共和。

政党均以国利民福为前提，政党彼此相待应如弟兄。要知文明各国不能仅有一政党，若仅有一政党，仍是专制政体，政治不能有进步。吾国帝皇亦有圣明之主，而吾国政治无进步者，独裁之弊也。故欲免此弊，政党之必有两党或数党互相监督，互相扶助，而后政治方有进步。故政党者虽意见之不同、行为之不同，要皆为利国福民者也。今五党合并，诸君皆当持此观念，则民国前途永无危险之象。

我同盟会素所主张者，有三主义：一民族主义，二民权主义，三民生主义。今民族、民权已达目的，唯民生问题尚待解决。北方同胞误会吾党民生主义，以为劫富济贫，扰乱社会秩序。此荒谬绝伦，公理上绝无此事，富人幸勿恐怕。要知民生主义，富人极应赞助提倡之。何则？民生主义盖防止富人以其富专制害贫民。譬如英、奥等国，君主国也，而政治之进步与民主国无异，因君主虽有君主之位，而不能干预政治专制害民故也。民生主义即以富人虽富，不使以其富害贫人，犹之君主虽有君主之位，无君主之权以害人民也。吾国受君主专制之苦，尚未受资本家之苦。举一例以明之，美国资本家以买空卖空手段，以十万元之股票吸收人民数百万元之现金，致人民不能聊生，此即资本家以富毒害人民之法也。吾国资本家尚无，然不可不预为富人劝告，预为贫人防备。此即民生主义也。

男女平权，本同盟会之党纲。此次欲组织坚强之大政党，即据五大党之政见，以此条可置为缓图，则吾人以国家为前提，自不得不暂从多数取决。然苟能将共和巩固完全，男女自有平权之一日。否则，国基不固，男子且将为人奴隶，况女子乎？

坚忍冒险，发愤图强[①]

1912年10月

去年今日，为武昌举义之日，即中华民国开始之第一日。其时余在美国，同志居正君有电达香港黄克强先生，托余筹款助饷。余阅电文，知革命军已得武昌，不胜欣喜。从前在广州、惠州、河口等处革命事业，种种失败，皆因同志过少，未达目的。自广州失败后，乃运动武昌军界，一举而成此大事。所以然者，国民有坚忍心，武昌军界有冒险心，无畏难心之效力。但民国虽成立，而今尚在危险时代，内乱未靖，外患顿闻。譬之建造大厦，基础已定，尚待建筑。愿吾同胞，自今以后，亦须有冒险心、坚忍心，协力赞助政府，以造成地球上头等大国，是鄙人深望于诸君者也。

吾国向来闭塞门户，不与外人往来。暨后中外通商，愚民又常行排外主义。继见彼海陆军之优，器械之精，转而生畏惧心。然排外与畏惧，两端皆非。要知凡事须论公理，放胆而自行公理，不必

① 本文是孙中山在上海寰球中国学生会武昌起义纪念会上的演讲。

更有一毫畏惧心。前年英、脱开衅，英有精兵四十万，甲于寰球，而脱之全国人数，亦不过四十万，且军士皆以农夫充之。英国何难一举而灭脱，而所以不能即胜者，因脱人有合力、坚忍、无畏之心，而能恃公理以敌强权也。嗣后各大国渐知强权不敌公理，遂不敢侮慢小国，故地球上各小邦，尚能久立而不亡。

中国数千年来，本一强大之国，唯守旧不变，故不及欧美各国之盛强。满人入关后，愈形衰弱，渐渐招列强之侮。近数年间，留学外洋者日多，初则见彼国种种景物，顿生乐观之念。继见彼种种较吾国为强，乃生悲观之念，甚至悔心废学，以求一死者有之。但处于今日，不当有悲观之念，务须坚忍冒险，发愤求进。即士、农、工、商，见吾侪能忍受如此，亦必愤志图强。如是，则中国前途大有冀望。故"畏惧"两字，自今日起，消灭无有，从兹专心一致，合力以助新造之民国。今年今日，为去年今日举行纪念。愿时年今日，全球各国为吾中国举行纪念。

民国建设[①]

1913 年 2 月

今日中华民国留东全体学生诸君开此大会，欢迎兄弟，兄弟实为欢喜！数年前，兄弟屡次到东京，时常蒙学生诸君热心欢迎。但今日诸君之欢迎，与从前之欢迎，其心理上大有不同之点。从前所以欢迎兄弟之心理，都是愤恨满洲政府种种压制、种种腐败，欲将身家性命置之度外，以图推翻清朝腐败政府，造成革命事业，以建设完全美满之中华民国，与世界列强对峙。所抱持的纯是一种牺牲的主义，本欢迎革命之精神，推而欢迎兄弟。现在，从前诸君之志愿，已经达到。此次兄弟到东，是民国成立后的第一次。兄弟从前提倡革命的时候，一般学生诸君，大半热心赞助革命。究竟革命事业能成功不能成功，那时非所料及的。彼时学生诸君，前途绝无希望。国家前途，甚为危险。未光复之先，我辈均受制于专制政府之下，非我族类，横暴不堪。处此极端压制，民权不克伸张，俯首帖

① 本文是孙中山在东京中国留学生欢迎会上的演讲（节录）。

耳，任人摧残，刀俎听命，鱼肉听命。从实质上观察之，我辈不过是亡国之遗民，我汉族实无国家存在于亚东大陆上。而外忧日迫，瓜分豆剖之危机，在昔不过虚言恫喝，近且见之实行。清朝政府又服膺“宁赠朋友，不予家奴”之格言，对外则一味恭顺，对内则万般防遏，我辈几不免二次亡国之惨。所以大家志士，都不惜牺牲性命，以求急切之改革，而还我自由之幸福。今日清朝政府既经推倒，革命事业已告成功。民国初基已粗称底定，我国之前途实大有希望。但破坏之后必须建设，恢复秩序，巩固邦基。学生诸君必要为中华民国妥筹健全之方法，担负建设的责任，以措国家于磐石之安，方不负从前革命的一种伟大志愿。盖破坏固宜急进的，建设亦宜急进的。破坏之事业并不甚难，只要持极端的牺牲主义，坚忍做去，即能收效。欲筹建设，虽无破坏时代的危险，仍必与破坏时具同一之精神。

建设事业，不仅要与破坏时代持同一之牺牲主义，并且要一绝大学问。欲求此种建设的学问，必须假以时期，或十年，或六七年之苦心研究，方能应用。不比破坏事业，只要不顾身命，冒险做去，即可以办得到的。所以从前学生之责任，与现在诸君之责任，大有悬殊。从前诸君，是求急切的破坏的；今日诸君，是要求急切的建设的。从前因汉族沦亡，我辈憔悴虐政，无立足之余地，纵有绝大学问，无处可见之实用。即为满洲政府所罗致以供奔走，亦不过一种奴隶学问，究竟不能发抒其长。故彼时一般有志之士，均不愿专心求学，以为异族之用。一心从事于革命事业，奔走呼号，不畏斧锁，都是因为救国心的热度比较求学心的热度更高的缘故。

彼时学生诸君当初来东时之志愿，未尝不是想求大学问，但爱国爱同胞之心，人所共有，一到东京，即受熏陶。又感于外界之种种激刺，因国家危险之景象，日益迫切，不忍死心塌地，消磨锐气于学问上，只得将求学之心，暂行抛开，专坚持铁血主义，练习冒险精神。希望将清朝政府推倒之后，再求学问，以遂初心，而为建设新国家之用。故宁肯弃学问而不顾，专图革命的进行。此次革命成功，抛弃学问热心救国之学生诸君的勋劳，实居多数。

今日幸民国成立已有二年，大概规模粗具，然政治上之设施，千头万绪，纷如乱丝。我们试想一想，成立虽将二年，内政外交，究竟有一件可称为完备的吗？此种原因，都是因为缺乏人才的弊病。处此时代，急要精进学问，以图根本上之改良。诸君在东京留学，应该立定一绝大志愿，研究学问。不比从前学生有革命的事业纷扰其心志，不能专心致志于学业。诸君今日求学之机会，比较从前学生求学之机会，实优万倍。务望矢志求学，如从前学生愿牺牲性命，以做革命事业的一种坚忍心，百折不挠，将来必能求得优美专门学问，以福祖国。这是兄弟所期望的！

中国今日之现象，如拆屋改造，旧者已经破坏，新者尚未健全，庶政繁多，动需时日。试观吾国历史，每一朝代之更替，必经三四代之设备，始得稍稍完全。破坏事业与建设事业，成就于一人之手者，实所罕见。今日民国成立已历二年，种种设施虽不甚完备，然求之历史上，已经是收效最速的了。我辈不可谓中国不可为。我辈抱如何之希望，思如何之幸福，必须矢志求之，以餍吾人之希望，以购吾人之幸福。

今日吾国工商各界，均陷于艰难恐慌之现象。一般平民心理上，多谓革命党从前所说的，革命后人民有多少之幸福，不革命有如何的危险，都是一种骗人的话。今日既经革命，我们生计反一日不如一日，实不及未革命的时候，尚能得过且过。此等言论，究竟是昧于大势，将革命事业，看得太容易了。

纵观古代革命的历史，成功最速者，莫如姬周。尔时不过京畿地方，归天子直辖，其余悉归诸侯统治，整理尚自易易。然必至成王定鼎洛汭，始克底平。其后暴秦无道，陈胜、吴广之徒起而推翻之，后演成六国分立，楚汉战争之恶剧，生灵遭其涂炭者，不知凡几。历许久时间，始得统一，而内政之整顿，犹必待之文景。自是厥后，历代莫不皆然。迨至明朝，驱逐元胡，创种族革命，亦经过多年战争。建设事业，亦历数代，始具规模。即此可见革命之不易，建设之尤难。我国此次革命，不过数月即告成功，吾民之幸福，实在保全不少。唯建设事业，历二年之久尚无头绪，实因从前未培养人才之故。

现在欲维持中华民国，必人人负建设之责任。建设事业，必须学问，实所赖于学生诸君！诸君在此留学，需要认真研究学问，不可同从前留学生一样。从前的留学生，大概分为两派：其一派鉴于祖国之危亡，异族之凭陵，废弃学业，奔走革命；其又一派，既不能与革命诸志士一致进行，又不能研究实学，只想弄一个方法，混一纸文凭，以夸耀乡里。这也难怪他们。此辈人见中国事已不可救，革命事业，自己扪心揣度，又做不来，求了学问，又无用处，无法可想，只好鬼混一辈子。将来中国不幸瓜分，横竖中国是已经亡过一次的，随便做哪一国的顺民、哪一国的奴隶，都是无甚紧要的，只要有一个吃饭的所在就是了。

今日诸君，不可如前日之分为两派。当此建设之始，需才孔急，量才器用，各尽其长。大才有大用，小才有小用，只要有真正学问，不愁没用处的。况且破坏事业已告成功，从前希望均已达到，将来之希望，即是建设事业。正好安心在日本留学，用数年工夫，求数年学问，以为建设之用。在此留学诸君，需要立一种决心，就是从前学生，一种牺牲性命的心。此种决心求学，将来成就正未可量。迨学成学问，为中华民国求幸福，非为一人求幸福，必须存牺牲自己个人之幸福，以求国家之幸福的心志，社会始可改良。诸君现在之地位，在中华民国四万万人之上，将来做成事业，必也要在四万万人之上，方不愧今日之地位！

学问志愿，两种并行。有学问而无志愿，不徒无益，而反有害。诸君志愿，须求大家之利益，办大家之事业，不必计较私人之利害。究竟大家享幸福，大家得利益，则我一人之幸福、之利益，自然包括其中。此之谓人道主义、社会主义。

从前学说，准物质进化之原则，阐发物竞生存之学理。野蛮时代，野兽与人类相争，弱肉强食，优胜劣败，弱者劣者，自然归于天演淘汰之列。故古来学说，只求一人之利益，不顾大家之利益。今世界日进文明，此种学理，都成野蛮时代之陈谈，不能适用于今日。今日进于社会主义，注重人道，故不重相争，而重相助，有道德始有国家，有道德始有世界。

近日社会学说，虽大昌明，而国家界限尚严。国与国之间，不能无争。道德家必愿世界大同，永无争战之一日。我辈亦须存此心理，感受此学说。将来世界上总有和平之望，总有大同之一日，此吾人无穷之希望，最伟大之思想。

吾中华民国，为世界最伟大之国。土地人民，为诸国冠。不过因近二百年受制异族，文明退步，国势凌夷。外国遂谓中国为野蛮，实属大谬。今日革命成功，祖国前途，大有可为。各国相待，亦异往昔。盖我中国以最短促之时间，成就最伟大之事业，为地球上亘古所未有。而我中国国民，从前本来无国家思想，忽然发生此种事业，建设共和国家，自外人眼光观之，很觉奇怪，究竟不晓得是真共和，是假共和。这种心理，实在是把中国数千年之文明忘记了。中国此次之革命，就是恢复数千年历史上之文明。从前中国文化，限于亚东一小部分，不能扩张。今日得一种高尚完全之政体，政体既改良，人民道德亦必随之改良，方可表示共和政体之真相。

在上海欢迎美国议员团时的演说

1920 年 8 月 5 日

中国现在是在极端混乱的状态里头。这三年之间，南北打仗。现在南边又分为云南、广西两部；在北边也就最近有直隶、安徽两派的战争。中国自古以来，再没有这样混乱的了。这个情形，似乎由坏变到更坏，卒之弄到许多国民绝了想出解决中国问题方法的希望为止。

然而在我相信，这问题如果循着正路走去，一定有解决法找得出的。要解决中国问题，须先晓得三层：

一、这个不是纯然关于外国人的问题。二十年前，中国当八国联军占领北京的时候，随着他们喜欢怎样处置，几乎瓜分了去了。有许多国赞成立刻瓜分中国，但是，当时美国国务员约翰海发出一件通函到各国，从此这个问题就打消了。若使现在的中国问题，仍旧纯然关于外国人，那外国政治家们，立刻可以想出一个解决法。

二、这个问题，又不是纯然关于中国人的问题。中国人常常自己弄妥关于中国人自己的问题，不要他人干预。他们可以把那独裁的政体变作民国，而且一切关于内政的问题，中国人自己可以解决得了。

三、这个问题是复合的问题，不专关于中国人，又不专关于外国人，实在是两个混合起来的，所以顶难解决。一定要先把种种情形研究清楚，才能找出解决法。如果你看定了这个问题的性质，那找解决这个问题的关键，倒是很简单的。

我已经看出了如何才能够停止中国现在的混乱。这个问题解决的关键，就是废除二十一条款。如果这二十一条款能够废除，就再没有混乱了。

二十一条款是什么东西呢？许多人都想着以为这单纯是日本蚕食中国的。如果真是这样，那不过很简单的一个问题。因为一个统一的中国，尽可以对抗日本的压迫。然而实在这个条款，是由中国人起的。袁世凯有意承认日本这些特权，作为日本帮袁世凯做中国皇帝的代价。当初，日本还是逡巡犹豫，不敢提出这么激烈的条款。当时日本的外务大臣加藤高明男爵，预先留心查察袁氏是否可以答应。等到他看清袁氏愿意答应之后，他就要求袁氏绝对守秘密，在日本未提出以前，不许泄露这个条款的内容。及至提出了以后，新闻泄露了出来，中国人、外国人，各方面纷纷起来反对，就是袁氏自己的人也反对起来。袁氏于是乎告诉日本政府，教他始终坚持，遇有必要的时候，就出兵来显一显武力。日本听了袁氏的策划，就派兵到中国来。当时日本人民都攻击日本政府这种无名举动，那日本首相就声明，这只是满、鲜驻屯军期将满，所以政府派兵去交代。这个完全是饰词，因为这些兵，是在所要的期间两个月前派出去的。但是日本首相就以此压制了国中的反对。

然而在中国，袁世凯就把日本派兵当作直接威吓，他好教中国人相信他，除非答应了二十一条款，不然，日本就用武力。此种顶深的密谋，从来公众没有晓得的。却是除了了解这种事实以外，要寻中国问题的正当解决法，真是困难。

当时，日本舆论以为这个是日本政府外交上大失态，所以加藤外务大臣逼着要辞职。

中国全部的人，虽然一致反对这件事，袁世凯却命令他的首相、现做北京总统的徐世昌，和他的外交总长陆征祥，签订了硬把二十一条款压在中国上头的协定。等到二十一条款成为已成事实，日本人民也不再责备政府了。

这二十一条款所决定的，差不多完全把中国主权让给日本了。在这种协定底下，中国就要成了日本的附属国、日本的陪臣国，恰和日本从前在高丽所用方法一样。

二十一条款签押以后，日本军阀和政治家就起手整理他东三省和中国其他地方上面的优越权。此时日本政府看清了他们可以用外交来征服中国。于是乎英国只管有很可以注目的努力，来拿中国加进协商国里头去，日本却禁止中国，不许他参加世界大战争。

然而世界上的事情忽然变了，美国和德国绝交，并且请中国照他的样子做去。许多中国的有识者，都说这是从日本手里头救出中国来的唯一道路了。北京政府决定了跟随美国之后，不多几天，上海的日本总领事跑来找我，传一个消息给我说：“他的政府要求中国和日本连起来，而且对德宣战。”我问他日本政府为什么忽然间在这件事上变更政策，他不能够满足答复我。我就立刻十分担心，晓得日本这种新动作，是有一个阴险的事情藏在里头。我告诉日本总领事说：“我赞成日本维持中国中立的老政策，但是要用我的十二分力量，来反对日本把中国放在日本保护底下来参战的新计划。”

我那时看出日本不能希望单拿外交来征服中国，就在请中国参战这个表面名称里头，打算着用军事统辖来征服中国了。我晓得这是没有救的，因为所有协商的国家，都要中国参战的。所以，他们不知不觉就帮了日本在中国上面得了军事的统辖。

我所能够走的，只有一条路，就是把中国拉开做两半。那北京政府已是因为盲从日本，给他缚住了。我就在广州建立一个政府，果然能够牵制着日本军阀的计划。日本政府随着段祺瑞的意思，供给饷械，想打灭我们南边。我们虽然拿着很缺乏的军装，而且内中不一致（因为南方军阀常常听北京来的指挥），然而还能够做到成一个要顾虑的抵抗。等到战斗起了以后，南方军阀看见舆论主张太强，逼着也要走到我们这一边来了。

谁知欧洲大战忽然间完了。五强国连日本也在内，递一个共同劝告书到南北两政府去，劝告速成国内平和，那中国就可以作为一个统一国家，派代表到巴黎和会去。经过若干犹豫之后，两边政府的议和代表派出到上海来了，和议开了。

在这当中，日本军阀已经想出了征服中国的成案，就是用中国的军阀来征服中国。于是制造出两个军阀头子来：在北京的军阀头子是段祺瑞，另外又做一个军阀头子在奉天。这个奉天军阀头子张作霖，得了日本的帮助，所以能够扩张他的势力，现在已经有三十万兵。段祺瑞所管的兵约有十万，于是乎中国的兵力，就在日本的统辖底下。当和议开的时候，我主张恢复合法国会，容他行使法律上的职权。因为照约法，一切外国条约要经国会批准，才有效力。我晓得这合法国会是不会批准二十一条款的。我的目的，就是用国会的行动来废除二十一条款。北边不肯答应恢复国会，撤回北方代表，自然上海和会从此而止了。

此后不久，段祺瑞起首对我接头，他说：“南北战争，就是他和我的战争；其余南北他种军队，都是中立的。”他求我提出可以做平和协定基础的条件。我提给他第一个条件，就是废除所有对日密约。关于这一件，我和段祺瑞由个人代表来交换意见，将近一年，到底段氏允了我的条件，答应废除军事协约。于是我和我的同僚商量，发一个宣言，声明我们准备照从前一样的条件做基础，来重开上海和会。当时，段氏就拿个人名义方式复一个电，又由边防处发一个通电，宣言军事协约作废。从此引起最近的北方纷乱，结局成为段氏的失败。

段氏是被两种势力打破的，一种是吴佩孚做头领的排日势力，一种是张作霖做首领的亲日势力。吴佩孚是有全国舆论和外国的力量帮助的，许多人都以为段氏一打倒，这个情势总好一点。然而现在我们看清了，这是由不好走到更不好去。正是跳离了热锅，跳进了火炉。我的用日本所练的边防军，来打日本的计划，自从段氏失败以后，就消灭了。

不论现在有什么商量在这里进行，我们对于留存二十一条款的条件，万不承认。二十一条款和军事协约，是日本制的最强韧的铁锁链，来绑中国手脚的。实行二十一条款之统一的中国，就是日本把中国整个征服去了。我们革命党，一定打到一个人不剩，或者二十一条款废除了，才歇手。中国的大混乱，是二十一条款做成的，如果废除了它，就中国统一马上可以实现。

把这复杂的问题，详细研究过之后，我们晓得这个不是单纯的中国人问题，也不是单纯的外国人问题。所以要各种力量都并合起来做功夫，连中国人、连日本人中间的民主分子，都要算进去，帮助废除二十一条款。

用笔比用剑还有力，这是约翰海的通函能够防止瓜分中国，所已经证出的。我相信你们有名誉的团体，跟着我所指出的方向，发出好议论，也一定一样有力。所以我请你们议员团员帮忙解决这中国问题。

你们不久要到日本做客了。我相信你们可以用你们做人客的好力量，倡导废除二十一条款。这就是解决中国问题的唯一方法了。

在香港大学的演说

1923 年 2 月 19 日

我此时无异游子宁家，因香港及香港大学，乃我知识之诞生地也。我本未预备演说，但愿答复一问题，此问题即前此屡有人向我提出，而现时听众中亦必有许多人欲发此问者。

我以前从未能予此问题以一相当答复，而今日则能之。问题为何？即我于何时及如何而得革命思想及新思想是也。我之此等思想发源地即为香港，至于如何得之，则我于三十年前在香港读书，暇时辄闲步市街，见其秩序整齐，建筑宏伟，工作进步不断，脑海中留有甚深之印象。我每年回故里香山二次，两地相较，情形迥异，香港整齐而安稳，香山反是。我在里中时竟须自做警察以自卫，时时留意防身之器完好否。我恒默念：香山、香港相距仅五十英里，何以如此不同？外人能在七八十年间在一荒岛上成此伟绩，中国以四千年之文明，乃无一地如香港者，其故安在？

我曾一度劝其乡中父老，为小规模之改良工作，如修桥、造路等，父老韪之，但谓无钱办事。我乃于放假时自告奋勇，并得他人之助，冀以自己之劳力贯彻主张。顾修路之事涉及邻村土地，顿起纠葛，遂将此计划作罢。未几我又呈请于县令，县令深表同情，允于下次假期中助之进行。迨假期既届，县令适又更迭，新县官乃行贿五万元买得此缺者，我无复希望，只得回香港，由市政之研究进而为政治之研究。研究结果，知香港政府官员皆洁己奉公，贪赃纳贿之事绝无仅有，此与内地情形正相反。盖内地官员以贪赃纳贿为常事，而洁己奉公为变例也。我至是乃思向高级官员一试，迨试诸省政府，知其腐败尤甚于官僚。最后至北京，则见清朝政治下之龌龊，更百倍于广州，于是觉悟乡村政治乃中国内地政治中之最清洁者，愈高则愈龌龊。

又闻诸长老，英国及欧洲之良政治，并非固有者，乃人经营而改变之耳。从前英国政治亦复腐败恶劣，顾英人爱自由，众曰："吾人不复能忍耐此等事，必有以更张之。"有志竟成，卒达目的。我因此遂作一想曰："曷为吾人不能改革中国之恶政治耶?"

中国对于世界他处之良好事物皆可模仿，而最要之先着，厥为改变政府。现社会中最有力之物，即为一组织良好之政府，中国则并无良政府，数百年来只有败坏一切之恶政府。我因此于大学毕业之后，即决计抛弃其医人生涯，而从事于医国事业。由此可知我之革命思想完全得之香港也。

我既自称革命家，社会上疑义纷起，多所误会，其实中国式之革命家，究不过抱温和主义，其所主张者非极端主义，乃争一良好稳健之政府。我经多年之工作组织，卒将清朝推倒，而建立一民国以代之。民国成立仅十二年，然自愿存在，必永久常在无疑。在此十二年间，困难至多，人民深遭痛苦，乃责革命家之造乱，谓旧地君主较优于今。然此事实漠视数重要问题，凡民国以人民为主人，我之目的，即在使中国四百兆人皆跻于主人地位，而如何取得此地位之法，一般人似皆未知之。此次改革如造屋然，旧屋已倒，新屋未成，而造成之后，幸福无量。今日之痛苦，实极小之代价而已。

中国以外，革命家之同志甚多，而反对者亦不少。反对派人谓中国改造民国之机会尚未成熟，以恢复帝制为宜。然十二年来复辟企图已有二次，一为袁世凯，一为清帝，均经失败。夫民国政治之未成功，乃因尚未全上轨道，而在过渡中耳。果欲中国长治久安者，必须首先完成此工作，即必须将新屋建造竣工。革命党所遭反对元素甚多：第一为满人，力图扑灭新思想；第二为官僚，务与革党为敌；第三则为军阀。必此等阻力悉除，中国始能永久平安。

党人今仍为求良政治而奋斗，一俟达此目的，中国人民即将满足而安居。试观海峡殖民地与香港，前者有华人一百万有奇，后者有华人六十万，我等未往该两地之前情形如何不必论，今则皆安居乐业而为良好公民，可见中国人民乃容易管理者也。

学友诸君乎！诸君与余同受教育于此，并在同一之学校，吾人必须以西国为模范，以共和之良政治传播于中国全国。

在广州对国民党员的演说

1923 年 12 月 30 日

诸君：

这次国民党改组，变更奋斗的方法，注重宣传，不注重军事。今日提出一个问题来：为什么奋斗的方法要注重宣传，不要注重军事呢？

大家知道我们革命的方法，自推倒清朝以后，都是注重军事，以前是注重宣传。这个原因，是在后来组织军队的机会比从前多。说起功效来，是哪一样大呢？自然是宣传奋斗的效力大，军事奋斗的效力小。譬如就武昌起义说，表面上虽然是军事奋斗的成功，但当时在武昌的军队是清朝训练的，不是本党训练的，因为没有起义之先，他们受过了我们的宣传，明白了我们的主义，才为主义去革命。所以这种成功，完全是由于宣传奋斗的成功。假若武昌的军队丝毫没有受过宣传，不明白革命的道理，专由本党另外起一支兵，打那一些清兵，想把他们尽数消灭，他们一定拼命来和我们反抗，那么，我们的革命恐未必能够成功。或者我们有了一支兵，对于我们的兵士绝不注重宣传，兵士丝毫不知为什么要革命的道理，拿这一种军队来和清兵奋斗，那么，胜负之数也未可必。至于武昌起义当时能够达到目的的道理，完全是由于清朝军队的自动，一经发起，便马到成功。那些清兵有自动力的根本原因，全是由于我们宣传的效果；他们受了宣传，都赞成我们的主义，所以便不来和我们反抗。像这样用敌人的军队来做我们的事业，所收的效果，该是何等大呢！自清朝推倒了以后，我们便以为军事得胜，不必注重宣传，甚至有把宣传看作是无关紧要的事。所以弄到全国没有是非，引起军阀的专横，这是我们不能不负责任的。现在我们要再图进步，希望我们的革命主义完全成功，便要恢复武昌起义以前的革命方法，注重宣传。所以这次改组以后，便要请大家向宣传一方面去奋斗。

我们用以往的历史来证明，世界上的文明进步，多半是由于宣传。譬如中国的文化自何而来呢？完全是由于宣传。大家都知道中国最有名的人是孔子，他周游列国，是做什么事呢？是注重当时宣传尧、舜、禹、汤、文、武、周公之道。他删诗书，作《春秋》，是为什么事呢？是注重后世宣传尧、舜、禹、汤、文、武、周公之道。所以传播到全国，以至于现在，便有文化。今日中国的旧文化，能够和欧美的新文化并驾齐驱的原因，都是由于孔子在二千年以前所做的宣传功夫。再像佛教，自印度流行到亚洲全部，信仰的人数比哪一种教都要多些呢，都是由于释迦牟尼善于宣传的效果。再像耶稣教，从前自欧洲传到美洲，近代传到亚洲，流行于中国，世界上到处都有他们的教堂。这样普遍的道理，也是由于耶稣教徒善于宣传。宗教之所以能够感化人的道理，便是在他们有一种主义，令人信仰。普通人如果信仰了主义，便深入刻骨，便能够为主义去死。因为这个原因，传教的人往往为本教奋斗，牺牲生命亦所不辞。所以宗教的势力，比政治的势力还要更大。

我们国民党要革命的道理，是要改革中国政治，实行三民主义和五权宪法。我们的这种主义，比宗教的主义还要切实。因为宗教的主义，是讲将来的事和在世界以外的事；我们的政治主义，是讲现在的事和人类有切肤之痛的事。宗教是为将来灵魂谋幸福的，政治是为眼前肉体谋幸福的。说到将来的灵魂，自然是近于空虚；讲到眼前的肉体，自然有凭有据。那么宗教徒宣传空虚的道理，尚可收到无量的效果，我们政党宣传有可凭据的道理，还怕不能成功吗？

要政治上切实的道理实行出来，统共有两种方法：一是用武力压逼群众，强迫去行——中国古时政治变更大多数都是用这种方法；二是靠宣传，使人心悦诚服，情愿奉令去行——这种方法在中国历史上不多见。中国实行改革政治的人，最大的毛病都是自私自利，许多英雄豪杰都想要做皇帝。从前创成独裁制，不专用武力的，只有汤武革命。他们始初用七十里和百里的地盘做根本，造成良政府，让全国人都佩服。所以后来用兵，一经发动，便东面而征西夷怨，南面而征北狄怨，全国人都是很欢迎的，不专用兵力便统一中国。他们当初要造成良政府，让人佩服的事业，便是注重宣传。后来全国人欢迎，不和他们反抗，便是因为受过了宣传。所以当时中国人民，便享几百年幸福。后人都说他们的革命，是“顺乎天应乎人”。到了现在，人类的政治思想极发达，民权的学说极普遍，更不可专用兵力。必要人人心悦诚服，都欢迎我们的主义，那才容易成功。革命成功极快的方法，宣传要用九成，武力只可用一成。我们国民党这几年用武力的奋斗太多，宣传的奋斗太少。此次改组，注重宣传的奋斗，便是挽救从前的弊端。

诸君担负宣传的任务，应该有恒心，不可虎头蛇尾，今日热心奋斗，明日便心灰意冷。因为要人心悦诚服，不是一朝一夕、一言一动能够收到效果的，必要把我们的主义，潜移默化，深入人心，那才算是有效果。我们要能够收到这种效果，便非请诸君对于宣传做继续的功夫不可。如果不能继续做去，便是不明白革命的道理。假若真明白了革命道理，便有恒心。因为革命是有目的的，要达到一定的目的，便不致中途废止。我们一定要达到这种目的，那就是我们的志气。

无论什么人做事，都有一种志气。古人说："有志者事竟成。"用这一句话对个人说，大概在市井之上熙熙攘攘、往来不绝的人，都是志在发财。他们究竟能不能够得志呢？有的能够做富翁，是得志的。但是这种志气过于自私自利，和别人的利害相冲突，便容易被人消灭，所以大多数的人，都是不能得志。有一种志气，是大家公共的志，众人都向此做去，便容易成功，所谓"众志成城"。像革命党从前想推翻清朝，到后来果然建设民国，那才算是"有志者事竟成"。

就推翻清朝而论，从前太平天国也有这种志愿，当时何以不成功，原因是在什么地方呢？洪秀全自广西金田村起义，打过湖北、江西、安徽，建都南京，他们的革命本来可以成功的。因为后来曾国藩、左宗棠、李鸿章那一班人出来破坏，所以失败。清朝因为能够利用曾国藩、左宗棠、李鸿章那一班人，所以他们的天下还能够维持。曾国藩、左宗棠、李鸿章都是汉人，洪秀全也是汉人。洪秀全所反对的本是满人，不是汉人。但是当时汉人知道要反对满人的很少，所以汉人便自相残杀，弄到结果，满人坐收渔人之利。自明朝汉人亡国之后，排满的举动不知道有多少次，失败的原因，都是汉人自相反对。如果汉人不反对，太平天国的革命便老早成功了。

辛亥年武昌起义，全国战事不过两三个月，便大功告成；太平天国打了十几年仗，还是不能成功。当中的原因，全是由于汉人自己不维持。辛亥年汉人知道自相维持，所以清朝的江山一推便倒；太平天国时汉人不知道自相维持，所以终洪秀全之身，总是推清朝不倒。汉人不知道自相维持的道理，是由于全国汉人不明白满汉的界限。辛亥年全国汉人明白了满汉的界限，所以武昌的汉人一经起义，便没汉人再来反对汉人，去维持满人的天下。国人明白不明白满汉的界限，是由于主持革命的人有没有普遍的宣传。当辛亥年武昌没有起义之先，我们革命党老早发明了民族主义，一班有思想的人都拿这种主义对全国宣传，一传十，十传百，大众一心，向前奋斗。弄到后来，人人都知道要光复汉族，非排去满人不可。故武昌起义之后，便没有汉人再去帮助满人。满人没有汉人的帮助，他们的江山怎样能够保守呢？

像辛亥年汉人排满，这种人人要做一件事的力，叫作“群力”。这种群力是很大的。因为中国的大事业太大，要用四万万人的力才容易做成功，不是一两个人的力可以做得到的。因为一两个人的力有限。譬如一个人可出力一百斤，搬运货物到十里路远，每日可搬运十次，那么，用十个人的力，每日可以搬运一千斤；用一百人的力，每日便可以搬运一万斤。如果用四万万人，一日可以搬运多少斤呢？四万万人在一百日内，又可以搬运多少斤呢？因为没有四万万人可以同时搬运货物的事实，所以这种群力是怎么样伟大诸君还不易明白。我们可用动物的群力来证明一证明。

各种动物用力，可分作两种：一种是用孤力的。像一虎在山，群兽空谷。虎是不能合群的，它所用的力是孤力。他项走兽，如狮如豹都是一样。一种是用群力的。动物中天性最合群的是蚂蚁，它们合居的有时可到几千万。蜜蜂合居的也是极多，并且很有条理，它们住在一窝之中，都是分职任事：有做窝的，有觅食的，有采花的，有看门的，有酿蜜的，并有做首领的，叫作蜂王。好像国家一样，有行政、立法、司法种种人员，毫不紊乱。做起事来，既不侵越权限，又能够互相帮助。至于蚂蚁所用的群力，更容易看出。譬如我们在郊外步行，遇到风雨的时候，常见无数蚂蚁，用泥做成一条极长的隧道，以遮风雨而便出入。如果那样的工作是一个蚂蚁去做，那么，它用极微的力，搬运极微的泥尘，要做成一条长隧道，应该要多少时间才可以成功呢？但是用无数的蚂蚁都去搬运泥尘，同力合作，积少成多，便可以在短时间之内，做成很长的隧道。

人的天性和动物的天性不同，多数人能合群，但是群性的程度不及蜜蜂和蚂蚁。譬如许多蜜蜂同住一处，它们在一群之中，各司其事，彼此对于职务不互相侵犯，亦不互相规避，总是各尽各的职务，始终去做。好像守门的蜂，尾上藏有蜂虿，知道它的职务是保护全群安全的，如果遇到强暴来侵犯同群的安全，它使用尾刺激，拼命抵抗，就是牺牲生命也是不辞。这种奋斗精神，真是视死如归。这种视死如归的特长，不是教成的，是它生成自然而然的，可以说是天性。人便没有这种天性。像当兵的人，必要受过了许久的教练，然后才能应战；到了临阵的时候，还有计及生死利害，违反他的职守的。近来文明国的兵士，虽有死守职守、不计利害的，但是他们的天性淳厚还是不及蜜蜂。至于中国的兵士，更是比不上。俗话常说：“好铁不打钉，好子不当兵。”要他们成好兵士，必须经过许久的教训，才勉强有用。如果说到忠心一层，和蜜蜂比较，更是差得远。蜜蜂赋有天生合群的性质，一群之中，各司其事，不必加以训练，是自然而然的。人亦赋有多少天生合群的性质，但须加以训练，然后合群的性质才有进步；进步到极点，还是不及蜜蜂。蜜蜂实行天赋的特性，勇往向前，毫无顾虑。人便每每因后天的训练没有娴熟，容易丧失先天的特性。因为这个缘故，人类中常发生许多弑父贼子，自相残杀。蚂蚁和蜜蜂之中，便没有这种现象。

我们要求中国进步，造成一个三民主义、五权宪法的国家，非用群力不可。要用群力，便要合群策群力，大家去奋斗，不可依赖一人一部分，用孤力去做。用孤力做去，所收效果是很小、很慢的。民国成立以后，生出了袁世凯、赵秉钧那一班官僚来。那班官僚在清朝的时候本来是很听话的，初到民国来也是忠于共和，奉命维谨不敢犯法。到了后来犯法，这个原因是在什么地方呢？因为推倒清朝之后，成立民国，那班旧官僚还不知道民国是什么东西；人民又不知道怎样做主人，去监督他们。而在专制的时候，有皇帝做主人，可以管理他们。他们怕皇帝的威权，革他们的官，所以他们便甘伏于奴隶之下。到了民国，人民本是主人，应该有权可以监督他们的，但是初次脱去奴隶的地位，忽然升到主人的地位，还不知道怎么样做主人的方法，实行民权。所以他们便目无主人，胡行乱为。革命成功，创造民国，原是先觉先知奋斗出来的，普通人民还不知其所以然。当民国初成立的时候，他们还怕那班先觉先知来干涉，有时候还是不敢乱为。到了后来，官僚和军阀连成一气，他们便更有胆量来把持政权，违法乱纪，无所不为，不是袁世凯做皇帝，张勋复辟，便是曹锟拿钱买总统做，用武力反叛民国。所以弄到今天，不是人民的国家，完全是官僚和军阀的国家。人民的天性，本来没有蜜蜂和蚂蚁的天生长处，所以能够变好的原因，多半由于学习。普通人要学习，便是因为不知。先觉先知的人要他们知，便应该去教，教便是宣传。一传十，十传百，百传千，久而久之，便可传到四万万。如果四万万人都明白了我们的主义，他们便欢迎我们去建设中华民国。要做到这样的伟大事业，只有本党才有这个力量。因为本党是有主义的，别党没有主义，所以他们便做不到。

造成一个国家，是从何而起呢？何为国家呢？国家，是人人生死所在的地方。国家的基础，是建筑在人民思想之上。世界上现在何以多是民国呢？从前何以都成帝国呢？因为人民的政治思想，各有不同。改革国家，并不是要把所有的江山都要改变。好像改革广东一样，并不是要把白云山搬到河南①，把东江、西江、北江都要改变河道的方向。只要改造人心，除去人民的旧思想，另外换成一种新思想，这便是国家的基础革新。国家有了新基础，那么好像做新屋一样，只要屋基筑成，以后做墙上梁，还有什么大困难呢！

本党的三民主义，便是无形中改造人民思想的。何谓三民主义呢？简单地说，便是民有、民治、民享。详细地说，便是民族主义、民权主义和民生主义。这三项主义的意思，是要把全国的主权，都放在本族人民手内；一国的政令，都是由人民所出；所得的国家利益由人民共享。这三项意思，便可用民有、民治、民享六个字包括起来。五权宪法是根据于三民主义的思想，用来组织国家的。好像一个蜂窝一样，全窝内的觅食、采花、看门等任务，都要所有的蜜蜂分别担任，各司其事。总而言之，三民主义和五权宪法，都是建国的方略。建设一个国家，好像是做成一个蜂窝，在窝内的蜜蜂，不许有损人利己的事，必要井井有条，彼此毫无冲突。我们将来的国家，做到了民有、民治、民享，便是世界上最安乐的国家；在此国家之内的人民，便是世界上最安乐的人民。

---

① 河南：指广州在珠江南岸的市区。

我们要达到这个目的，不是现在广东少数的国民党员可以做得成功的。必要应用群力，请全国人都同心协力去做，那才容易成功。要全国人都同我们去做，便要他们明白我们做事的主义。如果不然，他们不但不同我们去做，并且还要反对我们。像做外族人的奴隶，本来没有人甘心情愿的。但是从前的汉人，不知道做中国皇帝的是从外来的满人，所以曾国藩、左宗棠那一班汉人，便情愿去做满人的奴隶，来反对汉人。因为他们在那个时候，只知道忠君大义，清朝深仁厚泽，他们是不能反对的。不知道有满汉的界限、民族的思想，不知道满人来做汉人的皇帝，是不能不反对的。所以他们一生做外族人的奴隶，反以为荣耀。到了辛亥年，全国汉人思想便和从前大不相同，所以武昌革命一经发起，便全国响应。我们见到此地，所以从事革命，便要宣传我们何以要革命的主义。

从前宣传民族主义，推翻清朝，很有功效。我们现在从事宣传，必要把民权主义和民生主义，同民族主义一样地注重。不过从前宣传民族主义的时候，有汉人同满人的比较，很容易教人明白；现在宣传民权主义和民生主义，难找到一个简单的比较，很不容易教人明白。因为环境可以束缚人的。譬如老监犯，在牢内住了十几年，如果一时把他放到外边，教他回去，他仍然是回到老监牢。因为他在监牢住久了，习惯成自然。如果回到监牢内去，便觉得很自然；若是到别的地方，便觉得不自然。再者，大家都知道美国最著名的南北战争，是由于黑奴制。当时美国南方有几百万黑奴，北方是工商业的省份，南方是农业的省份，因为有了许多黑奴，便可以替他们去耕种。战争的原因，是北方主张人道主义，要求人人平等，不可有奴隶的制度，想用政府筹一大宗款去赎那些黑奴；南方主张人民有财产保护权，黑奴是他们的财产，政府不能干涉，反对北方的主张。因为这项争端，便发生南北之战。后来北方胜利，南方失败，实行放奴，让那几百万黑人自由。那些黑奴初放出之后，便一时无所措手足，觉得诸事都不方便。以为自己从前做奴隶的时候，所有的衣食住，都有主人办到非常完备，那个时候的生活是很安乐的。一旦脱离了主人，自己便不知道怎么样可以谋衣食住，一时的生活便觉得痛苦。诸君都知道美国有两个大伟人，一个是华盛顿，一个是林肯。林肯之所以出名，是由于放黑奴。黑奴到现在才知道要感谢他，但当初放出来的时候，不但不感谢他，并且还要谩骂他。当时有许多黑奴常痛骂林肯说："我们从前是很安乐的，为什么他要来害我们呢?"我们革命党推翻清朝，把人民由奴隶的地位超度到主人的地位；现在做了主人，不但不来感激，因为暂受目前的痛苦，反要来谩骂。常有人说："我们从前是很安乐的，自革命之后，国乱民穷，要有真命天子出世，或者清朝复辟才好，民国真是没有用啊!"试问从前的人见了官要打屁股，现在不受这种刑罚，只就这一件事说来，民国到底是好不好呢?我们要人明白民国的好处，必要用普遍的宣传去感化人，万不可专用兵力去压制人。如果专用兵力，就是一时成功，还不能根本改革人的思想，变更人的习惯。好像现在陈炯明的军队投北，陆荣廷的军队也投北，他们为什么要投北呢?因为他们的思想，以为北京从前出真命天子，那才是真的，民国是假的。再像民国六年陆荣廷到北京，还要去向宣统叩头。这种改不了的奴性，和美国的黑奴当初放出之后，一时还失不了奴性的道理，是一样的。我们要从根本上改变他，便要想法子去感化他。感化就是宣传。

大家担负这种任务，所用的方法必须临机应变。好像现在因为关余问题，外国人用兵船来示威，我们要和他们反抗，便要应用民族主义。要说明民族主义，是很容易的。说明民权主义，较困难。

至于要说明民生主义，那更困难。许多人从前只知道民族主义，现在才知道民权主义。讲到民生主义，现在还有许多人不知道的。我们担任宣传的，自己先要明白才好。如果不然，便是以盲导盲，都不知道是从哪一条路走。

从前革命没有成功以前，广东人有一句俗话，可以包括民生主义。这句话是欢迎民生主义的，很可以用来做群众宣传的材料。因为普遍的宣传，是要对极无知识的群众去演讲。普通人极欢迎的心理，是在什么地方呢？拿他们心理上极欢迎的话去演讲，便可感动许多人，不必费很大的力量，便可收很大的效果。这句话不是我们革命党说的，是普通人民自己造出来的。这是一句什么话呢？就是"革命成功，我们大家有平米吃"。这句话是很有道理的。因为革命成功了，如果实行民生主义，国民真是有平米吃。现在的米比从前的还要贵，大家不要以为就是革命成功之后，实行了民生主义的效果。这个米贵的道理，是因工价抬高的缘故。我们广东的工人，从前没有团体，近来因为知道了被东家压制，便组织种种工会，去反抗他们；遇到和东家冲突的时候，便罢工，要求加工价、减时间。这种方法是从外国传来的。外国的工人要求加工价，是因为他们的工业发达，工厂极大，普通一个工厂，一年可以得几百万利息。像上海前几年的工厂，一百万资本，每年可以得两三百万利息。外国像这一样大的工厂，每年也可以得几十万利息。外国的工人因为生活成本太高，便结起团体来，和厂主商量，只许厂主赚若干，其余都要分到工人。这项情形宣传到中国来，我们的工人，不管工业情形是怎么样，也是一样照行。不知道中国没有极大的工厂，只有做散工的劳动。他们还要求加工价，所以百物昂贵，米也随之而贵。这是我们革命党提倡人民自由的结果。要补救它，有什么方法呢？

欧美补救的方法，在资本家一方面的，是工价加高，货价也抬高。这不是根本的解决。他们现在所想的根本解决，是社会革命。中国的工业还没有发达，罢工的事，在外国可行，在中国不可行。

我们革命成功之后，要有平米吃，究竟用什么方法可以做到呢？外国人想做的方法，是工人同农民合作，不要商家做经纪、赚佣钱，便可省却许多消耗费。这件事是要大家去做，政府加以提倡，便容易成功。广州此刻米贵，最大原因是商家垄断，有中饱的弊端。要除去这项弊端，便要工人同农民合作。要工人和农民知道怎么样合作，便要去宣传这个道理。现在我们的工人，大多数都是有知识的，很容易宣传，难处是在要农民知道。米出于农民，原价一元直接可以买二十斤，间接向商家去买，用银一元只可买米十斤，中间被商家赚了一半。要米价平，便要工人同农民办一合作社，用工人所做的器具，交换农民所出的米，省去商家的中饱，那样米价便可以平。外国实行这种方法，最有成绩的是英俄两国，他们所办的合作社，大约有几千万人。我们如果仿照英俄两国的方法去行，便有平米吃，工人和农民也可以多得钱。要达到这种目的，必要有团体去行。要有团体，便要劝他们入党，入了党之后，才可以请师父来教。我们把这个方法怎么样去行，实行了以后做成一个什么国家，并不是难事。难处是由于不知，不是不能行，是由于不知道怎么样去行。孟子说，挟泰山以超北海，非不行也，是不能也；为长者折枝，非不能也，是不行也。我们如果彻底地知了，再去又行，那就是“为长者折枝”，不是“挟泰山以超北海”。[①]

---

① 《孟子》原文是：“挟泰山以超北海，语人曰‘我不能’，是诚不能也；为长者折枝，语人曰‘我不能’，是不为也，非不能也。”（见《孟子·梁惠王上》）

我们想要造成一个有条理的国家，就是像蚁巢和蜂窝一样。蚂蚁和蜜蜂还有这种组织能力，人为什么没有这种能力呢？人为万物之灵，所有的知识，比较什么动物都要高一点，是应该有这项能力的。我们现在担任国事的人，把国家应该做的大事一概不理，只知道争权夺利，自相残杀，为什么还不如蚂蚁、蜜蜂呢？如果不知道国家是什么东西，只要去看蚁巢和蜂窝。古人说："人饥己饥，人溺己溺"；"天下兴亡，匹夫有责"。国家之内，一物不得其所，便是我们的责任。大家都是国民党员，应该担负这个责任，用宣传去奋斗。从前所以不能行的缘故，是由于不知。蜜蜂和蚂蚁，本来也是不知，但是他们有天生的长处。不过他们的长处，各个的蚁与蜂只限于一件事，我们人类是什么事都可以做得到的。譬如从前以为人总不能像鸟雀一样飞到天上，现在的人坐在飞机中，直达云霄，是不是飞上天呢？飞上天都可以做得到，别事还不能做吗？古人说"知易行难"，我的学说是"知难行易"。从前中国百事都腐败的原因，是由于思想错了。自我的学说发明以后，中国人的思想便要大改革。拿我的学说去做事，无论什么事都可以做得到的。

中国现在是最贫弱的国家。像葡萄牙那样小的国，尚且派兵船来示威。连葡萄牙那样小的国，我们还要怕他。讲到我们从前的时候，本来是很富强的，像唐朝，各国都派人来留学，万国来朝。日本从前是很贫弱的，也受过了像我们白鹅潭一样的大耻辱，到了近来才富强。所以能够富强的原因，是由于维新。如果我们立志要国家富强，方法是有的，就是方法一时想不通。只要百折不回，一往向前去做，总是可以做得成的。像飞机，不是一次做成了便可以飞的，是经过了好几次的改良，才完全成功。不过首先要立一个志愿，照那个志愿去做，总是不改，将来的结果一定是有希望的。

今天我希望国民党员的，是要诸君立志，于十年之内把中国变成世界上顶富强的国家。只要诸君有了志愿，方法是很多的。中国从前是富强的，英法现在是富强的，学一国富强的方法便够了。如果自己真没有方法，便可以请师父。像大沙头的那班青年飞机师，从前本不知道怎么样飞，但是请外国技师来教，所以学到现在，便飞得很好。但诸君须先有这项志愿。自己有了这项志愿，还要去宣传自己的志愿，推到四万万人都有这项志愿。如果人人都有了相同的志愿，便能够学蚂蚁和蜜蜂，合群策群力去行。

我们这次革命，一定是能够成功的。不过要大家先有这项志愿，立定恒心去做。如果弄到成功，把中国建设好了，大家便有平米吃。到了有平米吃，中国便是世界上顶安乐的国家，诸君便是世界上顶享幸福的人民。我们要做到这个地步，不可专用兵力，因为兵力只可以用来做破坏的事，不可用来做建设的事。要做建设的事，便要有主义和方法。要全国人都明白建设的主义，便要有宣传。所以从今天以后，要请大家注重宣传的奋斗，不要单注重兵力的奋斗。

实行三民主义[①]

1924 年 1 月 30 日

同志诸君：

今天是我们国民党代表大会开会的第十天，也是这次大会闭会的一天。这次开会以来，所办的重要事项，秘书长刚才已经报告了。至于会中所办重要的事，即刻要拿去做宣传材料的，是中国国民党第一次全国代表大会宣言。宣言全体，他作三段：第一段是讲中国国内的现状。第二段是解释本党的三民主义。这一段在宣言中尤其重要，因为我们所主张的三民主义，是永远不变的，要大家自始至终去实行。这个主义，在同盟会没有成立以前，已经是确定了，成立同盟会就是要实行这个主义。后来推翻清朝以至于建立民国，也是为实行这个主义。但是自民国成立以至于今日，已经有了十三年，还没有完全达到这主义的目的。原因是在什么地方呢？一是由于我们的办法不完全，二是由于各位同志不能同心协力，一致行动。我

① 本文是孙中山在中国国民党第一次全国代表大会闭幕时的演讲。

们这次开全国代表大会，订一个完全办法，划一统一的步骤，并议定党中的纪律，就是要大家能够实行三民主义，把这个主义的言论，一定做成事实。推究这个主义的来源，是我从前和各位同志经过了许久的讨论与研究，然后才确定出来的。在革命党没有成立以前，便有少数同志很赞同去实行；后来革命党成立了，就有多数同志赞同去实行；到了今日，便有极多的先觉先知赞同去实行。由此便可见本党的三民主义，是始终都不改变的。大家对于三民主义以后要心悦诚服，完全担负实行的责任。

宣言中的第三段，是本党的政纲，是实行三民主义的节目。我们因为要实行三民主义，所以不得不照中国的现状，依人民的要求，来规定这个政纲。人民所做不到的，我们要替他们去做；人民没有权利的，我们要替他们去争。所以三民主义是为人民而设的，是为人民求幸福的。我们从前革命，为三民主义去牺牲，就是为人民求幸福而牺牲。政纲既是依人民的要求来规定的，人民今年有什么要求，我们便要规定一种什么政纲；如果人民明年有别种要求，我们的政纲，便要依他们的新要求，重新去规定。但是人民的要求，在短时期中，绝无大变动，所以我们订定的政纲，至少也要维持一年。在这一年之中，便要大家遵守，一致行动，照所订定的条件去实行。我们在这次大会所订定的政纲，或者有见不到的地方，诸君以后对于自己定的政纲以外，不能说没有新见解，所以这次所定出来的，不能说是完全周到，没有遗漏。但是诸君如果有了新见解，必须等到明年开第二次大会的时候才去修改。在没有开第二次大会之先，我们对于这次大会所定的政纲，就万不可违背，如果有了违背，便是乱大众的步骤。……政纲和主义的性质，本来是不同的：主义是永远不能更改的，政纲是随时可以修正的，但是修改的时期，最少都要一年，除非遇了很重大事情，对于政纲是发生根本变动的，我们临时才可以召集特别大会去修改。由此便可知政纲的修改，是有一定时间，因为预定了一定时期，大家进行的步骤，才有秩序，不致纷乱。本党党员，从前看见政纲有不对的地方，做事就立刻和政纲相矛盾，这是本党自乱的大毛病，此后大家必须要除去这个毛病。……以后要我们革命事业完全成功，便要大家一致行动，团结精神。自根本上讲起来，革命事业，是大家的事，不是一个人的事。既是大家的事，必要大家同心协力，才可以实行，如果不能同心协力，便永远不能实行。所以这次所定的政纲，是本党临时的号令，至少要行一年。在此一年之中，不是要一两位党员去实行的，是要大家共同去实行的。大家共同去实行，便是一致行动；一致行动，就是党员的好道德。我们这次在广州开会，是重新来研究国家的现状，重新来解释三民主义，重新来改组国民党的全体。从此以后，大家分散到各地方，便要希望一致奋斗。奋斗的方法，在中央的有中央执行委员会，在各地方的，大家要组织区委员会或各委员会，把我们国民党布满到全国。诸君此次不远千万里而来，在此开了十日大会，议决了许多议案，是已经受了奋斗的任务，得了奋斗的材料。散会之后，带回到本地方去，应该分给本地的各位同志，教各位同志都要拿这种材料，分途去奋斗。……

这次的大会，是头一次试办，只决定了中央执行委员会去办理中央的事条；各地方委员会和地方上的事条，就要大家分头去办理。……现在已经是民国十三年，就是国民党在各地方分开奋斗了十三年。因为见到从前的奋斗尚不充分，所以这次要开大会，把全党来改组。从前奋斗不充分的原因，是由于没有办法，从此以后，有了办法，就要诸君担负责任，拿这个办法去替国人发生一个新希望。我们从前革命，因为没有好办法，所以成功与失败各有一半，从今以后，拿了好办法去革命，便可一往直前，有胜无败，天天成功，把三民主义、五权宪法宣布到全国的民众，在今年之内，一定可把革命事业做到彻底的大成功。

救国救民之责任在革命军

1924 年 2 月

湘军将领兵士诸君：

本大元帅今天在这地和大家相见，是一个很难得的机会；并且可以和大家讲话，更是一个难得的机会。本大元帅今天来对湘军兵士讲话，是希望湘军从今天以后，都能变成革命军。诸君听了这次讲话之后，便全体变成革命军，那才不负革命党全体同志的大希望。

什么是叫作革命军呢？革命军和寻常军有什么不同呢？不同的地方，小而言之，革命军的一个人常常能够打一百个人，至少也能够打十个人；大而言之，用我军的一千人，可以打破敌人一万人，用我军的一万人，可以打破敌人十万人。像这样以少数常常能够打破多数训练很纯熟、武器很精良的敌人，才叫作革命军。

大家都知道十三年以前，我们中国是一个专制国家，受满洲人统治，被清朝政府征服了两百多年。到了十三年前，有革命党起，用手枪炸弹，推翻清朝皇帝，打破专制政体，建设共和国家。所以十三年以来，中国的名义上，才有中华民国之称，表现于世界上。

那次推翻清朝，成立中华民国，便是革命事业。讲到当时的革命党，人数是很少的。满政府在各省都练得有很多的新兵，在各险要的地方，又有满洲的驻防军。革命党推翻满政府，究竟是靠什么本领呢？简单地说，就是靠一个人能够打几百个人。那时候的革命党，因为有那样大的胆量和牺牲精神，所以能够成那样大的事业。

……所以本大元帅要大家以后能够打胜仗，做非常的事，更要变成非常的革命军，像黄克强那次在钦廉打仗一样。如果不然，就是枪好弹多，还是送给敌人，自己没有用处。

讲到战时以一可以当百的道理，是要各位兵士先有奋斗的精神。何以要先有奋斗的精神呢？有了奋斗精神，才能够牺牲，才不怕死。军人到了不怕死，还怕不能打胜仗吗？奋斗精神是从何而生呢？是从主义而生。兵士要发生奋斗精神，便先要有主义；先有了革命主义，才有革命目标；有了革命目标，才发生奋斗精神。革命目标到底是什么事呢？什么叫作革命目标呢？大家都知道革命党是拿三民主义来改造中国的。什么是三民主义呢？就是民族主义、民权主义和民生主义。我们要明白了这三种主义，才能够干革命事业。

大家都知道中国从前被满洲人征服过了两百多年，我们祖宗都是做满洲人的奴隶，习故安常，忘其耻辱。后来我们为什么能够推翻清朝呢？就是因为明白了民族主义，知道自己都是汉人，总数有四万万，在明朝末年的时候，被清朝征服了，压迫了两百多年，不能做主人，总是做奴隶。我们祖宗不明白这个道理，所以对于清朝反歌功颂德，说清朝有深仁厚泽。到了后来，全国之内，不但是受清朝的压迫，并且受英、法、德、俄、美国、日本诸列强的压迫。便有先知先觉的人，发明了民族主义，推究满汉的界限：“为什么以少数的满洲人来统治四万万汉族呢？”“为什么四万万汉族总是应该处于被压迫的地位，做满洲人的奴隶呢?”便发生极不平的思想，渐渐宣传，推广到全国，四万万人都知道这是很不平的。古人说：“不平则鸣。”所以全国便要把这个不平来打平它，用极大的牺牲精神赶走满人。……专就满汉而论，因为全国人明白了满汉的界限，知道满人和汉人的地位太不公平，所以发起辛亥年的革命。后来革命成功，便是民族主义达到目的。

什么是叫作民权主义呢？这个主义的道理，和民族主义是一样的。民族主义是对外打不平的；民权主义是对内打不平的。国内有什么不平的大事呢？就是有了皇帝或者军阀官僚的专制，四万万人还是不能管国事，还是做他们少数人的奴隶。像这样压迫的不平，和外国人来压迫也是一样。所以对国内的专制打不平，便要应用民权主义，提倡人民的权利；提倡人民的权利，便是公天下的道理。公天下和家天下的道理，是相反的。天下为公，人人的权利都是很平的；到了家天下，人人的权利便有不平，这种不平的专制，和外族来专制是一样的。所以对外族的打不平，便要提倡民族主义；对国内的打不平，便提倡民权主义。

民生主义又是什么道理呢？这种主义是近来发生的。五十年前，不但中国人没有讲到这个道理，就是外国人也不明白这个道理，也没有讲过这种话。现在世界上最进步的国家，像法国、美国都是从革命而来的，国外无外族的压迫，国内无皇帝的专制，他们的政治，都是很修明的，国家又富庶又强盛，在几十年以前，人民都是很享幸福的；但是近几十年以来，工业发达太过，一切工作，都是用机器代手工，譬如耕田、织布和一切制造，没有不是用机器去做的。像大家由湖南到广东的韶关，都是走路，再由韶关到广州，不是走路，是坐火车。火车就是走路的机器，也就是运输的机器。用一个火车头，可以运几千人，可以运几十万斤行李；那些行李，用很多的人都难得挑动，如果专用人力去挑，非用几千人和十多日不能挑到；但是用火车，只要一日便可以运到。所以火车就是挑东西的机器，火车就是一个大挑夫，一个火车头所运的东西，可以替代几千个挑夫。耕田也是一样，织布也是一样。一个机器做的工，可以代几百人。机器越多，出的物件越多，赚的钱也越多。所以有机器的人，便一日比一日富，没有机器的人，便一日比一日穷。因为机器的生产，故生出贫富极大的不平等；由于这种不平等，便发生民生主义。从前说民族主义是对外打不平的，民权主义是对内打不平的。民生主义是对谁去打不平呢？是对资本家打不平的。因为有了机器，生出了极大的资本家，国内无论什么事，都被资本家垄断，富人无所不为，穷人找饭吃的方法都没有，故发明民生主义，为贫富的不平等，要把他们打到平等。这种主义，近来在外国很盛行，渐渐传到中国。

诸位将士听到这里，便知革命党所主张的三民主义，是很容易明白的。这三种主义可以一贯起来，一贯的道理，都是打不平等的。革命军的责任，是要把不平等的世界，打成平等的；能够明白打不平等的三民主义，才可以做革命军。革命军是为三民主义去奋斗的，为三民主义去牺牲的。革命军为什么要为三民主义去牺牲呢？三民主义成功了，造成一个什么国家呢？大家要知道我们将来可以造成一个什么国家，便先要知道现在的中国，是处于什么地位。大家生在中国的这块地方，举目一看，是一个什么世界？简单地说：中国现在是一个民穷财尽的世界，是一个很痛苦的世界；无论哪一种人在这个世界之内，都不能享人生的幸福。现在中国之内，这种痛苦日日增进，这种烦恼天天加多。我们看到这种痛苦世界，应该有悲天悯人之心，发生大慈大悲，去超度这种世界：把不好的地方，改变到好的地方；把这种旧世界，改造成新世界。要达到这种目的，其责任就是在我们革命军。我们革命军实行这种责任，把三民主义完全达到目的，中国便可成为一个安乐世界。大家都知道世界上文明顶进步的国家，是英国、美国。他们国富民强，人民所享的幸福，比中国好得多。但是他们国内还有贫富的不平等，所以普通人民还要革命。他们革命是用什么主义呢？所用的就是民生主义。因为民族主义和民权主义，在他们国内已经成功。除英国、美国的革命现在酝酿，还没有爆发以外，现在已经爆发了的是俄国革命。俄国革命发生于六年之前，现在已经完全成功。就是三民主义在俄国已经完全达到目的。

三民主义在中国完全达到目的之后，将来变成一个什么世界，我们突然一想，或者不容易见到，但是把俄国现在是一个什么景象来看一看，便可以知道。七八年以前，俄国人民也是很痛苦的。当欧战的时候，全国加入协约国一方面去打德国，欧战没有终局，国内发生革命，便是要实行三民主义，对外不帮助协约国去打同盟国，对内推翻专制的俄皇；对于贫富的关系，反对世界上一切资本制度。因此列强当时便不去打德国，反移师来打俄国。故俄国革命，不但是皇帝的压迫要反对，就是列强的压迫也要反对，和全世界资本制度的压迫都一齐反对。当时革命军竭全力奋斗，把所有的压迫都打破了，于是组织一个新国家，叫作苏维埃共和国，现已得英国、意国承认了。所以俄国革命，可以说是完全成功。推究俄国革命的发起人，是由于三种人，叫作农、工、兵。故俄国现时的政府，又叫作农工兵政府，是由于农、工、兵三界人民派代表所组织而成的。所以他们的政府所持的政策，对于这三种人民便特别优待。……像俄国的人民，可说是自幼而老，一生无忧无虑。推究他们这种幸福，是由于革命而来的，是由于实行三民主义用革命方法造成功的。在英美的政治社会，至今还有贫富的阶级。在现在的俄国，什么阶级都没有，他们把全国变成了大公司，在那个公司之内，人人都可以分红利。像这样好的国家，就是我要造成的新世界。从前反对我的，是清朝皇帝；现在反对我的，是清朝留下来的武人官僚。这些武人官僚的专制，就是小皇帝的行为。从前有诸先烈前仆后起的奋斗，便推翻了那个大皇帝。我们现在要继续先烈的志愿，推翻曹锟、吴佩孚这些小皇帝。……这种责任，是救国救民的责任。……我们要担负这样的大责任，做成这样的大事业，非有大志愿、大胆量和大决心不可。故本大元帅今天和湘军讲话，要大家变成革命军，便先要大家有大志气和大胆量，变成用一可以敌百的革命军，然后我们的三民主义才能够完全实行，中国将来才能够变成安乐国家。这个能不能，没有别的问题，只问诸位将士今天听了这次讲话之后，有没有决心。故本大元帅今天要求诸位将士的，是要诸位将士在今天立一个决心，变成革命军，共同去担负救国救民的责任。

什么是革命军[1]

1924 年 3 月

东路将领兵士诸君：

诸君是许总司令和张旅长的部下，许崇智同张民达都是革命党很热心的同志。你们各将领大多数也是革命党，所以东路讨贼军的长官都是革命党。大家当兵士的今天到这地来听本大元帅讲话，试问诸君是不是革命军呢？许总司令既是很好的革命党，诸君当然可以叫作革命军。但是本大元帅今天来同诸君讲话，还不放心把革命军的名号，加在诸君身上；就是诸君将来可不可以说是革命军，还要看以后的成绩。

此刻在广东的军队，有滇军、湘军、豫军、粤军、桂军、赣军、山陕军，总共有六七省的军队，都来为革命党出力。但是依我看起来，没有哪一种军队，可以居革命军的地位。本大元帅有一天对湘军讲，希望湘军变为革命军。今天来同很好革命党的部下讲话，也

① 本文是孙中山在讨伐陈炯明叛军的东路将士出征前的演讲。

是希望变成革命军。以前为革命奋斗，虽然不能叫革命军，但希望今天听过这番话之后，便要变成革命军。要怎么样才可以成革命军呢？什么叫作革命军呢？革命军是用一个能打得十个，一百个能打得一千个，一千个打一万个，一万打十万，像这样用一倍去打十倍的军队，才叫作革命军。你们东路讨贼军打的仗本来很多，但是过细考察起来，是不是用一千人去打一万人呢？打败仗的时候，或者是用五百人去打一千人，或者是一千人去打一千人。好像在福建水口打仗，东路讨贼军是用一千人去打北兵两千人，但是总没有用一千人去打一万人的。

我提倡革命，是革命党的领袖，很想造成一种革命军。现在的军队都不是革命军，只有辛亥年三月二十九日在广州起义的军队，才可以说是革命军。当他们起义的时候，在广州的清兵，在满州的驻防军，有李准的水师，有张鸣岐的陆师，总计算起来，不下五六万人。革命军的人数不过两三百人，哪里有今日这样多的军队呢？当时的武器不过是手枪、炸弹，哪里有今日这样好的长枪、大炮呢？那样少的人数，只用手枪、炸弹，一经发动，便打进水师行台和总督衙门。后来因为约定的外援没有赶到，便完全失败，死了七十二人，葬在黄花岗。所以黄花岗所葬的七十二人，就是那一天打死了的革命军，就是舍身成仁的烈士。所以黄花岗的七十二烈士才不愧称为革命军！假若当时我们的革命军有三千人，或者敌人只有三千人，那一次革命，便可以成功。但当时广州的清兵不止三千人，有了五六万人。我们的革命军，又没有三千人，只有两三百人。众寡悬殊，所以结果归于失败。至于以战论战，当时城内之战，可算是成功。那次革命党只有手枪、炸弹，便用一个人去打两百人，才是真正的革命军，所以我们今天要纪念他。

我现在所希望的，不能说是用一个人去打两百人的军队，总要希望革命党的部下，有革命的精神。最小的程度，要用一个人去打十个人。如果不能，便不能当革命军的名义。我在战场上常常教兵向前进，官长总是说：“前面的敌人有好几百啊！我们的队伍只有一二百人，怎么能够前进呢?”我就对他们说：“你们拿一点奋斗的精神出来，教兵士开枪冲锋，把敌人打死他一些，他们就要寒胆。到了敌人寒胆，就是他们的人多，又有什么用呢?”长官又说：“难道敌人没有枪吗？难道敌人的枪不打人吗?”因为他们都不是革命军，所以我就不责备。诸君今天知道了什么是叫作革命军之后，就要常思想：到底有没有这种道理？如果是有这种道理，便要用一个人打十个人，你们就是被敌人打死了，也可以陪葬黄花岗，留名千古；如果不然，你们将来死了之后，不但是不能陪葬黄花岗，万古留名，就是现在活在世上，也没有人知道。

诸君在通常打仗的时候，挑敢死队做先锋，就是用一个人去打十个人。但是这样用一个人去打十个人，必要用多钱，悬大赏。军队打仗要多钱，便不能算是革命军；要有多钱去打仗，那便是为钱去拼命，不是为三民主义去奋斗。要大家为三民主义去奋斗，变成革命军，便是要大家为三民主义变成敢死队。为什么要大家为三民主义变成敢死队呢？因为为三民主义去奋斗，就是死了，也是成仁取义，所谓仁义之师。这种死法，是为主义而死，不是为金钱而死。像从前沈鸿英造反，打到瘦狗岭来，死了很多的兵士，但是那些兵士是为金钱而死的，至今谁去纪念他？如果是为主义而死的，像黄花岗的七十二烈士，就是千载之下，都要来纪念。大家以后去拼命，用一个人去打十个人，必须为主义去牺牲，不要为金钱去牺牲，才叫革命军。

关于革命成功和自己有什么利益，如果大家能够答复这个问题，我们现在的革命，便能够成功。若是大家都明白这个问题，变成用一个人去打十个人的革命军，你们东路讨贼军现在有一万人，便可以打十万敌人。现在霸占中国的有多少敌人呢？此刻反对民国的，只有曹锟、吴佩孚。他们的亲部下，不过二三万人，其余都是势利结合的。譬如在广东就利用陈炯明，在广西就利用陆荣廷。敌人不过二三万，要消灭他不必要东路军的全部，只要诸君的这两三千人。把他们那些反对民国的敌人消灭了，中国便可以太平，子子孙孙便可以享幸福。在诸君看起来或者以为这是后来的事，和自己有什么利益呢？本来世界上的事，都是利益的问题，有利益的事，才人人愿做；没有利益，自然不情愿做。我们今天做革命党，和一个人有什么好处，本来是一个难明白的问题。但是不能以为难明白，便不讲清楚。因为不讲清楚，便不能做革命军。诸君现在当兵士，有什么希望呢？普通当兵士的人，都是想升官发财。如果另外有方法可以发财，连官也不情愿做，所以大多数本是想升官发财；若是把升官发财两件事比较起来，尤其以发财为最要紧。如果诸君问我："革命有什么益处呢？"我便要反问诸君："发财有什么益处呢？"我想诸君一定可以答复我的。我也可以答复诸君：革命成功胜过一千万元的财，一千万元的财，是很难得到的。革命成功，便好过于发一千万元的财。诸君想发一千万元的财，不过是图安乐，想好衣食，想传到子孙；若是革命没有成功，国家便要亡，到国家亡了之后，像缅甸、安南（指越南）、高丽（指朝鲜）的亡国奴，哪一个能够保存他们的钱财，去图安乐、谋好衣食传到后代子孙呢？如果革命成功，国家自然强盛，外国的经济压迫，自然无从侵入，本国生出来的财富，又好好地分配。那么，凡是中国的人民，都得安乐，有好衣食，可以永传子孙，这岂不是革命成功还要好过发一千万的财吗？

说到我们的革命，对外要用民族主义，挽回每年十二万万的损失；对内要用民权主义，把国家变成大公司，在这个公司内的人，都可以分红利；民生主义就是用国家的大力量去开矿，好像南洋矿商，把各种矿产开出来之后，大家都可以发财一样。此外，还有开辟交通，振兴工业，发展商业，提倡农业，把中华民国变成一个黄金世界。达到这个目的之后，大家便可以享人生的真幸福，子子孙孙便不怕穷。我们的革命成功，把中国变成了黄金世界，不但是一个人的子孙可以享幸福，就是众人的子子孙孙，都是永远地享幸福。像用这样两种情形比较起来，诸君想想，是发财好呢，还是革命成功好呢？依我看起来，革命成功是好得多。说到此地，如果诸君问我，革命成功有没有利呢？我便要说，革命成功有大利，比较发财的利益要大得多。大家明白这个道理，便应该做敢死队，去拼死命。从前温生才明白这个道理，所以能够打死孚琦；诸君现在明白这个道理，便能够推翻曹锟、吴佩孚。所以我今天来和大家讲话，劝诸君不要做难事，去想发财；要做容易的事，把想发财的力量拿来革命，革命成功，便是为自己造幸福。你们的长官都是革命党，从前或者也听过了这种讲话。这次在东江打仗，虽然一时失败，但是从此以后，大家都变成革命军，去做敢死队，同心协力推翻曹锟、吴佩孚。我们的革命永远成功，中国便可以造成黄金世界，诸君的子子孙孙在这个世界之内，便永远可以享幸福。

在陆军军官学校开学典礼的演讲[①]

1924年6月16日

来宾、教员、学生诸君：

今天是本学校开学的日期。我们为什么有了这个学校呢？为什么一定要开这个学校呢？诸君要知道，中国的革命有了十三年，现在得到的结果，只有民国之年号，没有民国之事实。像这样看来，中国革命十三年，一直到今天，只得到一个空名。所以中国十三年的革命完全是失败，就是到今天也还是失败。至于世界上的革命，在我们以后发生的情形是怎么样呢？六年之前，有一个邻国，和中国毗连有一万多里，跨欧亚两洲来立国，比中国还要大，在欧战之前是世界上头一个强国，当欧战期内便发生革命，他们的革命后过我们六年。这个邻国是谁呢？就是俄国。俄国革命虽然是在中国革命的六年之后，但是说到结果，他们彻底成功。我们拿两国历史来

---

① 陆军军官学校为孙中山所创办，设址于广州南郊的黄埔岛，俗称黄埔军校。

比较：就对内一方面说，中国从前革命，是对外来的满洲人。清朝皇帝的威权，到我们革命的时候已经是很薄弱，政治也是很腐败，当那个时候，清朝的国势是世界上最衰微的国家，比较俄国对他们皇帝革命时候的情形是怎么样呢？俄皇是本国人，又是俄国的教主，在国内的威权是第一，当没有革命的时候，俄国的国势是世界上最强盛的国家。像这样比较，可说是中国是对权势很薄弱的皇帝来革命，俄国是对权势很强盛的皇帝来革命。所以就对内这一方面讲，中国革命是很容易的，俄国革命是很艰难的。就对外一方面说，俄国革命之后，所遇到的障碍是很大的；中国革命之后，毫没有人干涉。在革命之前，外国人虽然有瓜分中国的言论，我们也怕到革命的时候受列强的干涉；但是发生了革命之后，列强毫没有理会。俄国发生了革命之后，遇到外国人的障碍，不只是言论，并且实受兵力的干涉。各国军队侵进俄国境内的，有英国、法国、美国、日本和意大利以及〔其〕他各小国的军队，外国人集合全世界的力量来干涉俄国。像这样看来，我们革命，只在内对付一个很衰弱的政府；俄国革命，在内要对付一个威权很大的政府，在外还要对付全世界的列强。所以更就对外那一方面讲，中国革命也是很容易的，俄国革命也是很艰难的。为什么俄国遭了那样大的艰难，遇了那样多的敌人，还能够在六年之内，把所有的障碍都一概打消，革命是彻底的成功，我们革命的时期比较俄国要长一半，所遇的障碍又不及俄国的大，弄到至今革命还是不能成功呢？由中国和俄国革命的结果不同，推求当中原因，便是我们的一个大教训。因为知道了这个教训，所以有今天这个开学的日期。这个教训是什么呢？就是俄国发生革命的时候，虽然将一班革命党员做先锋，去同俄皇奋斗，但是革命一经成功，便马上组织革命军；后来因为有了革命军做革命党的后援，继续去奋斗，所以就是遇到了好多大障碍，还是能够在短时间之内大告成功。中国当革命之时，在广东奋斗的党员最著名的有七十二烈士，在各省舍身奋斗的党员也是不少。因为有了那些先烈的奋斗，所以武昌一经起义，便有各省响应，推倒清朝，成立民国，我们的革命便有一部分的成功。但是后来没有革命军继续革命党的志愿，所以虽然有一部分的成功，到了今天，一班官僚军阀不敢明目张胆更改中华民国的正朔；至于说到民国的基础，一点都没有。这个原因，简单地说，就是由于我们革命，只有革命党的奋斗，没有革命军的奋斗，所以一班官僚军阀便把持民国，我们的革命便不能完全成功。我们今天要开这个学校，是有什么希望呢？就是要从今天起，把革命的事业重新来创造，要用这个学校内的学生做根本，成立革命军。诸位学生就是将来革命军的骨干。有了这种好骨干，成了革命军，我们的革命事业便可以成功。如果没有革命军，中国的革命永远还是要失败。所以，今天在这地开这个军官学校，独一无二的希望，就是创造革命军，来挽救中国的危亡。

什么东西叫革命军呢？诸君到这个学校来学，要怎么样立志才可以做革命军呢？要有什么资格才叫作革命军呢？我们要知道怎么样可以做革命军，便要拿先烈做模范；要拿先烈做模范，就是要学革命党，要学革命党的奋斗。有和革命党的奋斗相同的军队，才叫革命军。中国革命虽然有了十三年，但是所用的军队，没有一种是和革命党的奋斗相同的。我敢讲一句话，中国在这十三年之中，没有一种军队是革命军。现在在广东同我们革命党奋斗的军队，本来不少，我都不敢说他们是革命军。他们这些军队，既是来同我们革命党共事，为什么我还不叫他作革命军呢？我之所以不敢以革命军的名号加之于这些军队之上的理由，就是因为他们内部的分子过于复杂，没有经过革命的训练，没有革命的基础。什么是叫作革命军呢？就是要有革命先烈那一样的行为。有了那一样的行为，才叫作革命的基础。至于现在广东的这些兵士，对先烈的那些行为，还是莫名其妙。而且中国此刻是民穷财尽，一般都是谋生无路，那些人在没有得志之先，因为生计困难，受了家室之累，都是说要来革命；到了后来稍微得志，便将所服从的什么革命主义都置之九霄云外，一概不理了。所以在二年之前，竟有号称“革命同志”的陈炯明军，炮攻观音山，拆南方政府的台。从前叫作革命军，同在一个革命政府之下的军队，因为利害不同，竟会倒戈相向，做敌人所做不到的行为。因此知道不明白革命主义的军队，究竟不能除却自私自利的观念，如果和他们本身的利害相反，马上便靠不住，所以我们的革命，总是失败。我今天到此地来和诸君讲话，是要把以往的成败当作一场大梦，一概不要回顾它；要从今天起，重新来创造革命的基础，另外成立一种理想上的革命军。

诸君不远千里或者数千里的道路来此校求学，既是已经明白了我们的宗旨要造成一种革命军，一定是富有这种志愿，来做革命的事业。要做革命事业，是从什么地方做起呢？就是要从自己的方寸地做起，要把自己从前不好的思想、习惯和性质，像兽性、罪恶性和一切不仁不义的性质，都一概革除。所以诸君要在政治上革命，便先要从自己的心中革起。自己能够在心理上革命，将来在政治上的革命便有希望可以成功。如果自己不能在心理上革命，就是此刻在这样设备完全的军官学校之内研究军事学，将来还是不能成革命军，做革命军的事业。所以诸君要革命，便先要立革命的志气。此时有了革命的志气，将来便可以当革命军的将领。我们要把革命做成功，便要从今天起立一个志愿，一生一世，都不存升官发财的心理，只知道做救国救民的事业，实行三民主义和五权宪法，一心一意地来革命，才可以达到革命的目的。如果不然，就是诸君将来成立军队，打许多胜仗，得许多土地，各人都能够扩充到几万人，还是不能够叫作革命军的。

中国现在不好的军人，可以分成两派：一派是在革命党内的军人，这派军人口头赞成革命，行动都是反对革命，所谓口是心非；一派是在革命党外的军人，这派军人完全反对革命，只知道升官发财，时时刻刻都想推翻共和，恢复专制。诸君要将来维持共和，消灭这种军人，现在便要立志，要存心将来成功之后，不做自私自利的师长、旅长和一般横暴无道的军阀。诸君有了这种志气，才可以入革命的第二层门径。什么是革命的第二层门径呢？就是要学革命先烈的行为。革命先烈的行为没有别的长处，就是不要身家性命，一心一意为国来奋斗。

从前的奋斗是什么情形呢？大多数都是凭着赤手空拳，有了手枪炸弹的，便以为是很好的武器，每次起义，总用很少的这种武器去和清兵奋斗。当时全国清兵有多少呢？从前有旗下绿营、水师和巡防营，后来又有新兵，总共不下一百多万。譬如辛亥年三月二十九日，在广州城的，便有李准所带的水师、张鸣岐所带的陆师和燕塘的许多新兵，及满洲的驻防军，总计不下五六万人。当时革命党的人数不过是几百人。经过那次革命之后，死了的有七十二人，没有死的当然是很多。当时冲锋队的人，有武器的不过三百人，所打的敌人，不止三万人。革命党只用三百人便敢打三万多敌人，这就是革命党的见识。革命党的见识，都是敢用一个人去打一百个人的。此刻在这地听话的，多是军事教员同军官学生，试问诸位教员，研究军事学，在战术中有没有这个道理呢？有没有一个人打一百个人的成例呢？依我看起来，无论古今中外，都没有这种战术。普遍的战术用一个人去打一个人，便以为了不得。古时的兵法都说是倍则攻之，十则围之。近时的兵法用一个打一个，非守即退。像这样的兵法，古今才叫作正当的战术。至于广州十三年前的革命，不但是用一个人去打一〔百〕个人，并且坐守广州的敌人都有长枪、大炮，进攻广州的革命党只有手枪、炸弹。战到结果，革命党死了七十二人，后人以为是失败。但是革命党攻进制台衙门，赶走两广总督，我们以战论战，当日广州城内之战可以说是成功。至于后来失败的原因，完全是由于预约援军不至。就是推到那次冲锋队的三百人，武器还是不精良。如果人人都有精良的武器，那次革命或者可以成功，并不是绝对没有成功的希望。我们事后用敌我的情形过细比较，那次革命之不成功，并不是三万敌人能够打败三百个革命党，实在是由于革命党内部的计划不周全；如果起义之先计划周全，那次革命也不是绝对没有成功的希望。

辛亥年革命，在广州起义之后，又有武昌起义。武昌起义，结果是成功。推到当时的情形是怎么样呢？当时在武昌、汉口的革命党总共还不足三百人，真正革命党不过是几十人，所有的枪都没有子弹，临时到处搜索，只得到两盒子弹，一共不过五十颗。革命党分到了五十颗子弹，便在城内〔工〕程营中发难。城外的炮兵营立时响应，便拉两门炮进城，遥攻总督衙门，赶走瑞澂，占领武昌。至于当时驻在武昌的清兵，有第八镇的新兵，有长江的海军，又有巡防营的旧陆师，总共不下两万多人。革命党只用几十个人去打两万多人，可以说是用一个人打五百个人。在广州起义，用一个人打一百人，结果是失败；武昌起义，用一个〔人〕打五百个人，结果是成功。都是以极少数的人打极多数的人，在广州是失败，在武昌便成功，所以革命的奋斗不能一概而论。这种奋斗，是古今中外各国兵法中所没有的，只有革命历史中才有这种创例。我们继续来革命，按部就班，便不能说用少数能胜多数。

诸位教员有从外国来的，有从保定学的。从前各国在陆军学校所教授的学问，都是寻常的军事学。此刻学成的先生，再教授学生，一定也是从前所学的普通军事学。所以诸位学生在这个学校内所学的学问，大概都是极寻常、极有规矩的普通军事学。诸君专拿这种学问，可不可做革命军呢？做革命军的学问，不是专从学问中求出来的。诸君在求学的时代，当然要听先生的指教，服从长官的命令，先生教了多少，便要明白多少。如果有绝顶聪明的人，或者有青出于蓝而胜于蓝的，就是没有绝顶的聪明，只要把先生所教的学问彻底了解，将来也有大用处。用诸君现在的情形和从前的革命党比较：从前的革命党都没有受过很多的军事教育，诸君现在这个学校之内，至少还有六个月的训练；从前的革命党只有手枪，诸君现在都有很好的长枪；从前革命党发难，集合在一处地方的最多不过是两三百人，现在这个学校已经有了五百人。以诸君这样好的根本，如果是真有革命志气，只用这五百人和五百支枪，便可以做一件很大的革命事业。

军队之能不能够革命，是在乎各位将士之有没有革命志气，不是在乎武器之精良不精良。如果没有革命志气，不研究革命道理，像清朝末年所练的新军，陆军都有很精良的长枪大炮，海军有很坚固的战舰和鱼雷艇，总不能发扬革命事业；到了武昌起义之后，便都归革命党所用。总而言之，革命是非常的事业，非常的事业不可以常理论。从前留学日本和欧美各国的陆海军学生，我们总是设法运动，要他们加入革命党，但是有许多学生总是不肯加入，始终反对革命。他们那些反对革命的有知识军人，是什么心理呢？过细考察，就是他们都有一种成见，自以为是军事专家。在我们革命党，主张用一个人打一百人，用一百人打一万人；在他们受过军事教育的人看起来，以为这是古今中外战术中没有的道理，如何可以成功呢？这个道理，我们不必深辩，只要看后来中国革命推翻清朝，是谁做成呢？成功的时候，固然是有许多军事家赞助，但是穷流溯源，说起原动力，还是由于极少数的革命党所发起的。推到当时一班有知识的军人，以为用极少数打败极多数是战术中绝不能成功的定案，因为不赞成这个道理，便不赞成革命。所以从前的革命党，真有军事知识之人还是很少。辛亥年革命之所以大告成功，是由于全国已经发生了革命之后，段祺瑞便结合一班军人联名通电，赞成共和，才能够达到推翻清朝的目的；革命党因为降格相从，容纳他们的意见，收罗这一班军人，以后才收军事上的顺利。所以辛亥年革命之成功，实在没有真正军事学识的军人。大家总要记得：革命是非常事业，不是寻常事业，非常事业绝不可以寻常的道理一概而论。现在求学的时代，能够学得多少便是多少，只要另外加以革命精神，便可以利用；如果没有革命精神，就是一生学到老，死记得满腹的学问，总是没有用处。

我们现在才到这地开办这个军〔官〕学校，北方的官僚军阀老早便办的有保定军官学校和北京陆军大学。用我们这个学校和他们的学校比较，他们学校之成立的时间很久，人数很多，器械又完全；我们这个学校所处的种种地位，都是比他们的差得远。如果专就物质一方面来比较，又照常理论，我们怎么能够改造中国呢？不过，北方的将领和兵士集合在一处，成立军队，不是为升官发财，就是为吃饭穿衣，毫没有救国救民的思想和革命的志气。在从前清朝的时候，是这一种将士；现在遗留到曹锟、吴佩孚的，也是这一种将士。我们没有军事学识的革命党，从前能够消灭清朝，将来富有军事学识的革命军，更是能够消灭曹锟、吴佩孚。不过以我们现在所处的地位，要能够消灭曹锟、吴佩孚，根本上还要有革命的精神。若是没有革命的精神，他们的人多械足，我们不但是不能够消灭他们，恐怕反要被他们消灭。俄国在六年之前，一经发动革命，便同时组织革命军，以后着手进行，所以能够消灭旧党和外来的敌人，大告成功。我们现在开办这个学校，就是仿效俄国。中国革命有了十三年，到了今天还要办这种学校，组织革命军，可见大凡建设一个新国家，革命军是万不可少的。

诸君到这个学校内来求学，又聆过了我今天这一番讲话，自然立志要做革命军。立志做革命军，先要有什么根本呢？要有高深学问做根本！有了高深学问，才有大胆量；有了大胆量，才可以做革命军。所以做革命军的根本，还是在高深学问。要造就高深学问，是用什么方法呢？造就高深学问的方法，不但是每日在讲堂之内，要学先生所教的学问，还要举一隅而三隅反，自己去推广。在讲堂之外，更须注重自修的功夫，把关于军事学和革命通道理的各种书籍及一切杂志报章，都要参考研究。研究有了心得之后，一旦融会贯通，自然可以发扬革命的精神，继续先烈的志愿，舍身流血，造成中华民国的基础，使三民主义完全实现。革命大告成功，像俄国一样，我们中国才可以同世界各国并驾齐驱，中国的民族才可以永远地生存于人类。假若革命不能成功，中国便要亡，四万万人便要灭种。国亡种灭，都是诸君自身的利害，这是不能不挽救的。要挽救这种危亡，只有革命军。所以我们一定要开这个学校，要做成革命军。

革命军是救国救民的军人，诸君都是将来革命军的骨干，都担负得有救国救民的责任。既是有了救国救民的责任，便要从今天起，先在学问上加倍去奋斗。将来毕业之后，组织革命军，对于共和的障碍，更是要同他们拼命，要能够用一个人打一百个人。这种用一个人去打一百个人的本领，是靠什么为主呢？当革命军的资格，是要用什么人做标准呢？简单地说，就是要用先烈做标准，要学先烈的行为，像他们一样舍身成仁，牺牲一切权利，专心去救国。像这个样子，才能够变成一个不怕死的革命军人。革命党的资格，就是要不怕死。要用什么方法才不怕死呢？这个方法，说来说去，还是要学先烈。我今天在这地同诸君讲话，便是一个后死的革命党。从前每次革命的时候，我常常参加，总没有一次贪生畏死，但是每次流血都没有流到我的身上，所以今天还能够同诸君讲话，把不怕死的道理口传到诸君。我敢说革命党的精神，没有别的秘诀，秘诀就在不怕死。要能够有这种大勇气，在心里中就是视死如归，以人生随时都可以死，要死了之后便能够成仁取义。明白了这种道理，便能够说死是我们所欢迎的；遇到了敌人的枪炮子弹，能够速死更是我们所欢迎的。有了这种大勇气和大决心，我们便能够用一个人去打一百个人。因为敌人的观念，要生才以为是享幸福；我们的观念，要死才以为是享幸福，一死便得其所。生死的观念，在敌我两方面的精神过于悬殊，自然不能对敌，自然是我们有胜无败。

这样以死为幸福、要求速死的道理，并不是凭空的理想，完全是事实。像从前日本有一位中国留学生，叫作陈天华，也发扬了革命的精神，还没有革命的时机，求死不得，便在日本投海而死，以死报中国。英国又有一位留学生，叫作杨笃生，也是因为明白了革命的道理，没有到革命的时机，不能做革命的事业，看到中国太腐败，要以速死为享幸福，便在英国投海而死，以死报中国。像陈天华、杨笃生，他们是什么人呢？他们就是革命党，就是热心血性的真革命党。他们都是由求死所而不得，所以迫到投海，实在是可惜。但是由陈天华、杨笃生两个人投海的道理，便可以证明一般人只要感受到了革命的精神，明白了革命的道理，便可以视死如归，以为革命而死是很高尚、很难得和很快乐的事；如果在战场上，遇到了自己主义上的敌人，受敌人枪炮的子弹而死，当然更以为是死得其所了。

从前的真革命党，因为都有这种乐死的性质，所以敢用一个人去打一百个人，所以敢于屡次发难来革命，所以革命能够成功。这种先例，是古今中外兵书中所没有的，只有革命史中才有这种成例。这种成例，是非常的例子。我们要学这种非常的成例，便要有非常的志气，有了非常的志气，便能够看破生死关头，以死为幸福。如果人人都能够以死为幸福，便能够一百人打一万人，用一万人打一百万人。假若我们现在有一万人的革命军，马上便可以定中国，因为此刻反对革命的全国军队，总共不过一百万人。因为此刻我们没有一万人的革命军，所以那班贪暴无道的军阀，便敢于横行全国，无恶不作，事事要害国，天天要推翻共和。我因为要维持共和，消灭这班贪暴无道的军阀，所以要诸君不怕死，步革命先烈的后尘，更要用这五百人做基础，造成我理想上的革命军。有了这种理想上的革命军，我们的革命便可以大告成功，中国便可以挽救，四万万人便不致灭亡，所以革命事业，就是救国救民。我一生革命，便是担负这种责任。诸君都到这个学校内来求学，我要求诸君，便从今天起，共同担负这种责任。

在广州中央银行成立典礼的演讲

1924 年 8 月 15 日

诸君：

今日是中央银行成立的第一日，中央银行又是革命政府第一次开办的第一个银行，所以今日是革命政府第一次开办银行的第一日。今日政府要开办这个银行，就是政府要经营商业，所以今日又是政府第一次经营商业的第一日。

大家知道，这个政府在广东，现在有许多军队，军饷都是不足，政府因为担负这样多的军饷，财政是很困难的。在这样财政困难情形的时候，政府怎么样还能够发起开办这个银行呢？这个银行之所以能够开办，就是因为借了外国资本一千万。因为有了一千万的外国资本，这个银行才能够成立。我在这个银行成立的日子，对于军界和政界有一种训词。今日的军界和政界，都是很穷，譬如就军界而言，在前方的许多兵士，都是没有衣穿，没有饭吃。就是有了疾病死亡，一切医药、埋葬等费，都是很艰难的。再就政界而言，如果筹到一宗款项，便挪作军饷。不但是一切未来的行政事业因为经费无着不能够发展，就是政府的现状，尚不容易维持。在这个军、政两费极拮据的时候，政府还有办法借得外资一千万，开办这个银行，一般军官和行政官吏，对于这件事有什么感想呢？在一般军官想起来，以为前方的兵士没有衣穿，没有饭吃，政府还有一千万来开办这个银行，何以不拿这宗款项来支军饷，救眼前之急呢？在一般行政官吏想起来，以为现在行政经费无着，职员不能枵腹从公，何以不通挪这宗款项来维持政府的现状呢？这两种感想，都是不能够有的。今天开办这个银行，本大元帅在这个开办的日子，对于这两种感想，有一种训词来解释。这个解释是怎么样说法呢？比方前方的兵士没有钱发饷，想拿这批钱去发军饷，要说明这种感想，我便有两个比喻，可以引用来对大家讲一讲。

当几百年前新大陆发明之后，美国有几位教士到南美洲去传教，在一处地方发现一种野蛮人。那种野蛮人还是在渔猎时代谋生活的方法，没有到游牧时代，不知道怎么样从事畜牧；也没有到耕种时代，不知道怎么样树艺五谷；更是没有到工商业时代，像我们现在的从事制造，用金钱来换货物。他们独一无二的生活，只是打鱼猎兽，用鱼肉做食料。但是他们的性质很驯良，很讲礼貌，一见了那些教士，便优礼相待，非常的亲热。至于那些教士，是怎么样待遇那种野蛮人呢？那种野蛮人是很穷的，又都是很饿的，那些教士没有别项的好方法去待遇他们，只有请他们吃饭。那种野蛮人一尝到饭的味道，便觉得比鱼肉好吃得多，更觉得很高兴，就有许多野蛮人都想要吃饭，问那些教士要饭吃，于是那些教士便把船上带去的米，都运上岸，送到给那种野蛮人。他们得到了米之后，自己都不知道怎么样煮，也不知道怎么样单独去吃，那些教士又教他们怎么样烧火煮饭，于是他们便把生米煮成熟饭的办法都学到了，吃得也是很有味道了。那些教士又问他们说：“究竟鱼肉和米饭，到底是哪一种好吃些呢?”他们都答应说：“米饭是好吃得多，专吃鱼肉是没有味道的。”那些教士说：“米是由谷分出来的，你们既是爱吃米饭，便应该知道耕田，怎么样去种谷。”于是更教他们怎么样下种，怎么样耕田，怎么样栽秧，怎么样生禾结谷和收成的方法。并说：“我们现在给你们几包谷种，你们照这种方法去耕种，现在用这几包谷，在几个月收成之后，便可以得几千包谷，便有很多的饭吃。”教士给了那几包谷种之后，便开船他去。那种野蛮人得了那包谷种之后，以为先要耕田播种，然后才能生禾结谷；要等到谷成熟了之后，再然后才能收谷制成白米，再然后才可以煮成饭吃，像这个样子，非几个月不成功。要有几个月，怎么可以等得到呢？于是他们不用那包谷做种子，再去耕田，生出很多的谷，便直接把那几包谷种制米，煮成饭吃了。那些教士在几个月之后回来，以为原来给那种野蛮人的谷种，此时可以长成几千包谷，有很多的饭吃了。哪里晓得一回到原地方，到处都是荒野之地，并没有耕种过。便问那种野蛮人说：“谷种到什么地方去了?”他们答应说：“我们老早把它吃完了。”我们中国也有句俗话说：“吃鸡蛋不吃母鸡。”这句话的意思就是说母鸡还可以生很多蛋，要是一次把它吃完了，以后便没有很多的蛋吃。这个中央银行一千万的资本，就是谷种，也就是一个母鸡，如果把这个母鸡一次吃完了，以后便没有很多的蛋吃；把这包谷种一次吃尽了，以后便没有很多的谷米吃。我们都是聪明人，我们的聪明，无论如何总要高过南美洲的野蛮人，一定明白吃谷种和吃母鸡的害处。如果不吃谷种和母鸡，不只用这一千万，以后便可以赚几千万，或者一万万，所谓“一本万利”。能够保全这包谷种和这个母鸡，以后的利息是无穷的。大家都是军界、政界有力量的分子，能够保护这个中央银行，就是保全种子。此时能够保全这一千万的种子，将来的发达便未可限量。用这两件比喻，便是我今日对军界和政界的训词。诸位军官和一切行政官吏，都是很文明的人，切不可学南美洲的野蛮人。要培植谷种长成许多米，要保护母鸡生出许多蛋，我们以后便一生吃不尽。如果军官总是想提这个银行的资本去发饷，民政官吏总想提这个银行的资本去做行政费，那便是一次吃完，以后便再没有希望。

本来银行事业，对于社会上的经济关系是很大的。此时中国的银行事业，对于中外经济上的关系尤其是很大。现在一般中国人所办的银行事业，都是开小钱店。如果在中国各省，或者是中国对于各国，一次有十万元的款项，便汇兑不通。好像广州西关的银号，本来是很多，假若有钱汇到香港、上海、天津或者是伦敦、纽约，试问有哪一家能够接收一张单，一次能够汇通十万元呢？现在市面上凡是关于大宗款项的汇兑，都是靠外国银行。外国银行要许多的汇水和折扣，我们中国人去汇兑，是很吃亏的。我们所办的这个中央银行，便与普通的银号不同，这个银行在今日虽然是开始营业，但是已经办好了一种债票，财政部还没有印成，等到财政部把那种债票印成了之后寄到伦敦，这个银行和伦敦汇兑，每次不但是可以汇十万，并且可汇几十万或者是几百万。有了这个汇兑机关，便使中国的银业界别开生面。有了这个银行来做汇兑机关，凡是我们在广东的钱，无论是有多少，要汇到上海、天津、汉口，或者外国的各大商埠，都可以不必经外国银行的手，便可以不吃外国银行所定的高汇水和大折扣的亏。并且中国人同中国人交易，利权不致外溢，事事都要方便。这是我们军界、政界和一切农、工、商界，都是不可不知道的。

我还有第三层意思，就是这个银行的资本，固然是不小，至于办理和营业，尤其是很谨慎，都是照极好的银行规则来进行。并且这个银行受了政府一种特权，可以发行纸币，这种纸币的基本金有一千万，和从前政府银行所发行的纸币不同。外国银行在中国发行纸币，有的固然也是有基本金，但是它们所发行的纸币之数目，至少也是四倍于基本金。我们这个银行所发行的纸币，定章不是四倍于基本金，是照基本金的数目去发行。至于银〔发〕行的方法，不是直接支军饷、做行政费，先拿纸币到市面使用。那么，我们的纸币究竟怎么样发行呢？大家知道外国银行的纸币之所以有信用，就是因为兑现。普通发行纸币的方法，就是银行先拿纸币到市面使用，然后人民拿一百元纸币到银行兑一百元现钱，毫不折扣。这种办法，就叫作兑现。纸币因为兑现，所以才有信用。我们这个银行所发行纸币的信用，还要高过兑现，这是什么说法呢？因为我们发行纸币的方法，不是“兑现”，是“现兑”。外面普通银行的办法，是人民先有一百元纸币，才到银行兑回一百元现钱。这个银行的办法，是人民要用一百元现钱，必须先买一百元纸币。所以这种纸币，只要是在外面通行的，有纸币便有现钱的抵押，便随时可以兑现；故这个银行发行纸币的方法，是先有现然后才兑，所以说是“现兑”。因为是“现兑”，并且又有大宗基本金，所以这种纸币的信用，一定是很高的，一定没有从前省立广东银行纸币的毛病。

要维持这种纸币的信用，便要商界、工界、农界和政界、军界同力来合作，来培植这种母鸡和谷种的发达，便可以生出许多鸡蛋和新谷。这种鸡蛋和新谷，又再可以做种子，再生出母鸡来生蛋，再长成新谷来做米。这种丛生不绝的生长，是毫无止境的，是毫无限量的。到了那个时候，军界和政界便不怕穷，工商界和一切人民，便不怕没有资本，这个银行更是利益无穷。

社会上既是知道这个银行发行纸币的办法是“现兑”，政府又极力保护这个银行和提倡这个银行，大家便应该同心协力来维持这个银行。如果大家都来维持这个银行，这个银行的经济力便可以大发展，中国商场上的经济力便不致为外国银行所操纵。所以这个银行之成立，关系中外经济权力的成败。大家既是明白了政府开办这个银行的意思，便应该维持这个银行去进行；维持这个银行去进行，就是维持政府去进行；维持政府去进行，就是维持革命来成功；维持革命来成功，就是令贫弱之中国变成富强。

北伐的原因[1]

1924 年 9 月

各界诸君，今日诸君在这里开赞助北伐大会，我们今日为什么有北伐之举？大家知道，革命党自十三年前打倒清朝专制政体，改立民国。在辛亥革命未成功以前，革命党都到各处宣传，由有知识学者，到各处宣传革命。各界亦都起来帮助。革命未起以前，清朝把中国利益送给外人，如南方按近之安南、缅甸被英法占了，高丽、台湾被日本占了，香港九龙被英国占了，上海被各国占了；内地之汉口亦被各国占了。革命党怕中国陷于双重奴隶，故出来宣传革命。而人民人人都欢迎革命。满洲人宁愿以国土送给外国人，不愿送给汉人。革命党怕中国沦亡，便提倡革命。

当时大家提倡革命，赞成革命，希望享共和幸福。民国十三年来，人民究竟享了几多幸福呢？不过是四分五裂、盗贼兵灾吧。有些知识薄弱的人以为这些痛苦是革命造成的：十三年前虽做清朝奴

---

① 本文是孙中山在革命军北伐时的演讲。

隶，还得安居乐业，现在还比不上。其实革命事实，像拆去旧屋建筑新屋一样，这十三年便是旧屋已拆，新屋未成的时期。在此时期，倘遇狂风大雨，其景象当如何？有人以为旧屋虽然有倾倒之虞，尚可抵御风雨于一时，而以为不应当拆屋。这是何等错误！十三年来大家遇着大雨大风的生活，所以不能安居。但新屋建筑未成者，因为有清朝遗下之官僚军阀为障碍。当此之时，人民有的不忍舍去一片旧瓦，有的不忍舍去一块旧砖，不能彻底廓清，让一班官僚武人存在。这便是不能够建设之原因。清朝皇帝虽推倒，而数十个小皇帝代兴，故人民不能得安乐，反觉痛苦。尚有一个原因，国民自来做惯专制之奴隶生活，不问政府，故武人官僚敢这么放肆。

诸位应知道，民国成立而后，大家都是主人，而主人不能自己努力建设国家，故大家这样痛苦。大家以后应当觉悟努力。革命党为国民之先觉，奔走呼号，而国民甚少应之者，故民国不能成功，国民实不能辞其责。诸位应知道，中国好像一个大公司，国民是股东，股东不维持，公司便危险。国家建设而后，人民都享福，便和公司盈利、股东分息一样。

中国自通商后，工业失败，没有制造品出口，并且连自用之货都要用洋货，每年入口货多过出口货五万万。大家试想我们每年要送五万万元给外国，我们焉得不危险！尚有外国在中国境内之工业、矿业、航业、陆运业、银行、租借地、割让地等等，每年约损失十几万万。再加以条约之损失，赔款及其利息之损失，实不止数十万万。大家都想自己发财，但极其量都不能挽回这么大的损失。国家既如大公司，则要大家都努力，将这每年数十万万的损失完全恢复，中国自然会家富人足了。诸君总要努力，即建筑一间小屋，都要三数个月才成功，一个大国家，当然不是十三年便可完成成功的。但现在离成功不远了，大家应当齐起努力。这次革命政府提师北伐，便是要将西南军队联络奉浙军队，扫除旧屋砖瓦渣滓垃圾之北洋军阀官僚，以建设新国家。这个责任，是要全国国民负责，大家要有毅力，来完成这第二层的建设功夫。

在黄埔军官学校的告别演说

1924 年 11 月 3 日

诸君：

诸君今天在这地听讲的，有文学生，又有武学生。我今天到黄埔来讲话，是暂时和黄埔的学生辞别。辞别的原因，就是因为我要到北京去。这回北京事变没有发生以前的五六个月，便有几位同志从北京来许多信，催我先到天津去等候，说不久他们便可在北京发起中央革命。筹划这回事变的人数很少，真是本党同志的不上十个人。他们的见解，以为本党革命二十多年，总是不成功，就是辛亥年推翻清朝，成立民国，还不算是本党的主张完全成功。推究此中原因，就是由于从前革命，都是在各省，效力很小，要在首都革命，那个效力才大。所以他们在二三年前，便在北京宣传主义，布置一切。到五六个月以前，便来了一个很详细的报告，说进行的成绩很好，军人表同情的很多，应该集合各省有力的同志，在北京附近进行，只要几个月便可成功。当时各省有力的同志，都是在本省奋斗，没有人能够到北京附近去进行；而且当时北京表面很安宁，一讲到首都革命，在几个月之后便可成功，真是没有一个人敢信。就是我自己也看到很渺茫，也不敢相信。到江浙战事发生之后，他们又来催促，要我赶快放弃广东，到天津去等，说首都革命，很有把握，发动的时期，就在目前。这个时期，是千载一时的机会，万不可失。如果就广东的计划，由韶关进兵，先得江西，再取武汉，然后才想方法去定北京，那是很迂缓、很艰难的；假若放弃广东，一直到天津去发动一个中央革命，成功是很迅速、很容易的。我在当时，以为要北京有事变发生，才可以去；如果放弃广东的军队不用，先到天津去等候，恐怕空费时间，不大合算。所以约定他们，只要北京有事变发生之后，我马上便可以到北方去。并且一面把广东的军队，集合到韶关，我也亲自到韶关，督率各军前进，收复江西。我们已经有了一部分的军队进到万安、吉安了。现在大家都知道，北京发生了事变，当这次事变最初发生的时候，很像一个中央革命。我们对于以前的情况不明了，现在就发生事变时候的情形而论，可以决定是我们同志的筹划。但是最近中央的大力量，不是在革党之手，还是在一班官僚军人之手。拿这次变动的结果看，毫不能算是中央革命，这次变动毫没有中央革命的希望；既是没有中央革命的希望，我何以还要到北京去呢？我因为践成约起见，所以不能不去。他们在北京奋斗，费了许多大力，才有这次的变化。变化之后，对于本党表同情的，只有几个师长、旅长，普通兵士都是莫名其妙。以少数的师长、旅长来做极重大的中央革命，一定是很难成功的，就是在事变发生之初，我便进京同他们合作，想造成一个宏大的中央革命，也不容易做到。不过经过这次事变之后，可信北京首都之地，的确是有军队来欢迎革命主义的。从今以后，只〔要〕有人在北京筹划中央革命，一定可以望天天进步。这次虽然不能造成一个中央革命，以后进步，可以望造成一个大规模的中央革命。并且知道北方的军队和人民，也有天良与爱国心；有了天良与爱国心，就可以受革命党的感化。我们从前看到北方的空气龌龊，官僚卑下，武人野蛮，人民没有知识，以为那些人用革命主义的力量，不能够感化。但是在今天看起来，从前的观察实在是错误。北京也可以做革命的策源地，造成一个革命的基础。现在的事变，虽然不是完全的革命举动，不能说将来便不能再起革命。只要此时用功去做，以后或者可以得好结果。就是能不能得好结果，此时不能预先知道，但是可以推测彻底的革命，一定可以在北京发生。因为有这种希望，所以我为答北方同志的欢迎起见，决定去北京。我这次到北京，不但是本党同志欢迎，就是各省的反直派也是很欢迎的。我相信一定可以自由行动。将来自由行动的结果，究竟是怎么样，虽然不能逆料，但为前途发展起见，此时也不能不去。大家又不可以为我到北京之后，马上就能发起一个中央革命。不过借这个机会，可以做宣传的功夫，联络各省同志，成立一个国民党党部，从党部之内，成立革命基础。能不能够达到这个目的，预先固然不能断定，但是只要有革命的方法，便可以进行。今天到此地来听讲的，有文学生，又有武学生。便可以借这个机会，研究革命的方法。我也可以借这个机会，把革命的方法拿来和诸君谈谈。诸君现在都负得有革命的责任，在外面奋斗，应该用什么方法才可以成功呢？要革命成功，中外古今在中央进行的，当然是很容易；就是在各地方进行，也有成功的。地方革命也算是一种办法。所以研究革命方法，要除去空间问题，另外从旁方面着想。

近二三十年来，革命风潮是从什么地方发生呢？是从什么地方传进中国来的呢？中国感受这种风潮，是些什么人呢？革命的这种风潮，是欧美近来传进中国来的。中国人感受这种风潮，都是爱国志士，有悲天悯人的心理，不忍国亡种灭，所以感受欧美的革命思想，要在中国来革命。但是欧美的革命思想，一传到中国来，便把中国的旧思想打破。试看近二三十年来，中国革命党在各地奋斗，成功的机会该有多少？而每次成功之后，又再失败，原因是在什么地方呢？我们的革命失败，是被什么东西打破的呢？大家知不知道呢？是不是敌人的大武力打破的呢？是不是旧官僚的阴谋打破的呢？又是不是中国的旧思想打破的呢？这都不是的。究竟是什么东西打破的呢？大家做学生的人，大概都不知道。依我看起来，就是欧美的新思想打破的。中国的革命思想，本来是由欧美的新思想发生的，为什么欧美的新思想，发生了中国的革命，又能够打破中国的革命呢？这个理由非常幽微奥妙，不是详细研究，很难得明白。欧美的革命思想是什么呢？这就是大家所知道的自由、平等。自由、平等是欧美近一百多年来最大的两个革命思想。在法国革命的时候，另外加了一个口号，叫作博爱。由于自由、平等与博爱的思想，便发生法国革命。中国近来也感受了自由、平等的思想，所以也起了革命；革命成了事实之后，又被这种思想打破，故革命常常失败。我们革命之失败，并不是被官僚武人打破的，完全是被平等、自由这两个思想打破的。革命思想既是由于平等、自由才发生，何以又再被平等、自由来打破呢？这个道理，从前毫不明白，由于近十几年来所发生的事实，便可以证明。大家知道革命本是政治的变动，说到政治究竟是做些什么事呢？就“政治”两个字讲，“政”者众人之事也。“治”者管理众人之事也。管理众人的事，就是“政治”；换而言之，管理众人的事，就是管理国家的事。这个道理，许多军人多不明白。譬如这次北方发生事变，本是少数军人的举动。这种事变，本来就是革命。他们发动了革命，就是发生了政治变动，他们在事前储蓄得有这种大动力，能够发生政治变动。政治变动已经发生了，而他们通电，还是说不懂政治。这好比是一架发电机，能够发生大电力的部分就是磨打，如果一个大磨打能发生几万匹马力的电，用这样大的电力去行船，每小时便可走几十英里；用这样大的电力去做工，便可运动很多机器，制造很多货物；用这样大的电力去发光，便可装成无数电灯，照很大的城市。像这样磨打，如果能够知道它所发生电力的用处，又用之得当，便可以做种种有利益的事业；若是不知道它所发生电力的用处，或者是用之失当，便要杀人，到处都是很危险。现在北京有政治原动力的军人，已经发生了政治变动，尚且说不懂政治，这好比是磨打自己发生了电力之后，不知道用处，当然是有极大的危险。至于有大原动力的军人，日日在政治范围中活动，而没有政治的知识，那种对于众人的危险，比较磨打，当然是更大，又更厉害。大家现在如果还不明白这个道理，可以读我的民权主义，便能够了解。

中国革命之所以失败，是误于错解平等、自由。革命本来是政治事业。如果当军人的说不懂政治，又好比是常人说不懂食饭、穿衣、睡觉一样。食饭、穿衣、睡觉，都是做人的常事，是人人应该有的事，试问一个人可不可以不知道做人的常事呢？无论哪一个人，都是应该要知道做人的常事的。大家都能够知道做人的常事，就是政治。大家能够公共团结起来做人，便是在政治上有本领的人民；有本领的人民，组织成强有力的国家，便是列强；没有本领的人民所组织成的国家，便是弱小。弱小都是被列强压迫的。无论哪一个国家，不管是不是强有力，只要号称国家，都是政治团体。有了国家，没有政治，国家便不能运用，有了政治，没有国家，政治便无从实行。政治是运用国家的；国家是实行政治的。可以说国家是体，政治是用。根据这个解释，便知道政治的道理，简而易明，并非是很奥妙的东西。大家结合起来，改革公共的事业，便是革命。所以说革命，就是政治事业。中国近来何以要革命呢？就是因为从前的政治团体不好，国家处在贫弱的地位，爱国之士，总想要改良不好的旧团体，变成富强的地位。这种改良，要在短时间或者是一朝一夕之内成功，便是革命。我们发生了革命，为什么又被平等、自由的思想打破呢？因为做人的事，在普通社会中有平等、自由，在政治团体中，便不能有平等、自由。政治团体中的分子有平等、自由，便打破政治的力量，分散了政治团体。所以民国十三年来革命不能成功，就是由于平等、自由的思想，冲破了政治团体。就政治团体的范围讲，或者是国家，或者是政党。就平等、自由的界限说，或者是本国与外国相竞争，或者是本党与他党相竞争，都应该有平等、自由。不能说在本国之内，或者是在本党之内，人人都要有平等、自由。我们中国人讲平等、自由，恰恰是相反。无论什么人在哪一种团体之中，不管团体先有没有平等、自由，总是要自己个人有平等、自由。这种念头，最初是由学生冲动，不知道拿到别的地方去用，先便拿到自己家内用，去发生家庭革命，反对父兄，脱离家庭。再拿到学校内去用，闹起学潮来。这种事实，在大家当然是见得很多，做得也很多。大家要闹学潮，或者自以为很有理由，所持的理由，总不外乎说先生管理不好，侵犯学生的平等、自由，学生要自己的平等、自由不被先生侵犯，要争回来为自己保留，所以才开会演说，通电罢课，驱逐先生。拿这个理由来闹风潮，口口声声总是说革命，实在不知道革命究竟是一回什么事，不过拿学校做自己的试验场，用先生供自己的试验品罢了。我们革命党内的情形，也是这一样。革命的始意，本来是为人民在政治上争平等、自由，殊不知所争的是团体和外界的平等、自由，不是个人自己的平等、自由。中国现在革命，都是争个人的平等、自由，不是争团体的平等、自由。所以每次革命，总是失败。中国革命风潮发生最早的地方，是在日本东京。当时都是以留学生为基础，留学生最盛的时代，有两万多人。那些留学生都是初由中国各县，到日本东京，头脑极新鲜，很容易感受革命的思想，一感受了革命思想之后，便集会结社，要争平等、自由。但是他们那种争平等、自由的目的，都不知道为团体去用，只知道为自己个人来用。所以当时结成的团体，虽然是风起云涌，有百十之多，但是不久，所有的团体，便烟消云散。团结存在最久的，不过是一两年，短时间的，都只有几个月，便无形消灭。那些团体为什么那样容易消灭呢？我以为很奇怪，便过细考察那些团体的内容，始知道那些团体，当初结合，并没有什么特别主张，只知道争个人的平等、自由；甚至于在团体之中，并没有什么详细章程，凡事都是杂乱无章，由各人自己意气用事，想要怎样做，便是怎样去做，所谓人自为战。真是强有力的人，或者能够做成一两件事。大多数都是一事无成，只开一个成立会，大家到会说些争平等、自由的空话，便已了事。因为大家都是为个人争自由、平等，不为团体去争自由、平等；只有个人的行动，没有团体的行动，所以团体便为思想所打破，不久就无形消灭。学生在求学的时代，便是这种行动。到了后来为国家做事，一切行动，不问可知。更有许多无路可走的学生，毫不知道政治社会的道理及中国的国情，又想在社会上出风头，便标奇立异，采欧美没有根据的新学说，主张革命，要无政府，自称为无政府党。殊不知道革命的目的，就是要造成一个好政府。他们这种主张，在政治原理上自相矛盾，真是可笑已极。推到无政府的学说之来源，是发生于俄国。俄国学者之所以要主张无政府，就是因为从前俄国的旧政府太专制，为万恶之源，人民痛苦难堪，所以社会上便发生无政府学说的反抗。俄国创造无政府学说的祖宗，就是大家所知道的巴枯宁。其后又有一个王子，叫作克鲁泡特金，用科学的道理，把无政府的学说推到极端。这种无政府的学说，在俄国可算是极发达。从前俄国应用这种学说来革命，许久都不能成功。俄国发生这种革命，是继法国革命之后，有了一百多年，都不能成功。到七年之前，再发生一种革命，一经发动，便大功告成。我们中国革命，以前的不讲，只说最近的到今日也有了十三年。这十三年的革命，还是不成功。推到俄国从前一百多年的革命，不能成功；我们中国，近十三年的革命，也是不成功。俄国七年前的革命，便彻底成功，这个原因，是在什么地方呢？简而言之，俄国近来革命之所以成功的道理，就是由于打消无政府的主张，把极端平等、自由的学说完全消灭。因为俄国有这种好主张，所以他们近来革命的效力，比较美国、法国一百多年以前的革命之效力还要宏大，成绩还要圆满。他们之所以能够有这种美满成绩的原因，就是由于俄国出了一个革命圣人，这个圣人便是大家所知道的列宁，他组织了一个革命党，主张革命党要有自由，不要革命党员有自由。各位革命党员都赞成他的主张，便把各位个人的自由，都贡献到党内，绝对服从革命党的命令。革命党因为集合许多党员的力量，能够全体一致，自由行动，所以发生的效力便极大，俄国革命的成功便极快。俄国的这种革命方法，就是我们的好模范。中国革命，十三年来都是不成功，你们黄埔的武学生，都是从各省不远数百里或者是数千里而来，到这个革命学校来求学，对于革命都是有很大希望、很大抱负的；广大的文学生，今日也是不远数十里到黄埔来听革命的演说，研究革命的方法，对于革命的前途，也当然是很希望成功的。大家要希望革命成功，便先要牺牲个人的自由、个人的平等，把各人的自由、平等，都贡献到革命党内来。凡是党内的纪律，大家都要遵守；党内的命令，大家都要服从。全党运动，一致进行，只全党有自由，个人不能自由，然后我们的革命，才可以望成功。如果不然，像这次北京发生事变之后，有了好机会，当初我以为少数同志发动，便可以成功，但是他们不知道革命的道理和方法，所以虽得机会，亦恐空白错过了。假若在这次北京事变发生以前，大家早向北方去活动，或者可以做成功，到现在已经没有希望。以后要革命成功，还要另外研究方法。从前革命之失败，是由于各位同志讲错了平等、自由。从今而后，要革命成功，便要各位同志改正从前的错误，结成一个大团体，牺牲个人的平等、自由，才能够达到目的。现在想要造成这种团体，便要有好党员。诸位文学生同武学生，都是有知识的阶级，都应该明白这个道理。

中国把社会上的人，分作士、农、工、商四大类，商人居于最末级地位，知识极简单，他们独一无二的欲望，总是唯利是图，想组织大公司，赚多钱。但是股东一投资之后，不能就说要分红利。商人在当初组织公司、参加合股的时候，就想要分红利，要达到赚钱的目的，是决计没有的事。无论什么愚蠢的商人，先也知道要拿本钱去附股；附股之后，究竟可以赚多少钱，也不能预先决定，不过希望要将来能够赚钱，现在就不能不投资；希望要将来能够赚多钱，现在就不能不多投资。我们革命党都是有知识阶级的，都是聪明过商人，结成一个团体来革命，是不是应该先就要把本钱拿出来呢？这个道理，不必详细讲，诸君当然可以明白。商人做生意的资本是钱，我们革命的资本是什么东西呢？商人附股是拿出钱来，我们参加革命党，要贡献什么东西呢？我们参加革命党，要贡献的东西，就是自己的平等、自由。把自己所有的平等、自由，都贡献到党内，让党中有全权处理，然后全党革命，才有成功的希望。全党革命成功之后，自己便可以享自由、平等的权利。中国发大财的实业，有汉冶萍公司，有开滦公司，有招商局。他们那些公司，在组织之初，各股东都是有很大的牺牲，投了很大资本的。好像革命党要先拿出个人的平等、自由一样。假若那些资本家不先拿出多本钱，现在何以能够多分红利呢？他们因为想到了要现在多分红利，所以从前便多投资本，牺牲一切。革命的道理，不管大家知道不知道，只要能够学商人，便能够成功。商人本是多财善贾，根本上还是要有本钱才成。没有本钱，什么生意都不能做。许多革命党不肯牺牲个人的平等、自由，就是没有本钱。他们以为一参加革命，就是为争自己眼前的平等、自由。商人要分红利，必须有时间问题。以商人的思想简单，尚知道有时间问题，尚知道要等候，难道我们有知识的阶级，尚且不如商人吗？党员在党内不能任意平等、自由，好像股东在公司之内，不能任意收回本钱一样。大家要来参加革命，头一步的方法，就是要学商人拿出大本钱来。我今天到此地讲话，是要离开广东北上，临别赠言。没有别的话，就是要大家拿出本钱来，牺牲自己的平等、自由，更把自己的聪明才力，都贡献到党内来革命，来为全党奋斗。大家能够不负我的希望，革命便可以指日成功。

沈钧儒

(1875—1963)

生平简介

沈钧儒（1875—1963），字秉甫，号衡山，祖籍浙江嘉兴，生于苏州。晚清进士，社会活动家、律师，中国民主同盟的创始人之一。1905年留学日本，回国后任浙江两级师范学堂监督、浙江省咨议局副议长。辛亥革命爆发后，任浙江都督府警察局局长、浙江省教育局局长。1912年加入同盟会。1922年任北京政府参议院秘书长。1926年北伐军攻克浙江时，任浙江省临时政府政务委员兼秘书长。抗日战争全面爆发前夕，组织和加入上海文化界救国会和全国各界救国联合会，1936年11月被国民政府逮捕，成为著名的“七君子”之一。七七事变后出狱，仍然积极投身抗敌救亡活动。1939年组建统一建国同志会，1941年3月改组为中国民主政团同盟，1944年更名为中国民主同盟。1949年出席中国人民政治协商会议第一届全体会议，当选中央人民政府委员。此后曾任全国人大常委会副委员长，第一、二、三届全国政协副主席，首任中央人民政府最高人民法院院长，同时担任中国民主同盟第一届中央副主席，第二、三届中央主席。1963年6月11日在北京去世。

在上海法科大学三周年纪念会上的讲演词

1929 年 10 月 3 日

本校今日举行三周纪念，并补行本届开学典礼，此刻时间匆促，略做关于教务方面的报告。

一、本学期所聘教授，上课业将匝月，无待再为详细介绍，所要报告者，当教员聘请时，有一点很为注意，即同一类教科最好集中于一人，譬如民刑诉讼法由康次由先生一人担任教授，与从前分请数人不同是也。又同学常要求教授须请名人，但名人多忙，未必能专心来做教授，结果亦未必就能圆满。现聘教授尽多专门研究之学者，本来李先生专门研究社会学，赵先生专门研究《刑法》，不用说了。即如张镕西先生从前在北大教的就是《民法》总则，陶希圣先生研究亲族法亦有五六年之久，大家晓得的，其他不多说了。

二、本校由本学期起，对于外国文特加注重，业经另订办法，较上学期上课钟点增加。计英文分四班，德文一班，法文、日本文各二班，添请章萧夫人授法文，张佩芬女士授日本文，务期达到人人能直接看外国文书籍，有自由参考的能力。

三、体育与智育并重，本校本学期亦注意添聘体育指导员，并另聘女生指导。

四、同学于讲议范围以外，关于实习方面，尤须特别注意，如法庭实习、政治实习、合作银行等是。银行专科毕业诸同学现在介绍入各银行者已有数人，均有好评。法庭实习，上月本届拒毒会全国宣传周来函，邀请本校担任烟案假法庭之表演，并不另请他校，足见本校实习，亦着有相当名誉，而同学更宜加勉。

以上可谓系关于开学典礼的话。至三周纪念方面，已经诸先生发扬尽致，余再约略一言。今日本校会场所贴各种标语，有“上海法科大学万岁”之语，其实本去万岁之期，尚有九千九百九十七年，为时可谓至遥至远。我人三年以还，实属痛苦万状，即此大道堂，外间小报批评谓曾富人汽车间之不若，但尚是由原校迁移而来，略加木料建成者。即此一端，可觇本校困难之一斑。兹者前途幸发曙光，校址购定，不日即行建筑，而学校年龄亦已长满三岁，立案有望，此则忧患之余堪以庆幸者也。

褚校长与余接办本校，除培养人才之普通意义外，盖尚有特别者在。夫潘公既遭不幸，余等以友谊关系，实亦义不容辞焉。刚才六区党部代表指示，谓大学者，大人之学也。现在要讲一句笑话，本校实只三龄稚童耳，未足当大人之称，但不过世间唯小孩为最可爱，而亦唯小孩为最有希望也。

最后希望当局扶掖，各界匡助，并望本校组织之各个分子，努力不息，以达万岁目的。

谈抗战中的文化运动[①]

1937 年 12 月

年来轰动全国乃至全世界的“七君子”，他们的精神，是为每一个爱国青年和世界上爱护和平的人士所敬佩的；他们的言行，也是为人们所最关切的。现在“七君子”已有四位——沈钧儒、李公朴、王造时、沙千里——来到武汉，这是武汉的光荣，武汉的青年们也自庆获得良好的导师，领导着做救亡工作，对于武汉的救亡运动是大有进展的。因此，记者特于上周走访李公朴先生，将访问经过报告读者，此次又走访沈钧儒先生，并承沈先生发表了许多对文化运动的珍贵意见，大概也是读者所乐闻的吧。

是在一个晚上，记者会了沈钧儒先生，撇开一切俗套的客气话，我们就径直谈到文化运动上来。

“对于目前的文化运动，希望沈先生给我们一些指示！”记者问。

“啊！对于这个问题我倒没有什么研究，说不出什么意见。”沈

---

① 本文是沈钧儒向《文化新闻》记者发表的谈话记录。

先生似乎很谦虚地回答着，但经记者再度要求之后，他就说出了许多宝贵的意见：

“本来，我不是个写文章的人，对于文化界的情形也不大熟悉，现在既询问到这个问题，我只简略地说点感想而已。”沈先生说到这儿，停了一停地又说着，“当日本帝国主义者大举进犯我国，要使我中华民族沦为奴隶的今日，做文化工作的青年们，也应如军队一般地动员起来！要学班超的‘投笔从戎’，切不可仅仅写写文章卖弄风情！更不应‘清谈误国’！譬如，现在乡村中的农民，对于这次神圣的民族解放战争还不大清楚，做文化工作的人，就应担任起下乡宣传的任务。文化人应多多注意实际问题，多多参加实际工作，如游击战术等，文化人要极力为之鼓吹才好！对于目前许多主和的谬论，更应予以不客气的批评！因为这是出卖民族利益的歪论！这是违反了最高统帅‘反中途妥协’的意志的胡说！”说到这里，沈先生是非常兴奋，而语调也非常沉痛了。

“其实，目前并不是写文章、读文章的时候，尤其是没有时间看长篇大论啊。从前也许还容我们写点文章，现在却不同了，我们再也没有更多的时间专门去搬弄理论的！”

“那么，沈先生是否认为理论在目前是全然不需要呢?”记者问着。

“不，绝对不是！我只反对读死书的搬弄理论，但我主张理论要与行动配合起来，此即‘没有革命的理论，就没有革命的行动’之谓。所以，我们希望文化人努力地推动抗战教育的实施。”

“依沈先生说来，文化人应多多参加实际工作，上前线杀敌，下乡去宣传，推动抗战教育等等，然则，我们又应该写哪一类的文章呢?”记者问。

“不错，写文章也不可完全放弃，不过，说到写文章，我倒又有一点意见了，而今出版的许多刊物和书籍，大都是知识分子才看得懂的东西，而能供前线士兵与乡间农民阅读的读物却非常缺乏！这是急需设法补救的！”记者正待沈先生将说完这句话之际，接着就问：

“可是，我们究竟要写何种文章呢？”

“我们要简而有力，大家容易读得懂，读起来有趣味，而且可以随口唱出的就更妙！譬如街头叫卖的那些小调等，适合于前线的兵士与乡村的农民和工厂中的工人们阅读。归纳地说，便是要做到：（一）大众化；（二）趣味化（绝非胡闹的趣味！）；（三）诗歌化。合乎上面这三条，才是广大民众所欢迎的读物。”

“对的，我们中国的农工士兵们都是文化水准很低的。”记者又插着说了一句。

“即如我刚才所说的那种街头出售的小调，它还有一个优点，便是它不仅浅显易读，并且买得来也不贵，失掉了也不可惜，同时放在衣袋中又很易于携带。”沈先生说到这里，还连说带做地用右手摸摸衣袋，我们不禁相与笑了起来。

“还有，”沈先生好像是特别叫我注意的样子，“说到可唱的读物之类，我想对目前流行的救亡歌曲说一二句，即歌曲也应更加大众化！使唱歌者易于了解歌词的内容意义，如《打长江》是颇通俗的歌子，《救国进行曲》也还可以，但一般的歌子却不大好懂了！”

之后，我们的话题已超出了文化运动的范围，记者用不着在这儿赘述的。不过，当时记者看着时间，已过了十一点，遂立起告辞。

为维护世界和平正义文化而斗争[①]

1938 年 5 月 24 日

今天是中国编著人全体同人欢迎国际学联代表团诸君。诸君为了维护世界和平正义文化，特地远道来到中国，中国人民从诸君到达国境之日起，全国各地，均以非常之注意、热烈的情绪表示了欢迎。这几天的汉口已被欢迎诸君之狂潮充满，想诸君自己已经感觉到了。

中国编著人是中国文化人之一部分，中国全国知识者今日团结成为民族的文化战线，这一战线构成了中国全民族全面抗战之一面，是以文化的特殊任务参加到战争中，以保卫中国四千年的文化为我们战斗的任务。

诸君一定想要知道中国文化阵线当前的一切情况吧？中国社会发展的特点、中国社会的复杂性，在过去文人并不容易团结的；但是，自从中国遭受到了日本强盗空前的军事侵略以来，自“九一八”

① 本文是沈钧儒在武汉文化界人士欢迎世界学联代表团大会上的演讲。

到卢沟桥事变时，中国知识者已有了高度的觉悟。在抗战爆发以前，中国知识者发出了广大、宏伟的全民族统一救亡的号召，首先把自己用各种形式组织了起来，把全国青年用各种形式组织了起来。不仅是号召，并且我们还有全国救亡运动。这一运动的结果，不能不说对于卢沟桥事变后中国全民族的抗战，有很大的影响。

抗战爆发以后，首先是中国文化遭受了空前的破坏，中国最大的学校中心北平被破坏，中国全国文化中心上海被炮毁，中国首都南京的文化区亦相继毁于炮火；因此，有数十万的学生失学流亡，数万教师失业，数千的著作者、数千专家停止了写作、研究，这是空前的大难。但是，敌人虽然炮毁了我们的文化，使中国文化人、知识者受难，我们是怎样回答敌人的呢？

是团结。

是在敌人炮毁过的废墟上重新建筑起我们文化的堡垒。现在武汉就是新建立起来的全国文化的中心堡垒，中国千千万万的知识者，由都市散布到全国乡村，各穷乡僻壤，他们也在各角落建立了许多文化的细胞，地方堡垒。

在团结方面，今日我们文化界已有文艺、电影、戏剧、漫画、歌咏、抗战教育、青年记者、学生等全国性的组织。全国编著人的组织，亦在筹备中。由这许多文化部门的团结，已达到全国文化统一的组织，这只是不久就可以实现的事。

这是空前没有的现象。日寇的炮火，使中国最不易团结的文化人都结合起来了。

这十个月的抗战中，我们真有无数可歌可泣的故事，足慰我们远道来汉的国际友人。现在且略举几个，使大家了解中国文化人是在怎样状态中生活的吧！

刚才我说过，中国文化人在抗战爆发后，怎样参加战争，拥护战争，确实是很多的。不仅参加后方工作，即在前线上也有成千成万的青年组织了战地服务团在炮火之下工作。中国国立大学的教授杨秀峰在北平失守后领导北平大学生组织游击队，自己做了游击司令；中国最优秀的国际问题专家钱亦石先生就是为了工作过劳，致疾而死的；还有青年作家刘群也是这样死的；女作家中也有留德多年的胡兰畦、曾经当过女兵的谢冰莹、中国最优秀的女小说家丁玲等，均领导青年女子在前方工作。以外男女戏剧家、音乐家、画家、教育家、小说家，在前方工作的更不在少数。

不仅在成人方面是如此，在儿童、少年方面也表示了许多可感可泣的事。在西安有位十四岁小孩，自动报名参加干部训练；路上遇见母亲，劝他回去，他用了日寇杀害我们无数小孩不能不报仇的理由，说服了他的母亲。汉口有一个银行经理的儿子，到前方工作，挑七八十斤的担子，因劳致死。中国有名的文学家落华生的女儿，因要参加前线工作，个人出走，旁的例子还不知有多少。

说到中国人民的抗敌情绪，还可以举一个例子，如桂林附近，有一个伤兵，伤好后准备再赴前方，致他的夫人悬梁自杀相阻，被救后仍与他的母亲力阻其行，这位伤兵并未被他们劝阻而生出动摇，反而邀集了家人邻里，报告了前方敌人屠杀奸淫等等惨状。最后他说："现在只要你们以为我不必再上前线，我就不去了。"这话引起了大家抗战的怒火，他母亲最后也说出"你去吧!"他的夫人并要求同上前线。这些例子说明了什么呢？它是说明了中国民族意识动员有了相当的成效，中国过去几年，尤其是最近十月的努力，获得了相当的成功。

不仅我们自己对抗战前途乐观；因为我们有了这样的士气民情，

即敌人方面，亦不能不承认这一事实。在浙江平湖有一个日本下级军官对中国人说了一段话，颇足以引为例子。那位日本军官年纪已有五十多岁。据说，他有三个儿子：第一个战死华北，第二个是在上海战死的，现在征发到他的第三个儿子，他因此请于日本军部替代他的儿子，来到中国。以他的看法，日本今日所处的地位，真是冒险。他说时，随手取了一张纸，在纸上画一黑点，点的周围画了四层的圈。他说："这点是日本的地位。"第一道圈是中国游击队，第二圈是中国军队，第三圈是中国老百姓，第四圈是国际舆论。

这一段话，的确表示了中国今日战局的真实状况；尤其是第四道圈，今日诸君之到来，不更证明正确吗！

是的，例子是举不尽的。总之，中国政府和人民决不会在强权之下屈膝的。

最后，我还要表示我个人对于国际青年友人的敬意和期望。

我个人数年以来，常常与青年接近，共同行动，常常受到青年的感动；可以说，我的一切，实在是受了青年的影响。换一句话说，也可以说接受了青年的领导。现在有一些人往往批评青年，青年果然不能无缺点；但是这个缺点，是要我们去补正，这是我们的责任。他的优点却实在就是人类继续前进最可宝贵的基本精神，也就是我们今日抗战最伟大的力量。因此，我们今日与诸君相叙一堂，不令我应报告中国文化人抗战的事实，也愿意接受国际友人的领导，我们希望世界青年出来领导世界到真正的和平正义的大道。

我们很感谢诸君到中国来以后各种言论和指示。我们的希望，就一般地说，也与其他各团体所说过的一样，是将中国抗战中的一切具体事实传达到全世界去。中国抗战是长期的，所以也盼望世界对我们的同情和援助也一天天扩大。尤其希望我们的友人把中国文化界同人奋斗的事实与愿望，代达到各国文化人士之前，我们亟愿共为保卫人类文化而斗争！

今日集会，令我们回想到去年（1937 年 8 月）在巴黎举行的世界青年和平大会的景象，我们亟盼世界人士，尤其是青年，速为世界和平而努力！

最后我个人代表千万中国知识者、全体编著人，向诸位致敬，致谢！并祝诸位健康！

向青年提出四个要点

——从前线、农村生活说起

1938 年 10 月上旬

最近同邹韬奋先生等到前线去了一趟，我去的是第九战区。详细情形以时间关系不暇尽告，只略谈感想两点，这种感想也可以说是最近到了前线去了，才触发到的。

这两点感想是：（一）对于最前线士兵的生活；（二）对于国内最大多数人的生活，就是农村生活。

先说前线士兵的生活。常有人问："前线士气旺否?"我以为这是不需问的，因为对于我们的士兵和将领的劳苦和忠勇，还有什么话可说呢。事迹举不胜举，我现在主要要谈的还是他们的生活。他们的生活怎样呢？他们的生活，可以说，没有了所谓饮食起居，也没有了所谓文化生活等等。不谈士兵，就是将领，也往往一月半月找不到一张报看，哪里谈得到什么精神食粮呢。至于另一种食粮，那么，他们是常常一天半天不吃东西的。这也并不定是食粮缺乏，而是没有时间管到饥饿，也没有时间烧饭。烧起东西来，总有烟和火光，而这足以引起敌人注意，要发生问题的。往往正在烧饭的时候，一有风吹草动，便只得作罢了。饮食（尤其是饮）实在不易解决。在前线，吃不到菜蔬，老百姓是跑开了，田里没有东西。这样，维他命自然缺少，而体力上受了影响了。关于这菜蔬问题，我在南昌时听人说输送很困难。因为交通工具缺乏，而就是输送起来，比菜蔬更重要的东西正多着，自然不能先送菜蔬。——前线的吃，实在很成问题，譬如食盐等等，也非常缺乏。

前线无所谓“起居”，往往到需要睡时不能睡，没有定时。又比如棉衣之类，实在不只是天冷了才需要。士兵的睡觉，常常是睡在露天的，往往清晨醒来，胸前尽湿，极易受病。倘使有了棉背心，那就比较好了。

还有生病的问题，这使士兵更痛苦，不只士兵而已，就是那在所谓“前线的后方”的较高军事机关中的职员，也有很多生病的。痢疾和疟疾最多。金鸡纳霜并非没有，但是分配太不够了。正在发冷发热的时候，自然只有休息，但是些微好一点就得起来擎枪瞄准。他们是边病边打的，白天病着，一到晚上，就又打起仗来了。这一种的情形，实在叫人感动。前线行路都在晚上，我们在沉寂中黑暗中，听到伤兵和病兵的呻吟之声，我们只有感动，只有惭愧与不安。

在此抗战时代，他们是真已尽了最伟大、最神圣的任务，但是他们的生活却是如此！这是可以而且应当改善的。只要前后方联系得好，后方多出些力，多出些钱，总可以比较好一点的吧。我们后方的人实在对不起前方将士！

再如所谓精神食粮，现在后方的人都说要输送书报到前线去，事实上这还是空话。因为那些书报，事实上只能送到副官处以及司令部等等地方为止，绝不能送到最前线的士兵手里。而且，这些书报是否能安慰他们，还是问题。就从容积方面说，我们平常看的大幅的报纸，他们在壕沟里是不便看的。他们只能看小一点的纸张。我希望文化界今后注意这一点。读物要小型的，而内容不能浪费笔墨，因为他们需要经济精力和时间。写信方法应该简洁、扼要、明快——使他们一看就明白是写的什么才好。但是这样的刊物，在后方实在还少得很，文化界倘真心要改善最前线将士的生活，这一点也非做到不可！

其次，再谈乡村生活。

中国的农村里的生活，是可以推想得到的。在乡村里，无论男女老少，都是面黄肌瘦，不活泼，不愉快，他们所吃的苦，绝非城里人所可忍受。他们住的房子，很简陋破败，非常的不卫生，卧房多是不透一点光的，因为没有窗户。昼夜黑漆漆，脚底下还是烂泥地，乡村的建筑，实在非根本予以改造不可。至于他们的饮食，更坏得很。他们所吃的、喝的东西，对他们的身体，简直是不能想象的坏。自从农村破产以后，中国的农村里，是处处表现着生活之穷苦的。还有，乡村里不识字的文盲多极了，他们不能像我们这样得到识字之乐，他们不能获得知识，以影响其生活。他们常常终年不离开一块地方，这是他们没有知识的一个原因。抗战已经一年多，但农村里，却还有好多问了他茫然不知所对的人。

看了前线士兵和乡村农民的生活以后，我想到"青年应该刻苦"这句话，是有因的。今日之下，我们的生活，实在应以最前线的生活为标准。青年人和文化人的责任，是改革社会，使那种种使人看了不安的地方，得以改变。因此，我们应该对我们的生活有所决定。我们的生活到底应该怎样？现在各方面都在希望青年，各方面都希望青年负起改革的责任来。前线的将领，目下正在热切希望青年们去做下级军官，希望青年们受军事教育。在行政方面，大家又希望青年去做下级行政官员。目下往往有许多地方的县长，不能与军队好好联系，好好配合，不知道负责任，敌人来了也不管。所以现在各地都需要好县长，需要有知识、有能力、身体强、对抗战热诚，而甚至沦陷后还能领导民众打游击的好县长。而这，大家都属望于青年，目下各方所希望于青年者，并不是空空洞洞，而是希望实际负责。但是，在我们青年方面应该怎样呢？我们还觉得自己要学习，青年们还需要努力改造自己，培养自己。一面工作，一面在工作中学习。根据一般的经验，青年做事力量总要强些，但青年也有缺点，如经验不够等，都不能忽视。

现在我想出四点，希望青年朋友们加以考虑：

第一点：要切实。青年往往太偏于理想，因此真正有办事之才的青年干部很缺乏。所以，要切实。一切要有具体的办法。尽管眼光看得很远，却不可徒存幻想，比如一个人眼睛可以看到很远的地方，脚底下却没有办法，不能一跨就跨到那里，必须一步一步地走。无论碰到什么事，都要当机立断。

第二点：要伟大。我觉得，目下中国青年的团结，还不够得很，往往是把自己看得太重，不能容人，却造成了种种的分别、种种的隔阂。已经到了必须一致团结外御其侮的时候了，却还不肯团结起来，这是很不好的。我们应该把心胸怀抱伟大起来。

第三点：要坚强。凡事判断明确后，便应坚强地做去，不能动摇。——这是意志的坚强。另外，身体也要练得坚强，只有身体坚强的人，才能担当艰巨的事业。就比如我，虽则老了，但因为身体还强，还能耐苦，所以还能勉强做得一些事情。

第四点：要宁静。“宁静以致远”，是诸葛武侯的教训。这两个字是极好的，很不容易阐明，我想把开汽车做例子来解释。开汽车的时候，第一，要心思专一，开的时候不能想到别的事情，否则就要发生问题了。说一句笑话，开汽车的哲学就是“心无二念”。这是宁静的根本。第二，是前进，开汽车的时候，只有前进，没有倒退。第三，要检查自己，开汽车的时候，人与汽车是合为一体，我就是汽车，汽车也就是我。汽车临开，务必把自己汽车上的机件、水匣等一一检查清楚，看有无毛病，足为进行阻碍。宁静功夫最重要的也就是自己检查自己。第四，注意满街行动。开汽车时，须注意前后左右一切人和物的行动，注意是否有人要走过去，必如此宁静方不是个死体。第五，避免正面冲突。因为冲突，并不能一定达到排除障碍目的，而是必至于连自己（汽车）也不保。应止即止，非走曲线不可的时候，就应走曲线，应下车则下车，说服了或取去了阻碍再向前行，如此宁静方有作用。

我的话应该结束了。总之，我到前线去看到了前线战士们的生活和乡村里农民的生活以后，便想到我们的责任，应该是去改善他们的生活，以增强抗战力量。而青年尤其应该负起责任来。但是改善多数人的生活这一件事，是要不避艰苦的人、能力强的人，才能做得起来的。所以我向青年提出这四个要点：

切实，伟大，坚强，宁静。

关于宪政的几件事[①]

1939 年 11 月 15 日

自从国民参政会第四次大会通过了《请政府明令定期召集国民大会，制定宪法，实施宪政》一案，并由蒋议长指定十九位参政员组织“国民参政会宪政期成会”以后，国人很注意这宪政问题。兄弟这次到桂林观光一向有名的广西建设成绩，广西建设研究会的朋友们以兄弟是国民参政会的一员，就约兄弟来谈谈目前国人所最关心的宪政问题，这使兄弟惶恐极了，因为座中有好几位是法学专家，不免是“班门弄斧”。然而，朋友们的盛情又不能辜负，只好把关于宪政的若干问题提出来，请教于朋友们。这只是随便谈谈而已，绝对不是什么有心得的研究。

广西，在抗战没有起来以前，是主张抗战最早、最努力的省份，抗战以后，在李、白、黄三先生领导之下，各方面的进步都很快，非常使人钦佩。宪政是在训政时期结束以后，当然要开始的。实施

① 本文是沈钧儒在广西建设研究会发表的一篇演讲，略有删节。

宪政，先要完成地方自治，而目前地方自治工作，做得最完满的，首先要数广西。李重毅先生告诉我：广西的朋友在民国二十六年的夏季，已发动组织宪政研究会，后因抗战就把这事暂时搁起。可见，宪政运动，广西也提创得最早。因此，今天在广西再来讲推动宪政，实在是一件好笑的事。

但是，兄弟此次从重庆来，觉得国内的一班人士，尤其是我们参政会的许多朋友，都认为宪政是目前国内政治上最重要的问题，我们要努力推进宪政运动，帮助抗战，辅助政府。因此这问题还须得共同来讨论，来推进。

现在，我想把我的报告及意见分为六点提出来，请各位指教：

第一，最近一段宪政的史实；

第二，重庆方面对于宪政问题讨论的情形及若干观感错误之点；

第三，实施宪政与抗战建国之关系；

第四，我对于研究法律的兴趣与方法；

第五，我们要把宪政运动，由各方面去推动，使成为一种普遍的运动；

第六，宪政在广西是已有基础，推进工作也只是旧事重提。

先说第一点，我们知道，任何一个国家宪法的产生，一定经过两方面一致的努力，一方面是一般人民和社会中各党各派有共同一致的迫切要求，另一方面则是由于政府能积极来领导。必须政府与民众意见一致，才能推进宪政，产生宪法。过去世界各国的宪政史都是如此，在中国亦是一样。何况由训政到宪政，本是总理遗教中所规定的呢。所以，政府与民众意见的一致，当然更没有问题的。

自从抗战以后，时代进展得太快了，因此，大家都觉得有提早实施宪政的必要。实施全民的民主政治，使各党各派都有参加政治的机会，以推动国内的政治，这已成为社会各方面共同迫切的要求了。在政府方面，也许因为抗战起来不易兼顾，但社会一般人士，都觉得实施宪政，是急不容缓的事了。

最近第四届国民参政会开会时，各党各派均有提早实施宪政的要求，即国民党的参政员，亦有同样的感觉，不过提案有先后而已。青年党、国家社会党、第三党，是由李璜、张君劢、章伯钧三位先生提出的。江恒源先生是代表中华职教社同人提出的。至于王造时先生等具名提出与张申府先生等具名提出的提案，亦可以看作是我们朋友的提案。国民党方面，是由孔庚先生提出的。共产党方面，则由陈绍禹、秦邦宪先生等提出。江恒源、王造时、张申府先生等的提案，也可以说是站在无党无派的立场。而且，签名的人，都非常之多。这些提案，是代表国民参政会共同的意思的。但我们如果把它分开来看，则国民党是处于领导地位的，其余依参政会职权规定，系建议性质，应是站在要求方面的。

关于提案的内容，各党派亦略有不同之处，大致说来，国民党以外的党派，主张结束党治，承认各党派在法律上的合法地位，以及因实施宪政而产生的中央政府机构改革问题。处于领导地位的国民党参政员怎样呢？他们有一点是和其他各党各派的意见一致的，即结束训政，实施宪政。

在第四届国民参政会第三组里，对于实施宪政问题，曾有热烈的讨论，花去时间不少，但无要领。于是，把它扩大讨论，所有各提案的参政员都参加讨论，亦无要领。最后，再把它扩大，只要热心宪政愿意参加该问题讨论的参政员都欢迎加入，从下午八时一直讨论到次日晨二时半，空气依然紧张热烈。在朝的党与在野的党，彼此间披沥肝胆、坦白挚诚，把要说的话，都赤裸裸地说出来了。

尤其值得赞扬的，国民党朋友的话都很切实中肯。辩论结果，觉得实施宪政，乃当前的急务，而结束党治，目前似乎不必特别强调，因为结束党治，乃实施宪政必然的程序。宪政实施以后，根本没有党不党的问题了，在宪政未实施以前，亦不应该有党不党的问题。

现在，我们已定下了治本与治标的两个办法：

治本：定期召集国民大会通过宪法实施宪政。

治标：全国人民除汉奸外大家在法律上其政治地位一律平等。至于改革中央政府机构问题，政府表示不成问题，政府采用集中人才原则，应当从全国各方面注意。只要有利于抗战建国，政府必定努力做去的。

这个治标治本的办法，已经由国民参政会大会通过，通过后，应当由政府采择施行了。但为了希望宪政早日实施起见，在参政会中，特组织了“宪政期成会”，由议长指定十九人为委员，后来又因地域分配的关系，再增加了数人。这就是宪政问题在参政会中讨论的结果，可以向各位报告的。

本来，宪法这东西，有人说是不祥之物，要产生这东西，终不免要流血，世界各国，宪政历史都是如此。因为政权拿在手上的人，往往不肯爽爽快快很轻易地把政权让诸国民，必须从斗争得来。而另一方面主张革命的人，他所要的是革命，而不是宪法，又根本地不会以施行宪政为满足。所以宪法的实施，必然是各党各派与政府协调的表现。我们的实施宪政，能在政府与各党各派间一致进行，是最可庆幸的事。

现在，实施宪政的原则，已经通过了，但我们是不是以为从此就可以圆满进行了呢？我觉得尚不够的，还要我们大家起来，使一般人民对于宪法有根本的、深切的了解，不断地推动，才是办法。

知识分子，对于这一层，是应该负责任的。目前，重庆方面，我们参政会的一批朋友，如国民党的许孝炎、李中襄先生，共产党的秦邦宪、董必武先生，青年党的李璜、左舜生先生，国社党的张君劢、胡石青先生，第三党的章伯钧先生等以及其他没有党派的朋友们，已成立了一个“宪政问题座谈会”。一方面是帮助政府，一方面是唤醒民众对于宪政问题的注意。已经开过两次会。我们并开始进行从各方面去发动这一类座谈会。在重庆，新闻、教育、妇女、学生界均已开始组织了，兄弟离渝之前，新闻和妇女的座谈会已开过会。参政会的宪政期成会亦已开过会了。我们希望在一年以内，召集国民大会，公布宪法，实施宪政。当然，其中尚有许多问题，须由政府和人民共同努力的。

说到第二点，重庆方面，对于宪政问题，有一部分人，是抱了错误的观感的。他们以为目下实施宪政是有问题的，因为目前正是军事倥偬的时期，军事第一，谈不上宪政，也不需要宪法；就是有了宪法，抗战期间，也要停止一部分效力的，我们目前谈宪法，岂不是无谓的举动吗？

对于这些见解，我以为他们根本忽视了我们的抗战是长时期的，我们的抗战与建国是分头并进、相辅而行的。我们为要实现一面抗战，一面建国的目的，实施宪政，是十分需要的。至于说，宪法在抗战期内，要停止一部分效力，那是看什么地方、什么时候决定的，这是一点。戒严法中有很详细的规定，并不是随便停止的。

又有人说，宪法这东西，和普通的法律一样，是枯燥无味的，有的竟认为宪法是空洞的，与民生问题无关；有的则说，中国过去的约法，都未实行，宪法就算成立起来，也未必会实行吧。我们觉得这些都是错误的。宪法是一个国家的根本法律，与全国民众的生活有密切关系，宪法在某一时期，可以反映人民的生活状态。如人民的经济、教育、地方制度，岂不是都由宪法规定的吗？至于过去约法的从未实行，不是约法本身问题，而是由于政府与人民未能密切合作所致。现在的情形，都与从前不同了，现在是上下一致，共同努力。我国研究法律的专门人才太少，一般人都把法律这东西忽视了，实在是遗憾的事。

第三点，我要进一步再说一说实施宪政与抗战建国的关系。

我们知道，实施宪政与抗战建国是有重大关系。如立法院制定的宪法草案，对于中央政治机构、地方权限，都有很详细的规定。对于人民的权利义务一章，即根据五权宪法而起草的。又在过去，一般宪法中规定："人民有依法律……权利"或"人民有……自由非依法律不得限制之"等等。这种规定，是很危险的。政府随便可以制定一种法律，以限制人民的自由，宪法即失了作用。但宪法草案中则规定凡限制人民自由或权利之法律须以如何如何的条件为限，不能由政府任意制定，这一规定已比从前进步得多了。

在国民经济教育二章，与抗战建国，亦有密切的关系，当然，其中有许多应该修正的地方，需要宪法专家慎重考虑，提出意见的。中央与地方权力之划分一节，亦有待于宪法的实行。何者为中央应做之事，何者为地方应做之事，条理分明，建国程序，才不致紊乱。而人民对于抗战，亦可更有深切的了解。我相信，倘若人民对于宪法问题，能有深切的了解，则兵役法中的壮丁问题，比较容易解决。又如宪法草案中规定：中华民国的国都在南京，中华民国的领域是列举规定的，辽宁、吉林、黑龙江、热河都明白规定在草案条文之中，则更将我们抗战到底的界限确定了。谁能说实施宪政与抗战建国没有关系呢？

第四点，我要简单谈一点我对于研究法律的兴趣与方法。

照我个人的浅薄经验，觉得研究法律，如果单看条文，实在是枯燥乏味的、空洞的。所以第一我们必须用纵的眼光研究一种法律的历史性，及其发展的程序。这样，就可以发生兴趣。第二，我们可以用横的眼光，研究其世界性，我们拿世界各国立法的相同之点，及其相异之点，互相比较研究，这也就有兴味了。但我们研究各国的一般法律或宪法，不能单从表面上机械地去比较，而是要注意各国一般法律或宪法的特性，而且要知道这种特性是依据每个国家的自然环境、民情风俗、政治经济等不同的情形而决定的。第三，我们更须把握其时代性，一般法律和宪法不是一成不变的，它是依着时代的需要而定的，而且也可以依着时代的变迁而修改的。所以从宪法的制定和修改中可以看出时代的特点和时代的变迁。假使我们能把握住这三点，那么研究法律的兴味一定很好。

尤其在宪法里面，我们更可以看出世界的进化。举一个例来说，如苏俄的新宪法没有产生以前，我们只能由宪法中看出每一个国家的“政治性”，而“经济性”是不明显的，但自从社会主义的苏联产生以后，宪法的经济性增加了，宪法本身也进化了。我们三民主义的宪法草案，内容是包含政治性，亦包含经济性的。宪法是一个国家的根本法，内容丰富，研究起来，当然是非常有兴趣的。

第五点，我们应该怎样使宪法运动成为很普遍的运动呢？

这一点，是极其需要的，因为我国社会科学极不发达，尤其是法律一门，大家多认为只是专门学者才能了解，才能来研究。其实不然，宪法和国内每一事件、每一个人都有关系，我们如何能够不关心和自身有密切关系的宪法？

在重庆的宪法座谈会里，对于中国将来的体制，……都一致承认的。只要基本的认识一致，我想其余尽有可以共同研究的地方，应该号召知识分子来共同研究。还有其他最近的重要文件如约法、抗战建国纲领、国民大会选举法，也都应该让大家彻底研究。如知识分子都有了彻底的了解，这就一定能产生力量，推进宪政运动。

有人曾对我说，宪法很难懂，与日常生活无关。我就用一个比喻来和他说明，譬如一个人到饭店里去吃饭，他必须先拿菜单来看看，他要知道这是什么菜，四川菜或是其他地方的菜。宪法也是一样的，宪法有英美的宪法、德日的宪法、社会主义系的宪法，犹之菜单之有四川菜，什么菜，只要一看就能明白。我们看菜单，不但要明了菜的种类，而且要知道哪一种是它的特别菜、“拿手菜”。研究一国的宪法也是如此。宪法要反映全民的生活、意志、社会上的一切制度，并要切合时代。所以我们研究一国的宪法，就可以看出那一国内的这些特点。

我们推行宪政运动，自己先要有自信。我们要坚信，实行宪政可以建设我们的国家，可以使我们的抗战早日获得最后胜利。我们并要在信任政府的信念上，决定自己的一切行动。我曾经讲过一个笑话：今后我们跑一步路应该不忘宪政，说一句话也应该不忘宪政，在家庭里也要不忘记宪政。如此则宪政运动，一定能成为很普遍的运动，国家意识一定可以提高，对于目前的抗战，一定可以有莫大的帮助。

至于具体进行的办法，第一步由各界发动座谈会，其次文化方面，应印成许多鼓吹宪政的小册子，或将各国的宪政史、全世界宪法系统，以极浅显明白的内容，用小册子印出来，使家喻户晓。在图书馆里，也应搜集宪政问题的材料，专供一般民众阅读，并希望文化界的朋友，多写文章鼓吹，及分别举行公开演讲等，这样做去，我想一定是有效的。

最后，谈一谈和宪政极有关系的国民大会。有人以为国民大会的权力，远不如以前的国会，因为以前的国会有通过预算、决算、宣战、媾和等权，而国民大会都没有；以前的国会有弹劾权，而国民大会也没有。这种说法理由似乎不大充分。我们知道，国民大会有复决权，遇着政府所公布的法律有不妥当的场合，是可以给以否定的；国民大会又有罢免权，遇着政府人员有不称职的场合，也可以将他免职的。总理再三说过，要实现三民主义，必须实行五权宪法。这是什么道理呢？因为属于国民大会的政权和属于政府的治权，要划分清楚；同时国民要有极大的政权，政府要有极大的治权，然后可以使一切建设迅速发展。这是我们应该理解的。

谈青年修养[1]

1941 年 8 月 22 日

沈钧儒先生，这是全国青年所熟识的名字、所钦敬的人物。他不仅具有爱国的赤诚、坚强的意志，而且从他的立身处世，以至平时的生活方式，有许多地方实堪为今日青年所效法。

记者去访他的时候，他面前桌上摆着一本三民主义。记者问他是否正在看三民主义，他说："是的，我在想必须要把三民主义拿来完全法律化。"他随即很具体地说了许多，大概是要依据三民主义的观点，来制定法律；同时要依据三民主义的观点来修改过去许多不合乎此种精神的法律。他似乎对此深感兴趣，并说想约几个朋友，热心而愿意地共同来提倡研究。

记者因为去访问他的目的，是在谈青年修养问题，随即提出请教。承他老先生侃侃而谈，语皆诚挚而中肯。

他说："有人绝对否认修养之必要，以为人生行乐耳，落得浪漫

① 本文是沈钧儒向《新华日报》记者发表的谈话记录。

舒服，随随便便，何必认真呢？这个，当然各人主观不同。可是我呢？始终觉得每一个人对于自己要有严格的修养。

“就平常一般人所谓酒、色、财、气来谈吧，此四者，我皆有我的看法。对于酒，我主张是滴酒不沾唇，因为饮酒，不仅浪费，而且伤身体。近来青年中间，对此似乎比老辈好得多，纵情狂饮的渐渐少了。

“自由恋爱，我并不反对。但是认恋爱倘使纯粹是为了快乐主义，或者竟是完全根据生理上本能的要求，那么结果都不会好，这是根据我多年来执行律师职务的经验之谈。也许是我的偏见，我总觉得女子受男子所欺骗者，实居多数。男子在这方面要负很大的责任。因此，我主张现在的女子，还是要唤起一些贞操观念，而我们男子呢，应当要到不二色地步。

“婚姻当然是重要。人生，等于一段长途旅行，需要好的伴侣。这个伴侣又需要自己去找，自然须得经过一番审慎选择，哪里可以萍水相逢，便成眷属？至于选择的标准，我以为第一是思想，第二是健康，第三是能力，第四才轮到容貌。

“对于财，我自来就没有问过朋友：‘你有多少收入?’我自己不乱用钱，对人家的钱，也不能因为那是人家的，而可以随便浪费。钱诚然是可爱的，但是有时也是最麻烦、最害人的，要求处置适当，实在不是一件最容易的事。

“对于气嘛，我向来主张态度和平的。从小的时候在家里就不许我们骂人，与人谈话也很少面红耳赤的时候。这是在修养方面。如在卫生方面说，气最足以伤人。所谓气死人，并不是说说的形容词，而是确有其事的。

“本来，待人接物根本就不需要动气，天下事不都是有理有讲么？有理就不会有气，而且动气又不能帮助解决事情。其次，对于过去的事情，要有古人‘破甑不顾’的办法，盖‘既已破矣，顾之无益’。这八个字真是名言。最近看《且介亭杂文》，在《出关的关》一篇里，鲁迅也有‘真是悔之无及，既已无及，也就不悔了！’的话，意义与破甑云云少有不同，但一种不沾恋的精神却都可学得。

“讲到青年修养，最重要的还是看书，因为只有书才能增进自己的能力，纠正一切的错误，帮助反省，解决问题。我不主张看那些集锦的成功秘诀、处世要典之类的东西，却主张多看古今中外的名人传记。这对于人格品性之陶冶，有极大的帮助。另一种是理论的书籍，应当多读。古人有‘安心知止’的话，没有理论方面的修养，心怎么样安得下去？止又止到什么地方呢？

“关于看书，第一是‘总要有一个我在’，那么就是看小说，也自能获益匪浅。第二必须要把我整个的身心，全部浸入到书的里面去。举个例子来讲，譬如南方的醉蟹、糟蛋，四川内江的糖果，酒糟和糖是书，看书的人是生物和果子，这几种食物一定要浸得透里透，才有味道，读书也是一样，要这样才能真正有收获。

“在青年时期，看书的效力特别大。决定这个人前途有没有希望，即以此人是否能用心看书为断。

“读万卷书之外，还要行万里路。这是古人的话，抗战以来，中国人有机会大动而特动，打破了历来‘不出户庭’和‘安土重迁’一类的传统胡说。行万里路，不仅是足以开拓心胸、扩展视野，而且更可以在行旅中，调查各地风俗习惯、民间疾苦，看到许多事实，增加对现实社会的认识。如果有专门研究的，那是更有机会可以搜集很多的材料。

“书，乃是古人所见所闻的记录，用以传诸后人者。譬如书本上讲老虎，而有一个人虽然不识字，无缘认识书本，但是在事实上，他却曾见过真的老虎。这样，你就不能说他毫无知识，因为他虽然不识字，但却从实际上直接知道了真相。

“学问不一定局限于书本上，调查事实，了解事情，即等于看书本，求学问。也许有时较书本上，更可获得真切的学问。已经识字的朋友、能写字的朋友我们不应懒惰，我们有责任，更应当去找一些书本上所没有的学问，多看看事实，那里有留待着我们需要着我们来替它写出来的书本。

“即使他是最没有学问的人，有时你也要去请教他。孔子不是说过‘我不如老农，我不如老圃’吗？只要他有一点长处，都值得我们去请教学习。”

讲到这里，记者追问到沈老先生自己的修养方式。他欣然告诉我：

“生平最相信静坐，极有益于修养。关于佛家、道家及蒋维乔的因是子静坐法，日本冈田等静坐法，大略都曾研究过。一个人终是要能静。

“关于静之可贵，《大学》上讲得最清楚。所谓知止而后有定，定而后能静，静而后能安，安而后能虑，虑而后能得。这与孟子所谓养气，颜渊其心三月不违仁，是同一个道理。

“所谓静坐，一定要万念不起，心如止水。在静中可以检讨自己的私欲及缺点，寻求真理。

“看书、行万里路和静坐，这三者都是人生修养的要则。而我自己，只是有志而未逮，仅仅想要这样做而却尚未能切实做到，倒在这里盼望青年呢！”

邹韬奋先生事略[①]

1944年10月1日

先生是以笔名闻于世的，原名恩润，有一个时候名逊庵，韬奋是在十五年主编《生活周刊》以后所用的笔名，学生时代最早向《申报·自由谈》投稿，笔名叫谷僧。原籍江西南昌，但先生自己在有关文件上多填江苏上海，因自小即生活在上海。

先生是养育在大家族里面的，父亲字庸倩。同辈中排行第十四。先生出生之年，大概是辛亥前十七年九月某日。母亲浙江海宁查氏，生三男三女，先生居长。不幸母亲早逝，其时先生只十三岁。父亲做官很清正，家里一贫如洗，在福州候补时，要领施米贴补一家的生活，其后退休，更是一无储蓄。所以先生少年就学时代即全靠自己设法，半工半读，还要照顾两个弟弟，是非常艰苦的。他在所著《经历》里，有很详细的叙述。父亲至今健在，年逾七十，寓居北

① 1944年7月24日，邹韬奋在苏北解放区病逝，10月1日，重庆各党派、各阶层举行追悼大会。本文是沈钧儒在会上做的关于邹韬奋生平事迹的报告。

平，家里还有许多人。先生在上海时，迄至抗战起来，最近在重庆这几年，一直按月不断汇款接济家用。

第一个夫人叶女士，婚后不到两年，以伤寒症去世。现在的夫人沈粹缜女士是在办《生活周刊》这个时期结婚的，随时随事协助先生，平时家庭融和快乐，故先生得一心专注于著作。先生一生对经济、社会、政治艰苦奋斗，几乎恒久是在忧患中过生活，他所引以为自娱的是什么呢？他说："在那样静寂的夜里，就好像全世界上只有着我们……我们的精神是和无数万的读者联系着，又好像我们是夹在无数万的友丛中工作着。"这真写出了他在埋头写作中，精神和意境之广阔、伟大、飞扬、深静，现在读起来，似尚有万丈光辉，射入一切写作者的脑里，得到心心相印的安慰，这样，就鼓舞了他一生的努力工作。除此之外，恐怕还要算是他的家庭确给予了他以充分的安适和欢乐。此次病中及疾革时候，沈女士都在身旁。生子二，嘉骅、嘉骝；女一，嘉骊。

以上所说，是先生家庭的大概。

先生的学历第一个阶段，是经过南洋公学的附属小学、中学、大学电机科二年级。当在中学一年级第二学期，家中经费供给已告断绝，幸得"优行生"资格，得以免除学费，但是其他的一切费用仍是不够。父亲原来希望他做工程师，经过先生自己种种考虑，改变了计划，可说是在这时起，便下决心想做新闻记者。于是，改进圣约翰大学的文科。因为经济关系，在其先，并同时，兼做家庭教师。1921 年（民国十年）毕业，获得文学士学位。后来出国，又曾进英国伦敦大学政治经济学院和大学院研究。

圣约翰毕业后，依先生志愿，就要进新闻界，但是事实哪里有这样便当呢！因生活关系，便迁就地担任了上海纱布交易所里的英文秘书。不久，又兼就申报馆助理答复英文信件，青年会中学英文教课等事。其后，中华职业教育社请先生担任编辑部主任，编译职业教育丛书和月刊，同时兼任职业学校的英文教务主任并兼教授，约七八年之久。民国十五年冬间，参加《生活周刊》工作，十六年辞去职教社教书职务，以整日的时间，担任时事新报馆秘书主任，晚上还是替职教社编译，这样工作，约有一年光景。因《生活周刊》进展得迅速，使先生不能不摆脱一切，开始了和他一生前途有关系的新生活。

《生活周刊》在先生接办之初，每期出版只两千八百份左右，因先生负责改编，而壁垒为之一新。据先生自己说："我接办之后，变换内容，注重短小精悍的评论和有趣味、有价值的材料，对于编制方式的新颖和相片插图的动目也很注意。""每期的小言论虽仅仅数百字，却是我每周最费心血的一篇，每次必尽我心力，就一般读者所认为最该说几句话的事情，发表我的意见。其次，是信箱里解答的文字。""我对于搜集材料、选择文稿、撰述评论、解答问题，都感到极深刻、浓厚的兴趣。我的全副精神已和我的工作融为一体了。"又说："也许是由于我的个性的倾向和一般读者的要求，《生活周刊》渐渐转变为主持正义的舆论机关，对于黑暗势力不免要迎头痛击。""《生活周刊》既一天天和社会的现实发生着密切的联系，社会的改创到了现阶段，又绝不能从个人主义做出发点，如和整个社会的改造脱离关系，而斤斤较量个人的问题，这条路是走不通的。于是，《生活周刊》应着时代的要求，渐渐注意于社会的问题和政治的问题，渐渐由个人出发点而转到集体的出发点了。"看了上面先生自己所说的几段话，可以了然于当时整个《生活周刊》的作风和它的内容的大概。

《生活周刊》一天天发达，销路扩至十五万份以上，既为海内外数十百万读者所拥护，中华职教社“深知道这个周刊在社会上确有它的效用，允许它独立”，由是，《生活周刊》脱离职教社，另组合作社，产生了生活书店。后来，它的业务发展到全国分支店达四十二所，前后出版书籍一千零五十余种，不能不说是完全由于先生心血和精诚所倾注培养而成功的。关于它的组织，完全是合作性质，“苦干十余年，大家还是靠薪水养家糊口”。这种办法，亦是由于先生意思所规划而决定的。

《生活周刊》既“时时立在时代的前线”，不幸而时代的严重日益加甚，九一八事变爆发，国难临头，全国震动，先生亦不得不由言论而渐入于行动。当马占山喋血抗战，消息转到上海，《生活周刊》社代收读者捐助前方之款，数量达十二万元，创开了在抗战中以刊物而代收民众捐款之门。乃忌者纷起，谣诼繁兴，又因参加“民权保障同盟”的缘故，遂迫使先生不得不出国而作欧洲之游，环历地球一周，于翌年9月返国。返国后，主办《大众生活》，对于团结抗战和民主自由，提出最明显的主张，向政府与国人做诚恳迫切的呼吁，大声疾呼，不遗余力，“反映了全国救亡的高潮”。随后，曾在香港创办《生活日报》。（民国）二十五年，又回上海主办《生活星期刊》，参加文化界救国运动，在全国各界救国联合会代表大会中当选执行委员，当时四人署名提出之小册子《团结御侮的几个基本条件与最低要求》，即为先生所属草。是年冬间，与其他诸友同时被捕，由上海押解苏州，经江苏高等法院检察官以危害民国罪起诉。嗣后七七事变，政府决策抗战，获予谅解，于次年7月31日恢复了拘留二百四十三天后的自由。《经历》《萍踪忆语》《展望》《读书偶译》就是在这个时候所写成的。其后，敌人侵陷南京，先生挈家随政府搬迁武汉。政府聘任先生做国民参政会参政员。从武汉到重庆，从第一届参政会第一次大会到第五次大会，先生前后共提九案，而其中三案，都是为了力争言论自由的：第一次请具体规定检查书报标准并统一执行；第二次请撤销图书杂志原稿审查办法；第三次请改善审查搜查书报办法。请撤销原稿审查办法案，是提出于第一届参政会第三次大会，当时，先生在会场里慷慨陈词，不亢不卑，而又曲折尽理，能使听者心折。因是，付表决的时候，连素来反对先生的，也有人不自觉地举起手来，遂得以大多数通过此案，诚为从来会场所未有，这足证先生的自信力和说服他人的力量之坚强。

民国三十年春间，第二届国民参政会将开第一次大会，先生是由政府聘请连任的，已经报到，忽于2月22、23等日，迭连接到昆明、成都、桂林、曲江、贵阳等处电告，所有当时仅存的几处生活书店的分支店，也都遭受当地政府不约而同的封闭，经理、店员，非被拘即逃散！先生对此无理压迫，感到非常痛心，尤以自己艰难缔造的文化事业，横遭摧残到如此田地，而不能自保，更何能保障他人？遂决意辞去参政员之职，离渝赴港。在港仍为民主抗战奋斗不懈。不幸，太平洋战争爆发，香港陷落，又避入内地，转辗迁徙。一年前，患中耳炎症，痛苦异常，经医生检视，认为是癌，至今年7月24日竟以此舍弃世界而去，年仅五十，诚可深悼！这在我中华民族，无论在政治上、文化上，都是一个重大损失！

先生长于理解而又富于情感，平时言动性格，确自有其与他人迥异的特点，请即引先生自己的话来做证明吧。第一是认真。他说："我自己做事没有别的什么特长，凡是担任了一件事，我总是要认真，要负责，否则宁愿不干"；"可是我生性不做事则已，既做事就要尽力做得像样。"办《生活周刊》时，他说："我的妻有一次和我说笑话，她说：我看你恨不得要把床铺搬到办公室里面去”；“我的工作当然偏重于编辑和著述方面，我不愿有一字或一句为我所不懂的，或为我所不称心的，就随便付排，校样亦完全由我一人看，看校样的聚精会神，就和在写作时候一样，因为我的目的，要使它没有一个错字。”在香港办《生活日报》时，他说：“坐镇到版子铸好上机，然后放心走出印刷所的门口，东方已放射出鱼肚白了，我在筋疲力尽中，好像和什么人吵了一夜的架。”这几段真描写出了他对于工作方面实践的精神。第二是性急。他在解释他为什么后来不干教员生活时说：“一因我的性太急，很容易生气，易于疾言厉色，事后往往懊悔，对于我自己的健康也有损害，我觉得我的忍耐性太缺乏。”他叙述在《时事新报》做事所得的观感中间，他称他自己“我是个性急朋友”；他又在《韬奋自述》里面，说他自己“特征近视，特性性急，牛性发时容易得罪人”。诚然，依先生所说，性急也许是他的缺点，但也就正是他的优点吧。第三是求知（虚怀），他说：“十几年来，在舆论界困知勉行的我，时刻感念的是许多指导我的师友。”又说：“我个人是在且做且学，且学且做，做到这里，学到这里；除在前进书报上求锁钥外，无时不惶惶然请益于师友，商讨于同志。”就因为能如此求知的缘故，所以他所办的刊物能一期期地转变前进，他的精神和思想能一天天发皇和深入。第四是硬。他在少年求学时代，因为费用不够，同时又要担任家庭教师，常自称“硬汉教师”，并自己加以分析，说：“只是好像生成了一副这样的性格，遇着当前的实际环境，觉得就应该这样做，否则便感觉得痛苦不堪忍受”；“觉得我并不是瞎硬，不是要争什么意气，只是要争我在职务上本分所应有的主权，不能容许任何方面做无理的干涉或破坏。”后来毕业做事，也说：“我对于自己的职务，不肯一丝一毫地撒烂污，但同时却不愿忍受任何不合理的侮辱。”到了他办《生活周刊》时，他说：“我只知道周刊的内容应该怎样有精彩，不知道什么叫作情面，不知道什么叫作恩怨，不知道其他的一切”；“我们只要自己脚跟立得稳，毁谤诬蔑是不足畏的。”第五是光明磊落。他讲到他在政治上的态度时，说：“我向来并未加入任何党派，我现在还是如此。”又说：“我服务于言论界者十几年，当然有我的立场和主张。”我相信，先生的话当然不是信口而说的，绝对可以他的一生言论和行动来做最好的证明。

总之，韬奋先生不是一个普通的文化人，也不是一个有任何党派关系的人，并且也不能把他看作只是一个新闻记者。他是一直并永远立在中国人民大众的立场，面对着现实，有知识便求，有阻碍便解决，有黑暗便揭发，只问人民大众的需要和公意，不知自己一身的利害。就因为这样，牺牲一切，挥洒他的热血，倾注他的精诚，努力创办和支持他的二十年文化事业；就因为这样，决心参加了救国行动，努力于民主运动；就因为这样，离开了他所几年安居的陪都；就因为这样，卒至不恤奔驰、颠沛以迄于死。

我的生平

1946年4月23日

我的生平可从十六岁说起，我现在是七十三岁了。

公朴先生刚才说我办过教育，是的，辛亥以前，我担任过两级师范校长，那时还不叫校长，叫监督，请的先生都是很有名的，鲁迅先生就是里面的一位。此后，我又做过立信校长、上海法学院教务长。我办教育有两个原则值得谈谈：第一是学校的一切收支，完全公开；第二是明了学生的生活，他们的职业、婚姻问题我们都帮助解决，有时甚至学生家里没法解决的事我们都解决了。

其次是我的议会生活。民国以前，我当选浙江咨议局副议长，以后做过参议院议员兼秘书长，参加过本省的省宪会议；抗战以后又参加了各种议会，我生平从事议会生活三十年。

民国十二年开始了我的律师生活，直到现在我的律师执照还没有缴销，我担任过全国律师公会理事和律师界的召集人。

谈到做官，我也做过的。民国元年我做过浙江省教育司长，因为淘汰了一些无能的校长，遭他们嫉恨，被迫下台的。那些校长就是当地的绅士，绅士是“万能”的；然而我却不管这些，担任法学院、校的必须学过法的，担任商学院的必须学过商的。他们被撤换后便造谣毁谤，甚至说我在街上“吊膀子”。此后又做过省府委员，清党以后，因“思想”问题，受到歧视。

对于政事，感到头痛的，是最不容易得到政府的谅解，动不动就说你“左”倾。战前因上海救国运动被押在苏州，法官说我年纪大，本没有什么思想问题，不过是受年轻人的利用，而我左右的朋友像韬奋、公朴、乃器先生等，他们都被认为有共产党嫌疑。上海的爱国运动，我是主张各校校长应和青年们的爱国运动一致，但呼吁的结果，同情我的只有一个人。我愤慨得很，又召集了大学教授，结果得到他们的同意，成立了上海文化界救国会。关于思想问题后来我在牢狱里仔细考察过，他们入狱的几位朋友（当时称为“七君子”的）并没有加入过共产党，韬奋先生在死后的遗嘱上，才请求入共产党的。有一次我们又讨论到思想的来源，他们问到我，我说，十几岁的时候我的祖母使启发了我的思想，他们听了都奇怪，韬奋先生便要我写一篇《我的祖母》，然而直到现在还没有着手写。现在我正想写一本小册子，名字叫“给儿女的信”，因为给自己子女的信总没有什么不真实了。这封信打算分两段：（一）我的祖母；（二）我的家庭教育。我的生活一向很严肃，每天要反省一次，别人讲的话和我自己讲的我都一一记下来，看有什么错误。我小时候最佩服颜渊了，他的一套是非礼勿言，非礼勿动……做一件好事我总希望最好不给一个人晓得。这种自我检讨是很有意义的，如果不这样做，集体检讨也不会有多大的效果。

说到我的祖母，真形容不出她的伟大。在她的理想中，世界上是不应有没有饭吃和没有衣穿的人。当时我们住屋的一个窗口，就对着一个贫民窟，祖母常常喜欢和穷人们谈，有时就在窗口送给他们衣服；穷人们害病了，祖母亲自给他们开药方、买药，有时他们害肿毒，祖母还给他们挤脓、贴膏药。后来，找她的人渐多了，那时我们家很穷，祖母卖了皮袍来进行这些善事，甚至在帮助人之后，还觉得帮助得不够，因为她是没有限制地帮助人的。在我考秀才的那一年，忽然接到家里的信，说祖母病重，等我赶回，她已死了。她的死，不但我们家人痛哭，当地的穷人们几乎没有一个不痛哭，他们感到从此已失去了一位仁慈的救助者。祖母的一切深深感动了我，我从此感到，世界上苦人这样多，我们应该给他们帮助，不要只顾自己享受。我祖母又很爱卫生，家里不许随地吐痰，不许吸烟，折一张纸，必要折得方方正正的。她也不像一般慈善的老太婆似的念经拜佛。我常想，像我祖母这样伟大的人，假如有一天读到了马列主义理论的书，她会做出多么有意义的工作来！

在中国，假如有人要写一本宪政运动史，应该从民国以前的立宪运动说起，而民国以前的宪政运动，可说是由我开头的。我怎样产生了这个动机呢？那是我留学日本的时候，在一个书摊上买到一本日人片冈健吉作的立宪运动史，他是一位苦苦地从事日本立宪运动的人，我看了很受感动。后来又碰到一位王先生在日本一个旅馆里召开一个会，我们好几位朋友也参加了，结果倒是我们几位当了选，王先生反而落选了，这样我们就决定回国发动立宪运动。不久又找到梁启超先生，征询他的意见，他说太早了，不会成功的。我回说：在有了成功希望的时候，又何用我们奔走？梁先生也没有说什么。于是我们回到东京后，就动身回国。回国后到了天津，大家同住一个旅馆，几天没外出，埋头写一篇关于立宪的论文，哪晓得袁世凯的特务打听到我们的消息了，幸亏一位朋友去他面前开说，才没被抓去。接着我们到上海公开讲演鼓吹立宪，很收到一点功效，清朝才召集了张之洞、袁世凯准备立宪，不过立宪运动在当时是为同盟会反对的。后来，我又到浙江进行地方自治工作，当选了咨议局副议长，从此与各方有了关系，我的政治生活就这样开始了。也许有人问我：你是科举时代的人，参加过立宪运动，为什么又参加同盟会呢？这一点实在有说明的必要。同盟会起先是反对我的，不过一方面又觉得我有点能力。后来在一次会议上，我发表了两点攻击文明社会的意见，第一是文明社会的娼妓，第二是专制的帝王。他们听了觉得很好，有些地方，认为他们自己还没有想到，这样他们请我加入了同盟会。

最后，有一点值得说的，是我在救国会的事。救国会当时在上海发动一个全国的联合会是不容易的。那时学生运动很激烈，对我们的帮助很大；我们发动全国的救国运动，都由他们深入各地，并把各省的代表找了来，我们在一个大的洋房开会，开会的期间，我们只吃些馒头，几天后发布了一个宣言。当时，吴铁城在上海当市长，看到了我们的宣言，真是大感惊异，因为像他们那样警戒严密，居然没有发现我们开会的地方。吴铁城找我去，就要把我关起来，后来是销毁了一部分宣言了事。我那时，一面感到自己的年纪大，而环境似乎在左右为难我们，我们不免灰心，有意告退了，然而青年们不许我这样做。有一天，有两位青年跑到我的事务所来，我把自己的意思告诉他们，他们一句话不说就眼泪直流，我被感动了，最后终于向他们屈服，我答应再为着救国而奔跑，答应跟着他们跑。这样的感动，一直影响到我现在。

民盟一届三中全会开幕词[①]

1948 年 1 月 5 日

各位同志：

今天举行三中全会，出席中委及列席同志，其中有些是从内地来的，经历一番波折艰苦，才能参加今天的大会，这也可见国内政治形势的十分恶劣，然正因为政治形势恶劣，也赋予我们新的任务。在这次三中全会，我们要检讨过去的政纲政策，对当前的政治形势重新估计，而后确定当前应走的政治路线和新的工作方针，来加强本身力量，完成政治任务。我们必须认识这一责任之重大，每个人都加倍地努力。

这次三中全会负的使命，是要恢复本盟总部，继续进行艰巨的政治斗争。今天出席的中央执行委员，有些是民国三十三年 9 月本

---

① 1947 年 10 月，国民党政府为了镇压民主运动，宣布中国民主同盟为“非法团体”，民盟被迫宣布解散；11 月下旬，沈钧儒和章伯钧、周新民等先后秘密离开上海到达香港。1948 年 1 月初，在沈钧儒和章伯钧的领导主持下，在香港召开了民盟一届三中全会，决定恢复领导机构，继续奋斗。

盟代表大会选出的，也有是三十四年10月本盟临时全国代表大会选出的。两年多以来，同志们在自己本位上已尽了最大的努力，对民主事业有不少的贡献。回想临时全国代表大会开会期间，正是抗战胜利之后，那时候有一件轰动国内外的大事情，即中共主席毛泽东先生从延安飞到重庆，和政府进行和谈。双十节那天发表了国共和谈纪要，其中值得大书特书的，是中共表示了愿与国民党长期合作，国内充满了和平民主的气氛。但不旋踵之间，国民党反悔了，干出许多无耻的事，于是国共又发生了问题。12月间马歇尔来华，调解国共的纠纷，只见纠纷愈多。国际间也注意中国问题，在莫斯科三外长会议提出要使中国成为民主统一的国家，外国不得干涉中国内政。这可以说是针对美国的援助国民党进行分裂活动而发的。美国这时不得不顺应国际要求，表面上同情中国实现民主。同时东方战败国家日本的人民掀起了民主运动，要求麦克阿瑟废除封建制度，整个国际形势是民主高潮。中国人民普遍地要求和平民主，中共及其他民主党派也希望从和平中实现民主。在这种形势之下，国民党只好同意召开政治协商会议，和各民主党派社会贤达协商国是。本盟参与了协商会议，促进国共间的合作，以求实现中国之和平民主，肩负那光荣的历史任务。

政协到今又经过两年，这期间的变化太大，详细情形将会在三中全会政治报告中说到。现在只追述一下政治协商会议。那时国民党表现得顽固，没有诚意开放政权，动摇分子摇摇摆摆，本盟居间调解，煞费苦心。刚有一些问题谈拢了，又有一些问题发生，而东北问题直到会议结束还不得解决，埋伏了后来的隐忧。政协是美国同意召开的，不能不说一说美国在那时候的态度。美国最初像是站在公正人的立场，口口声声同情中国的民主，其实却是一种掩饰，完全站在国民党一边。美国的偏袒及其野心日益暴露。据传说，在国民党的内部会议中竟决定了要消灭中共。因此东北的内战大打起来，直蔓延到华北。这样，自然使中共让无可让、忍无可忍了。马歇尔下不来台，拉出个司徒雷登担任驻华大使，参加调停，这毋宁说是考虑参加中国的内战。再后魏德迈来华则更是直接参与中国的内战了。因此中国的内战，美国和国民党应该共同负责的。

民主同盟一贯地为民主和平而努力，同时本盟的力量也加速发展，成为解决中国问题的重要因素。在某个时期国际间属望于民盟来解决中国问题，中国人民也寄期望于民盟，民盟自然义不容辞地担负了这责任。民盟以在野党地位曾招待过各国使节，美、英、苏等大使欣然参加，这在中国还是创例，由此可见国际对民盟的重视。而民主同盟之值得重视，是站在人民的立场团结各民主党派合作，与中共在和平民主事业上密切合作。中共代表团撤退时，将其在南京、上海、重庆等地的房产委托民盟代管，这也可以证明彼此的友好。民盟本身先后建立了东北总支部、华北总支部、南方总支部、西北总支部、西南总支部以及海内外各省市支部，共计四十六个单位。但各地同志在推动民主运动开展工作时，是经过很多险阻的。因为国民党自民国十六年起便是一贯地排除异己，不容许有其他党派之存在。它以武力对付中共，对民盟也加以残酷的迫害。今日我们面对着李、闻、陶、杜[①]四烈士的遗像，就不能不想到他们为了中国的民主，为了民盟而被国民党杀害了。虽然陶行知先生是病死的，但他也是黑名单上有名字的，他为大局担忧而突然发病，以至于死，也可说是国民党间接杀害的。此外各地方盟员、同志不少遭国民党

① 李公朴、闻一多、陶行知、杜斌丞。

杀害，许多被逮捕关在牢里，恐怕要等待中国民主实现了才得自由。想起同志们在工作的岗位上殉难，实在非常悲痛！国民党无法无天疯狂杀害我同志，我们更应该加紧努力争取真正的民主与永久的和平早日实现，这才对得起死难和被捕的同志。

最近总部被迫解散，国民党对待内地各地同志已和对待共产党员一样，随时可以加害。他们在此恐怖底下活动自然有很多困难，有些同志已被监视。罗隆基同志和张主席（张澜）表示还留在上海，一时也不能离开。然我和其他几位同志来到香港，可以告诉同志们：内地各地盟务不会因总部解散而停顿，本盟的工作更深入地转到地下活动。当他们知道总部解散之后，并未消沉，反而更加积极。同时其他友党以至全国人民都希望民盟很快地恢复总部，更使我们觉得兴奋。我们要想恢复总部，重新展开工作，就不能不就过去工作加以检讨。过去本盟参加政协时曾因一二同志政治认识不够而影响到对国民党之态度，甚或影响到本盟中央之举措，这些经验教训必须接受，而后始能保证今后的政策方针的正确。

我在大会前一天看过同志们的提案，一致要求实行民主集中制。这点非常重要，要上级与下级紧密联系，工作紧密配合，必须严格执行民主集中制，并且经常举行会议，发扬集体批评精神，分工必须详细，这一切都有待于我们这次三中全会详细地讨论，拟出具体办法，使本盟更加团结，更能够发挥力量。同时，我们要注意到国民党正想尽方法要分化我们，这次压迫解散民盟总部也是分化手段之一，有些美国人就曾指出这一点，而批评国民党以解散民盟来分化民盟的手段实在太拙劣。及至最近，国民党又曾派特务来港，企图来分化我们。这里我可以郑重答复同志们，我们绝不会上国民党的当。今天国内形势，民主与反民主已壁垒分明，谁也看得清楚。

过去国民党发动内战，加诸人民的痛苦太深了。反过来，看中共在解放区实行了土地改革，人民生活得到改善，这是民主与反民主鲜明的对照，尽管美蒋勾结，玩弄什么政治阴谋，都不能欺骗人民。民盟坚决地站在人民的立场，坚决地站在人民这方面奋斗，这个信念是始终不渝的。

今天举行三中全会，主要任务是建立总部，适应目前形势的需要，确定新的政策方针。今后我们一切的工作都配合着群众的要求，我们的组织也要走群众路线。希望到会的同志们就其过去的工作经验及对当前形势之认识提供宝贵的意见，使三中全会得到完满的收获。

在北平欢迎会上的演讲词[①]

1949 年 2 月 26 日

主席，各位先生：

钧儒代表中国民主同盟，对于今天中国人民解放军平津前线司令部、北平军事管制委员会、北平市人民政府和中国共产党北平市委员会举行这样一个盛大的欢迎会来欢迎我们，感觉到万分的荣幸和兴奋。钧儒特先向四个党政军机关的领导者及全体与会的工作同志们致热烈的敬礼。

大家知道，北平是一个千百年来专制帝王建都的所在；专制帝王倒了之后，变成了袁世凯、曹琨、吴佩孚、段祺瑞、张作霖等北洋军阀反动统治的首都；北洋军阀倒了以后，却来了一个“后来居上”，反动残暴压倒过去一切专制帝王的国民党法西斯暴君蒋介石的血腥统治。这样，北平一直是一个黑暗专制的堡垒，是一个四万万

① 1949 年 2 月 25 日，沈钧儒和李济深、郭沫若等民主人士一百三十五人，由东北解放区抵达北平，26 日北平举行了盛大的欢迎各方面民主人士大会。本文是沈钧儒在欢迎大会上的讲话。

人民牢狱的象征。

然而，由于中国共产党这个人民的救星，实行了艰苦卓绝的奋斗、正确坚定的领导，更由于伟大的革命的人民解放军具有所向无敌的强大威力，一个光明的日子终于到来了。就是1949年1月31日故都北平转到人民手里来的伟大节日。

北平的解放，象征着全中国专制堡垒的被摧毁，预示着卖国殃民的国民党反动统治的整个被消灭。

这里我们必须认清楚两点：第一，北平是通过和平谈判的方式来达到的，而不是像天津那样用武力来获得的。然而，假若没有林彪、聂荣臻两位将军指挥下的几十万人民解放大军的紧密包围，假如没有天津解放的活生生的例子摆在面前，假如反动派感觉到还有可挣扎的余地的话，通过和谈方式来达到解放，是不能想象的。我们应当认清楚，用和谈方式能得到解放的主要原因，就是人民革命的力量，尤其是人民解放军的革命力量。

北平和平解放的第二点意义，是北平解放虽然用和平谈判方式来达到，用和平的方式来接收政府机构，而且暂时尽量保存原来的系统，但这绝对不是说北平的解放是带有改良意味或有妥协意味的，绝对不是的。北平的解放必然是一次不折不扣的革命的解放。这样的通过和谈方式的革命，只有切实依据人民领袖毛泽东先生的八项和平主张，才能实现。我们民主同盟一向主张的真正的、彻底的和平，必然是民主的和平，必然是革命的和平。因此我们坚决、诚恳、热烈地拥护毛泽东先生的八项和平主张。一切和谈，只有根据这八项和平主张作为最低限度的先决条件，才能达到全国人民所要求的真和平——彻底的、民主的、革命的和平。

但是蒋介石、李宗仁也在谈和平，说为的是要“救人民于水火”。我们老早洞烛其奸，指斥他们玩的是假和平的阴谋。最近一个多月来的事实，完全说明我们的判断没有错误。三年来的历史，充分证明了蒋介石、李宗仁之流正是替人民制造水深火热的专家，他们是三年破坏和平、发动内战，拍卖祖国的罪魁。这一个多月来，李宗仁在幕前唱和平戏，蒋介石在幕后积极布置抵抗人民解放军的反革命军事，孙科又厚颜无耻地邀请国际帝国主义者出来干涉中国内政，美国帝国主义仍在或明或暗地积极支持蒋介石、李宗仁。在这样的情势之下，对于国民党反动派的假和平的阴谋，我们必须予以粉碎！

但是尤其重要的是，我们一刻也不能忘记美帝国主义的另一套阴谋，那就是他除积极支持一切反革命残存势力之外，更在拼命侵入革命阵营内部来布置各式各样的阴谋诡计。特别重要的一招，就是美帝国主义无孔不入地在找寻机会，制造一种“反对派”“在野派”之类的组织，企图来破坏中国人民的胜利。对于这类阴谋，我们民主政府、民主人士，必须团结起来，坚决彻底粉碎它！

在新政协筹备会开幕典礼上的讲演词

1949 年 6 月 15 日

今天是中国人民的政治协商会议筹备会开幕的日子，这个日子将在中国近代史上留下不可磨灭的伟大纪念。新的政治协商会议筹备会的成立，是表明中国人民革命已经基本上摧毁了蒋介石的反革命统治，革命的人民解放战争已经基本上奠定了全国胜利的基础。

钧儒是曾经以中国民主同盟盟员的资格参加过旧的政治协商会议的一分子。从旧的政治协商会决议被蒋介石彻底撕毁，到今天新的政治协商会议筹备会开幕之日止，足足经过了三整年的时间。这三整年时间，是用千百万人民的血与泪写成的历史，是中国的革命对于反革命进行最后清算斗争的历史，同时也就是四亿七千五百万人民在中国共产党及伟大人民领袖毛泽东先生领导之下争取彻底解放的历史。

三年半以前，中国人民因鉴于八年长期抗战，使民生困苦，经济凋敝，达到了极点，才迫切地渴盼着国内的和平，渴盼着真正的民主和平。为着这个目的，中国共产党、我们中国民主同盟和各民主党派，曾不惜以最大的忍让，与国民党反动政府举行政治协商，而不计较蒋介石过去一切反人民的罪恶。这原是中国人民通过与反动派协调的形式，以争取民主和平的一种仁至义尽的勇敢尝试。然而，国民党反动集团即连这样一种对国家人民有利、对他自身也有利的民主和平的协议，在大家郑重地签订了之后，他们竟悍然单方地撕毁了它，并对为希望这一协议能够实现而斗争的民主进步人士，加以迫害屠杀。我们中国民主同盟就因此牺牲了它最可宝贵的领导者：李公朴、闻一多、陶行知、杜斌丞四先生。残杀民主进步人士之外，他们更进一步发动了违反全国人民意志的全面内战，想杀尽一切反对他们的反动统治的人民，于是人民也就不得不走上武装革命的道路，来为彻底消灭国民党反动派统治，为实现真正的民主与持久的和平而奋斗。

新的政治协商会议筹备会，就是在这一伟大的革命战争的胜利的基础上召集的。它是这一胜利的逻辑结论。三年半的血的历史经验，证明真正的民主与和平，跟代表帝国主义、封建势力和官僚资产阶级的国民党反动统治，是绝对不能并存的。只有拔除了这一反动统治，实现了全国人民的国家主人翁地位的时候，各阶级、各党派、各民族的人民大协商，才能保证国家人民所需要的真正民主与持久和平实现。我们今天开始筹备新的政治协商会议，正是这样的一种人民的大协商会议。

今天所开始筹备的这个新政协会议，虽然不是通过全民普选而产生的人民代表大会，但是因为它将尽可能广泛地包括全国各阶级、各党派、各人民团体，乃至各种职业、各种信仰的广大人民的代表，它的实际威信，一定是不亚于一个人民代表大会的。不过为了尽可能正确地反映全国人民的要求，筹备会同人对于每一议案，必须加以十分缜密的研究和讨论，尤其是对共同纲领和组织中央联合政府等议案，更须格外缜密地加以研究和讨论。我们一定要制定出一个能反映全国人民要求的施政纲领草案，拟定出一套完全合于革命的新民主主义政治原则的联合政府组织大纲的草案来，以便顺利地进行新民主主义的国家建设，迅速实现独立、民主、和平、统一与富强的中华人民民主共和国。

历史在中国人民前面所提出的任务，是非常伟大而且艰巨的。它要求我们把一个百余年来依附帝国主义而生存的半殖民地，转变成为一个不仅在政治上而且在经济文化上彻底独立的国家。它要求我们把封建半封建的支离破碎的落后国家，转变成为一个民主统一的先进国家。它要求我们把一个贫困衰弱的农业国家，转变成为一个富裕强盛的现代化的工业国家。这些都是比推翻蒋介石统治更为艰巨的任务。为着完成这一艰巨伟大的历史任务，我们要把新政治协商会议的召集，作为一个伟大的开端。

钧儒和此次民盟出席代表以及全体盟员均深深地相信，在中国共产党和英明的人民领袖毛主席领导之下，在筹备会全体同人的一致努力之下，我们一定能够胜利地完成历史所赋予我们的使命。

何香凝

(1878—1972)

生平简介

何香凝（1878—1972），号双清楼主，祖籍广东南海棉村（今佛山市南海区），生于香港。国民党领袖廖仲恺的革命伴侣，无产阶级革命家廖承志的母亲；中国民主革命的先驱，民革主要创始人之一，妇女运动的领袖；国画家。1903 年东渡日本求学，先后就读于东京女子师范学校、东京目白女子大学和东京本乡美术学校，并且跟随日本名画家田中赖璋学习绘画。同年结识孙中山，从此开始接触革命思想。1905 年在东京加入中国同盟会，成为同盟会的第一位女会员。1924 年担任国民党中央执行委员会妇女部部长后，积极开展妇女运动。1927 年“四一二”反革命政变后，与宋庆龄等人通电讨伐蒋介石。1929 年愤然与蒋介石决绝，后出国旅居欧洲。九一八事变后回国从事抗日救亡斗争。1948 年 1 月与李济深等在香港创建中国国民党革命委员会，任中央常务委员。新中国成立后，任中央人民政府委员、全国政协副主席、全国人民代表大会常务委员会副委员长、全国妇联名誉主席、中国国民党革命委员会主席等职。1972 年 9 月 1 日在北京去世。

打倒帝国主义，谋求民国自由独立[①]

1925 年 9 月

各位兄弟姊妹：

今天各位来此追悼廖先生，我实在很感激。希望各位追悼廖先生的死，更要追悼廖先生的精神，追悼廖先生的奋斗和刻苦。廖先生之死为什么缘故而死？是为着中国争自由而死。试问今日中国的民族得着自由么？得着平等么？廖先生为着这个问题，就要尽其力量去做国民革命运动，同时就要牺牲他的血去换中国民族自由。

廖先生为国民革命而死。为何要国民革命？是因受着帝国主义以不平等待遇，故联合起全民反抗这不平等待遇，以达平等自由的目的。廖先生自从打倒刘、杨以后，就要统一军政财政，因广东人民连年受种种苛捐杂税痛苦，都是军政、财政不统一的缘故。廖先生既主张实行军财两政统一，军阀和无聊政客、污吏奸官，见失了

① 本文是何香凝在国民党和国民政府追悼廖仲恺、陈秋霖大会上的演讲，略有删节。

他们利益，所以设法来暗杀廖先生。我们要知廖先生遭暗杀，显然是一班凶手和反动派，还有帝国主义在后面指挥。反动派是私仇，进一步还有国仇帝国主义者在，我们不只单记反动派杀廖先生，别忘记帝国主义者所嗾使。岳武穆有言：“文官不要钱，武官不怕死。”廖先生生前虽未有十分伟大功绩，但不要钱，不怕死，可以对得起国民的。甚希望国民服膺岳武穆之言，实力做去，挽救中国危亡。

廖先生未死前数天，我曾将有人欲行刺他对他说。廖先生冷笑说：“我一生没有负党、负国、负人，只尽力为民众谋利益，何畏人仇？且此国家多难之秋，即死何惧？”诸君，我们是中国人，眼见为中国争自由平等的奋斗者牺牲了，各位有什么感想呢？中华民国之立于世界，由孙总理一生努力百折不挠和先烈流了许多热血，拼掷了许多头颅，换取得来。但是我国天天被帝国主义压迫，只税关问题、机器生产，已偷了我不少金钱，致民穷财尽，谋生无路；甚而人民生命也要偷去，如上海、汉口、九江、沙基，偷去了许多人命。试思先烈舍身以谋国家强盛，现在国家弄到如此，我们有何感想呢！在下等动物如狗，受主人豢养，尚且尽力为主人守门口，有盗其主人之物，必起奋力斗之。现在帝国主义者，偷去我金钱、人命，进而想偷中国了，人民赖国家以生存，现在国家处于岌岌之势，国民不努力奋斗吗?!

廖先生为着国家人民谋利益，起来反抗帝国主义，帝国主义者遂做出共产谣言来破坏，致有人说廖先生是共产党。我有一次问廖先生，人说你是共产党，是何缘故呢？廖先生说：“梦话！……我们接受孙总理遗嘱，欲达到自由、平等目的，必须唤醒民众。现在中国受着帝国主义和军阀直接、间接压迫，欲打倒压迫阶级，必须联合全民。我国农工占人口十分之九，农工阶级受经济压迫，无路谋生，他一天做十数小时的功夫，且不得两餐饱食，何有余力教育子女呢？全国国民十之九无受教育机会，知识当然落后，国何能强？若要中国强，必须提高农工地位，引导他有政治知识，方有希望。且农工俱为我同胞，当有互助义务。农夫耕田，秋寒盛暑，风雨飘摇之时，辛苦做工，每日充饥者不过薯芋，以谷米供给他人；养蚕缫丝者，只穿布衣；建造工人，仅住棚厂。农工辛苦供给我们衣食住，饮水思源，我们不当助他吗？挽救农工即所以挽救中国。”观廖先生一段话，可知廖先生绝非共产党，只扶植农工以救中国危亡。诸君今日来追悼廖先生，最要继续如廖先生之奋斗精神，竟廖先生未竟之志。以打倒一切帝国主义，以谋中华民国自由、平等、独立。

于右任

(1879—1964)

生平简介

于右任（1879—1964），名伯循，字右任，祖籍陕西泾阳，生于陕西三原。国民党元老，报刊活动家、教育家、民国四大书法家之一，被誉为“当代草圣”“近代书圣”。早年经好友刘觉民介绍，先后加入了光复会和同盟会。1907 年起先后创办《神州日报》《民立报》，积极宣传民主革命。1912 年担任南京政府交通部次长，是年春辞职，回上海继续办报。“二次革命”失败后，《民立报》被查封，无奈避居日本，从事反袁斗争。1922 年创办上海大学并担任校长，倡导国共合作。1926 年与冯玉祥、刘觉民等人一道率国民军联军解救西安之围，出任驻陕总司令。1928 年担任国民政府审计院院长。1931 年出任国民政府监察院院长。1932 年秋筹备建设国立西北农林专科学校（今西北农林科技大学）。1949 年随国民党退居台湾。1964 年病逝于台北。著有《于右任诗词集》《标准草书千字书》等。

陕灾述略[①]

1931 年 1 月 19 日

此次我请假回陕，将所见所闻，来向中央做一报告。此种惨事，实近三百年来所仅有也。我不是做筹赈的宣传，故意铺张灾情，亦不是专提倡地方观念，是什么地方人说什么地方话，我所报告实天下之公，人人看见，人人听得，皆要落泪。青天白日旗帜下之陕西，说是有二百余万人饿死逃亡，哪一个信得过？但是有事实的证明，方知野心军人只管扩充势力，穷兵黩武，不顾民生，日日喊爱国爱民，言与行完全相反，有以致之。我们最痛心的，自民国开国后，北洋军阀势力如何顽强，但是南有粤，而北有陕，革命之势力总时时与军阀奋斗，总理所倡导之义举，陕西亦无役不从。当时在南方则地方富庶，尚有华侨供给，在北方则无一可恃，粮也要穷百姓供给，草也要穷百姓供给，军中一物一事，无一不要穷百姓的汗血钱，故地方已筋疲力尽。师旅之后，又加饥馑，不死即逃，有必然者；

① 本文是于右任在中央党部总理纪念周发表的演讲。

况又重以武健严酷之政治，其能免乎？古人说苛政猛于虎，真是不良之政治，无异率兽食人。我辈每当起义之时，总对老百姓说，革命如何好，三民主义如何好，及南北统一以后，老百姓望革命利益实现的时候，哪知受此意外之打击，此非三民主义害老百姓，实不良之官吏害三民主义，使老百姓受无穷之害。今将所见所闻，分次如下：

一、陕西粮食缺乏之原因：（甲）以前，各军团用种种方法，如征发硬派，或以不良之纸币硬买，将粮食运出关外。（乙）因种棉花与鸦片，占地亩甚多，产粮食之地亩不足。（丙）因西北军退后，驻扎关中道者廿余万，不特要吃，还且要用，三十余县要养廿余万兵。

二、过去政治之不堪：每日不是搜粮，便是搜牲口，或搜国民二军余孽。“搜粮”者，凡见民间藏储有一斗、两斗皆持之去；“搜牲口”者，每遣派民间车辆到关外转运，车辆不归，人亦随之，继续派遣不出则搜；“搜国民二军余孽”者，借一名词，无论何时可入人家也。以此之故，无一人能安其家，能谋生活，以致富者必穷，穷则不逃必死。

三、渭北省西之所见：华北义振会及济生会救济金已用数百万。近华北义振会与省政府及五县人民议开水利，引泾工程已动工。被灾区域，麦子下种，不过十分之三。省府新调查人口，统计每县约损十之四，乡间房屋约损十之六，树木约损十之七，农村不特破产，无人烟者比比皆是，乡间学校完全毁坏，不入城市，不见学生，杨部师长冯钦哉、孙蔚如语我，伊部入陕后，西路扶风武功一带在其部下之兵士，以久役于外，请假回家省视。归后，不特不见父母，不见妻子，而且不见房屋，不见邻里者，不可胜计，多痛哭而返。此真天下之惨闻也。

我报告至此，且举陕西旅平振务会委员之报告做一结束，据称两年内由陕卖出之儿女，在风陵渡山西方面，可稽者四十余万，除陕政府收税外，山西每人五元，收税近二百万。此无异陕政府卖之晋政府买之，又无异冯焕章卖之阎百川买之。政治之黑暗至此，使冯焕章化一老百姓，深入民间，得其种种实情，必知我言之非诬也。

诸位同志，闻此惨状后，如何感愤，能合力奋斗，使此种惨状不再发现于国内，不仅陕民之幸也。

宣誓就任监察院院长答词

1931 年 2 月

监察院自五院新制创行，即已开始筹备。中国因负责人员之变更，又以委员人选之困难，当慎重而又慎重，故筹备至今，迄未成立。右任多年散漫，精力日衰，兼之浑身是过，自问应被监察，何能监察他人，但以四中全会之推选，又无法辞卸于党国命令之加，乃于本日敬谨宣誓就监察院院长之职。奉行总理所创五权制度中之监察职权，个人之能力与贡献，虽极无以自信，然五权之制，为总理所特创，努力以赴总理所遗留之大经大法，实为党员之责任，想亦为全党同志全国同胞所赞助。是以不敢瞻回，敬谨奉职，并对于主席及代表训词，敬谨接受。

贪官污吏之为害于人民，政府实无时无地不思铲除，但以用兵戡乱之时多，故整饬吏治之时少，四中全会开会于平定祸乱之后，决即刷新政治，整饬纪纲，以谋训政工作之确立与完成。张代表勉以铲除贪官污吏，并谓土豪劣绅，亦产生于贪官污吏。右任以为祸国殃民之军阀，亦不过贪官污吏之一，政府去年既用兵力以扫除反动势力，若无政治上之方法以大扫除一切污秽，则军事上之胜利，亦等于零。大会之意，不但消极地要澄清吏治，解除人民的痛苦，积极的还要巩固本党之政权，实现三民主义之建设，而目前当务之急，则在使一切奉行公务之人员，消极的有所不敢为，而积极的为其所当为，奉行公务的人员，能积极地为其所当为，则训政之成功，也是容易的事。是以监察院之成立，而行使职权，实为刻不容缓，右任更当努力筹备，使其早日成立。

监察制度在政治上优点，即因其为一种事前之防制，人民授治权于政府而使之执行，若无良好制度，则反生许多障碍。本来监察权之行使，在中国有很长久之历史，历代所谓台谏之官，其地位十分重要，右任早年即闻之师长论述，谓某台谏有胆识，某台谏有风骨，某台谏能为国牺牲。几乎一时代政治之隆污，系之于台谏。至今从历史上看，如某代重台谏，则其时政治必修明，人民必蒙福利；如某代轻台谏，逐台谏，戮台谏，则其朝廷之不幸，亦必同于台谏之命运。清之末年，御史江春霖诸先生，直以心血，润色清史末页，无如政失其纲，人心久解，非一手一足之烈，所能挽救，然今之称江先生者，犹敬佩其为人。至于历代督察之制，言官主于拾遗补阙，遇事纳谏，察官主于纠劾官邪，整饬纪纲，而总理创行之监察制度，特注重于弹劾权之行使。总理演说五权宪法时，引美国学者巴直氏的话，谓“中国的弹劾权，是自由与政府间之一种良善的调和法”，我们推想这个意义，是监察制度，可以使下不能欺上不能蔽，监察人员在政府与人民之间，是手无斧钺的一个和事佬，可以使人民不致蒙政策上，及一二不肖官吏之侵害，否则官吏凭借其他位而作奸犯法，执法者只是相绳于事后，而一种政策之错误，与若干不肖官吏之贪酷违法，人民所受的祸害，绝非处罪一二人所能补偿，故弹劾权之行使正所谓树之风声使奉公者怀刑而止，或且责备及于贤者，而更期以远大之效绩。

近代欧美诸国，弹劾权付之国会行使，总理创制则上采我国古代之良规，近参欧美国家之新制，定为宪典，以建国家。监察权则由政府特设机关行使之，其范围较大而郑重。故行使监察权之任务，应当是为国爪牙，为民喉舌，为三民主义的前卫。右任能力虽有限，却是不敢不勉。监察委员之人选，就职后当慎重提出，并当极慎重地以总理遗教及党的政纲、政策、决议为监察弹劾之根据。昔人恒言“宁使言官有失言，毋使国家有失察”，所谓“一夫谔谔，百司悚息”，此正为监察制度特具的精神，亦即右任受职奉公的职责。

我们敬读总理关于五权宪法的演说，深以民国元年未能即行五权之治，引为遗憾！今者新制确立，当可追慰总理之心，但是行之而不力，为之而不效，对则总理为负罪，更使总理在天之灵，加倍遗憾！故右任极希望于国民会议开会前，国民政府能以总理遗志，树立五权制度之规模，并好向国民会议报告本党训政工作中，试行完整的五权政治，同时并诚恳希望主席、代表及诸位同志见教。

财政政策与民生[①]

1931 年 4 月 6 日

我今天报告的题目是“财政政策与民生”。诸位都晓得本月 3 日国民政府会议，有值得纪念的两件决议案：一、前裁厘会议议决学办的特种消费税，因恐实施时成变相的厘金，颁发明令，不准学办。二、各省如对于裁厘命令，阳奉阴违，或巧立名目，征收类似厘金之税捐，责成监察院派员实地查明，呈候惩处。本来监察院对于各省财政上、军事上、交通上，要派员去实地调查。对于财政上，调查其对于裁厘后的情形、征收的方法。对于军事上，调查中央所发给的饷糈，能否真实地达到士兵身上。关于交通上，调查各地路政的情形，及运输上有无积压勒索的弊端。政府现在既有明令，自当派人先从调查各省财政入手。但是调查各省财政，也只是一时的办法，最重要的，是要在根本方面想法子。

我们是三民主义的国家，政府是革命的政府，财政是直接关系

① 本文是于右任在国府纪念周发表的演讲。

民生的，虽然是很小的用费，也要人民来负担。旧时政府的横征暴敛，竭泽而渔，只知加重人民的负担，供政府无餍的浪费，这还能谈到丝毫的财政意义么？所以我们必须确定要建设怎样的一个国家，怎样的财政政策，一方面要顾到国家的需要，一方面要顾到国民的利益，就是以国家正当的需要而开源，因国民的利益而节流，如其不然，国家必要发生很大的危机。总理所说的“人民的生活，社会的生存，国民的生计，群众的生命”都要受到很强烈的影响。

我们既是三民主义的国家，而需要建设民生主义的财政。从积极方面说：国家政费军费，无论怎样浩繁，无论怎样支绌，凡关于人民共同生活的需要，如衣食住行、教育娱乐等等，在民生主义的原则上，是应当由国家去完成此项供给的。在训政时期内，虽不能十分完成，也应当于几年之内，给予人民以二分三分的享受。既是如此，国家财政上的负担，要更加扩大，也就是人民的负担，要更加繁重了。所以我们要注意发展国家经济的具体办法，例如国际贸易和大规模的工商业、农林矿产，以及有独占性质的交通业务经济机关，统统由国家去经营，使政府成为一个生产的政府；所有为人民共同生活的供给，才可以取给于生产政府，而不单靠税收为财政的唯一来源，也不必仰赖于学债、国家的政费军费，也才不至于竭蹶患穷，乃能为有计划的供给。

从消极方面说，凡是妨害国民生活、妨害国民生产事业的一切不良税制与税则，不经济的税收机关，不利便的税收形式，不规则的税收方法，都应该彻底废除。从前军阀争夺地盘、贪官污吏的窥伺，都着眼在这些地方，所以必须毅然决然地废除它，断绝这些因以为奸取利的机会，一方面国民的利益，可以保全；一方面才能建立良好的税制，订定良好的税则，实现良好的征收方法，完成国家良好的财政系统。如其不然，我们的国家、我们的政府，只可以说是“筹款”，根本不是“财政”，尤其说不到民生主义的财政政策。

再就特种消费税说吧，政府所以具必裁的决心，是因为此种特税，均取之于劳苦的民众，他们的负担增大，结果使生机紧迫，生产减少。其次所来野心的军人和贪官污吏，胆子一天比一天大，关于税收方面，政府勉强立着一种名目，事实上政府的收入，实在有限，而人民的负担，确已增加不少，徒使这些野心军人和贪官污吏，借着这个机会，得了许多的好处。再其次，我们国内生产事业，因为受不良税制的摧残，愈引起外国经济的侵略，外货日多，这就可以证明，生产事业不发达，都是受不良政治的影响，尤其是不良的税制，直接发生许多妨害。所以就财政的原则方面和实际政策方面，都应该彻底废除这厘金与类似厘金的变相税收。前天还有人以为撤销特种消费税的一个议决案，轻轻地断送了财政上每年三千多万的收入。我以为每年厘金是一万万还多，政府都在所不恤，下令废除，为什么还要爱惜此有害人民、无补国帑的区区三千万呢？又有些人，以为中央裁厘和废除特税，固有十二万分的决心，但各地方未必都能切实奉行，结果还不是中央徒有裁废之名，而损收入之实，反便宜了各地方的野心军人和贪官污吏。但我却以为中央既有这样大的决心，又是党的对内政策所确定，人民切身的利害，又如此其明显，中央决心行之，而各地方阳奉阴违，这显然是自绝于政府，自绝于人民，自绝于革命；国家有法纪，一定会看见他们失败于人民的前面。

中国国民党第四次全国代表大会开幕词

1931年11月12日

各位同志：

今天总理诞辰，第四次全国代表大会适在今天开幕。总理的生日，就是中华民国和中华民族的生日，也就是中国国民党的生日。由此我们知道中华民国、中华民族和中国国民党的生日，是凝结的，不是分开的；中华民国、中华民族和中国国民党的生命，是整个的，不是单独的。总理领导我们为三民主义的革命，建立中华民国，近而求世界的大同。总理奋斗毕生所遗留给我们的，就是负有历史伟大使命的中国国民党。总理虽已逝世，而总理的精神、总理的教命，尚式临于大会。所以大会同志，即应以总理之精神为精神，检查过去工作，发挥总理遗教，以求党的领导能适合训政时期政治的进步。这次代表大会，是要深念总理在我们当中的指导与督促，求本党主义的实现与政治设施的完成。大会全体同志，自必同此感想，同此希望的。

此次大会本定10月10日开会，后来因为要谋党内的精诚团结，永远消除已往的纠纷，所以展期至今天了。此在早期来京的代表方面，也许感受小的损失，但在整个民族国家和党的方面利益上，并不因此有所损失，这是要请代表同志谅察的。因今天的大会，我们回想到总理当时在艰难困苦之中，召开第一次全国代表大会，外受国际的压迫，内受军阀反动的牵制，还有少数不了解意义的不赞成，结果终以总理坚强不挠的精神，努力奋斗，卒完成开创本党第一次大会的任务，而使党的基础稳定，党的组织严密。总理当时对一班代表同志说“第一次全国代表大会已开成了，以后这一个党交给各位同志，靠各位同志去努力奋斗”，就是说把革命责任付之众人。这些话，想今天与会的同志中间，也有很多听到的。第二次大会在广州开会，党内便有许多纠纷，却赖本党同志的奋斗，得完成第二次全国代表大会的重大使命，由北伐以至中华民国的统一。前年本党第三次全国代表大会开会于首都，其后也经过许多困难的事件，但训政纲领，却在此时期确定的。今年 5 月本党依照总理遗嘱，召集国民会议，公布训政时期之约法。到了现在，又做了一件重大的工作，就是将党内从前一切纠纷，使之完全结束，所以今天四全大会开会，是为党开一新生命，为中华民族、中华民国开一新生命，确是本党继往开来的一个新生机。

张溥泉同志说这一次奔走南北，很有把握。怎么样有把握呢？因为大家都是同志，大家的心，都是以总理的心为心。由此我们确实晓得，无论在南在北的同志，都曾在总理领导之下奋斗过的，所以无论如何精诚团结一定可以做得到。所以张同志认为有把握。这不是简单如此说说的，实在是总理遗教督促我们，我们非大团结无以救党，更无以救国。我们看看会场所悬之总理遗训，“一心一德，贯彻始终”，这是告诉我们非但要有德，更要有心；非但要有心，更要有德。所谓一，就是不贰之谓，如果大家不一心一德，而离心离德，则国民革命绝不能完成，而党所负的使命，也就辜负总理的付托了。大家先要有“一心一德，贯彻始终”的精神，然后由三民主义之实现，以进世界大同，才可有希望。现在这一个重大责任，完全在各位代表同志身上，中央的同志，固应如此，全党的同志，尤应如此。求国民革命的完成，三民主义的实现，非从“一心一德，贯彻始终”做起，否则一切都成皮毛。今后求党务政治的进步，更要从这八个字切实做功夫。尤其在此天灾人祸、内忧外患交迫而来的时候，我们开这四全大会，责任非常巨重，更要自己勉励自己，努力奋斗。党的利益就是中华民国、中华民族的利益，中华民国、中华民族的利益这才是真正党的利益。

今天大会开幕，兄弟承中央之命，敬谨贡献这几句话，希望各位同志见教。

本党的生死关头[①]

1931 年 11 月 16 日

诸位同志：

今天是纪念周，主席团本推定戴委员报告，因戴委员生病，还没有十分好，所以临时要兄弟担任，因为时间匆促，没有预备，粗略和不妥当处，请诸同志原谅！

今天四全大会开第二次会议适逢纪念周，举行纪念周的意义，是要我们把日常工作时时推进，日日推进。每一星期做一个结束，也就是要我们本于总理伟大的精神，以党建国，以党治国；并以党的主义，推进世界的大同，完成我们革命的使命。

怎样才是本于总理伟大的精神，推进工作呢？因为总理的精神，是艰苦卓绝的，是无畏猛进的，无论什么难关，无论什么险阻，拿总理的精神去应付，是没有不能打通的，没有不能成就的，一种事

① 本文是于右任在于南京召开的中国国民党第四次全国代表大会第二次会议上的演讲，略有删节。

业也没有不能实现的。换一句话说，本于总理的主义、总理的精神，去改造中国、建设中国，一定能如愿以偿，措中国于磐石之安的，请各位同志要把这个意义，放在心里！

同时今天是一个什么日子？诸位在这里开会，一定具有一个共同感想，就是国际联盟的行政院今天也在巴黎开会，讨论日本暴军侵占我国东北土地的问题。我说到这里，或许有许多同志，要怀疑国联对于这问题的处置，或者也有不赞成政府把这问题交到国联，听任他们去解决的。但是我们也要回想到前此的历史，国联组织，我们为什么加入呢？非战公约，我们又为什么签字呢？我们既加入、签字于前，就是表示我国崇尚和平，愿意竭诚维持世界公道与国际和平的。此次日本既然违背公道，破坏和平，出兵占领我东北，我国为保全和平，维持公道起见，理应将此事报告于国联，让国际大家认识此问题的性质，共谋公道的解决。但到了今日，日本横行无理，依然在那里蹂躏条约的尊严，两月来事实彰彰，大会诸同志以至举世人士，想无不明白知道的了。诸同志中，必更有以今日为国联第二次限日本撤退侵入东北军队之最后一日。那么今日之日，不啻为我们中华民国、中华民族的生死关头，尤其是我们中国国民党的生死关头。这是什么道理呢？因为世界各国相与生存的共同大道，也是要由世界各国共同来拥护，相维于不敝。设今日竟有一国敢来破坏，而各国竟不能共同来拥护，那么世界公理，就因此而亡。公理一亡，国际间恐怕就从此多事，结果受害的不仅是我们中国，世界必有无数的国家，同遭陷害的蹂躏，而更无以善其后。这理由是很明显的，我想爱和平的国家，爱和平的民族，决不容破坏和平、如同强盗一般的国家及民族，来霸占来横行，这是我们可以下一断语的。所以兄弟刚才说，今天不仅是中华民国、中华民族的生死关头，而是国际联盟与非战公约的生死关头，更是中国国民党的生死关头，我们应当深切加以注意。

前几天在上海，一个经商的朋友告诉我说：有一次与上海某重要日商谈话，某日商说：“自中国国民党势力膨胀以后，日本在华的发展，受了不少的挫折，所以此次事件的发生，实在是要打倒中国国民党！”我们要知道这段话，虽出于一个商人之口，由此以概其余，也可知日本人整个心理的所在了！大家想想：我们中国国民党是在谋中国国家的自由平等，谋国之忠，人俱同心，为什么会妨害到日本人？事实很明显，就是日本因为有我们中国国民党存在，不能尽逞他们侵略的野心，所以非常忌恨本党，自彼政府以至国民，都欲消灭我们国民党而后快！此非我故作危言，就过去显现的事实来看，很可证明日人包藏祸心的非虚了！现在日人的横暴无忌，依然有加无已，怎样才能解救国难，这是中国国民党的责任，就是我们大家同志的责任；而这责任，又是多么重大呢！今日既是中国国民党的生死关头，愈加证明是我们同志最后努力的关头！要是我们能努力到底，则中国国家的建设、中华民族的复兴，一定可以达到，如其不然，则此次国难，即使靠国联协助的机会，获得公平解决，结果也一定于国无补，或是得不偿失，所以兄弟说，今天实在是中国国民党的生死关头。

我小时在家乡，常常听到乡下人有一句话说：“宁愿邻家买一匹驴子，不愿邻家中一个武举。”这话的意思，就是说：邻家买了驴子，有时还可向他借用，得到一些益处；假使邻家中了一个武举，他就会一天天地劣绅土豪化，蛮不讲理之事，随时可以发生，或是扩充他的园宅，就要侵占邻居的家室，或说邻居的子弟欺负了他的子弟，直使邻居不能安处，这不但无益处可得，反要受累无穷。我国而遇见这样的邻家，真是不幸得很。而且不是一个，竟然两个。记得我从前亡命到上海时，正值俄帝国主义者悉力东侵的时候，东清铁路总理俄人霍尔瓦特一到北京外务部，那种蛮横咆哮的情况，我一听说，便已头痛。这在他们，固然是任所欲为，置我国领土主权于不顾。其时东方初起的日本，见到俄人这种情况，一面有些忌嫉，一面又觉眼红，终酿成日俄之役。日俄战役结果，订立《朴茨茅斯条约》，将我东三省领土强分为南满、北满，南满权利，由俄人让渡到日本。自是以后，日人更加骄横起来，所有他从前认俄人在东北的无道行为，完全承继起来。其时清廷又多昏聩之人，庆亲王弈劻和日本订了一个东三省新约，把日俄和约中所许轻轻认了，至于今日，愈加积重难返，卒以引起日本最近的大暴行。故东三省一切权利之丧失，完全是清朝时代种下的祸根。所谓铁路附属地，所谓旅顺、大连之租借，都由《朴茨茅斯条约》及东三省新约一纸条约断送了！此时主创革命的同盟会，为迫于国家民族的危亡而产生，种种经过，现在不必详说。今日东省为暴邻所侵犯，而清室后人，曾不追悔从前之失，复不忆吾党革命真意，所谓废帝溥浩然先生者，竟甘受日人利用，回到东三省在日人控制之下，妄图称帝，想破坏国家的统一，而自为高丽之续。他们全不想到东北利权的丧失，已是清室莫大的罪过。革命以后，举国正在思所以挽回，并思所以巩固中国整个民族的利益，今乃复觍颜与日本相勾结，图个人不可知的权利，置整个中国于不顾，我想全中国人民，决不容许他们这种叛逆行为的。

几十年来东三省受了许多条约上的束缚，蒙了许多政治、经济上的损失，在最初之俄国为彼得大帝的遗策所驱使，但是俄国奉行遗策，在东方既告失败，在西方参加战事，还是失败，结果国内革命事起，俄帝的统治倾覆，所有从前的皇室贵胄、公子王孙，以及其文武勋戚和当时许多的重要人物，不是被杀，就是逃亡国外。到现在，全世界几乎没有一国没有俄国贵族，或其后裔寄托栖息在那里，过穷困和求乞的生活。这是什么道理呢？推本溯源，就是受了彼得大帝的遗策之所赐；实在不是遗策，真是遗毒。但是一个政府将到灭亡的时候，不管政策的好坏，总是糊里糊涂地往前走的。中国在彼得大帝的遗策以后，又有日本明治大帝的遗策出来，所谓明治大帝的遗策，很明显的就是由并吞满蒙，到并吞中国全部；由并吞中国全部，到称霸世界。但这种野心，还是蹈了俄国彼得大帝遗策的覆辙，世界上绝不会容一个蛮悍无理的国家，长此横行；他将来末路的情形，自然也一定等于俄国所经历的，或者还要更甚，这是毋容怀疑的，况其中之所包含，比俄国尤为危险。

中国处在俄国彼得大帝遗策和日本明治大帝遗策之下，已有好多年，在这多年之中，总理所创造的中国国民党，就应时而生。但我们看这好多年中间，也曾发生了保皇运动、立宪运动……等运动，为什么这许多运动都告失败，而唯中国国民党独兴呢？一言以蔽之，就是中国国民党的主义，为中华全民族所信任，能够普及民众，能够深入民众；所以中国国民党，才能得到革命的领导权。但是领导权的行使在全体党员，而领导权能够行使得法，这个责任就在大会各位代表的身上，中国国民党如能真正行使领导权，中华民国、中华民族绝不危险。现在在国际联盟的九国条约之下，能够伸张公理，固所盼望，就是在国联和九国条约之下，中国得不到公平满意的办法，只要中国国民党能够巩固领导权之行使，也可使中华民国、中华民族，打开一条新生路。

关于本党革命领导权的行使，也有必须注意的地方，一个党的存在与发展，最重要的就是党员分子的健全，如果一个党内大多数劳苦群众的参加，和有智识有才能的分子参加，党的实际力量，自必增大，革命的策略必更紧张，党的前途，也越能进步。反之，一个党的分子，一天坏似一天，这个党一定趋于腐朽，绝不能领导革命的。所以分子是革命的分子，党就成为革命的党。分子不是革命的分子，党就绝不成其革命的党了。

其次就是党的政策，我们中国国民党在第一次全国代表大会中间已把政策决定，所以经过二次全会、三次全会，虽是国际环境、政治环境、经济环境都已变迁而呈异状，而党的领导作用，还是非常有力。现在更希望第四次全国代表大会，对于党的政策，加以十分注意，党的政策能够斟酌至当，因应适宜，国难绝可以安然渡过，国家和民族，绝可以由此复兴。如果党的政策不定，自己内部没有办法，怎样还可以去对外呢？

再次就要说到党的纪律了，党的纪律，是要党员自动遵守的，绝不能由党跟在每个党员后面去一推一动的。而且事无大小轻重，都不能不十分注意纪律，否则纪律日渐废弛，到了紧要期间，一切命令，都不易发生效果。同时党的纪律也绝不能轻易使用，若随便以纪律为制裁，或随便通融于纪律之下，使得党员轻于尝试，则纪律必有时而穷，而纪律的制裁，也就等于零了。这一点意思，是更望同志们特别注意的。

再就党的工作来讲，现在也发生了一种矛盾的现象，许多党员的工作，往往只知对党部去工作，忘却了为民众而工作；党离开了民众，究竟要党来何用？同时党离开民众，也就使民众离开党，一个党而使民众离开了，这个党就绝不能不亡，绝不能再生存下去的。而且民众离开党，党员不知道，党部也不知道，大家不自知其陷于危境；党的躯壳虽在，党的精神已不在了！所以这些地方，是要本党全体同志深切认识的，不如此，就不能巩固党的革命领导权。

现在中央方面的意思，在屡次的宣言里面已经说明，就是对外不妥协，对内不争持，无论如何要使党的大团结，能够早日成功；大团结成功，不但是中国国民党的成功，实在也是中华民国、中华民族的成功。

这次诸同志参加大会，有许多引为不快的地方，甚至有些同志还说这次大会究竟是“四全大会”还是“四半大会”，其实这次大会精神上，则毫无欠缺，这是要请各位十分谅察的；而且在中央方面的同志，也有感觉到这种痛苦的，但要知道在各个人身上的损失，不过一丝一毫，而因此对于中华民国、中华民族所得的利益，就非常大了。我们自己受有一点损失，不算损失，即或认为党的将来有危险自己想不开时，决不能轻怪，任何人到了万不得已的时候，也只好去在总理灵前痛哭一场罢了。所以我们为了中华民国、中华民族和中国国民党的前途计，要十分委曲求全，忍耐忍耐，切不可在此刻发现一些不完满的地方，使大局吃亏。

所以将来中华民国、中华民族能否建设，能否复兴，和中国国民党能否大团结，这个责任，完全在这次大会的代表身上；尤其是在这时期中间，要渡过难关，一定要靠这次大会代表的努力，使党里面的团结，得到很大的成功。我们也并不是说中国国民党仅为中华民国渡过这一次难关，我们是要在渡过难关以后，整个努力使总理的主义，一件件地实现出来。这样才能尽了我们代表的责任，也是完成了我们党员的使命。所以今天区区报告的意思，就是说现在的时候并不是中华民国、中华民族的生死关头，也还不是国际联盟，或九国条约的生死关头，实在是我们中国国民党的生死关头。中国国民党的同志能努力，则一切难关可以渡过，国家和民族绝不危险，党的使命也可以完成；中国国民党的同志不努力，虽得到偶然的胜利，也不能保存长久的，希望同志共同努力！

中国国民党四届一中全会开幕词

1931年12月22日

各位同志：

今天举行中国国民党第四届中央执行委员第一次全体会议，在此庄严隆重的开幕典礼当中，我们深念到这一中全会的开成，是由于国难的迫促、国民的期盼，与同志间互相谅解、互相退让，才能举行这一个全体会议，我们于此，更要以哀痛的沉默，对总理报告这一次全体会议之开成。我们并要念到这一次的全会，是自总理逝世以后，未曾有的全会，也是自有全体会议以来未曾有的一个全会，因此，我们这次所要得到的成功，必是一个未曾有的成功。

我们试一抚视过去的创痕，这创痕中不知有多少同志的血和泪，也不知有多少国民的血和泪，幸而在不断的艰难困苦之中，同志们都感觉到精诚团结之必要，才使本党仍得由分而合，由破碎而完整。可见在一个共同信仰之下，绝无不可牺牲的意见，绝无不可和谐的感情，也绝无不可转回的道路。许多同志和许多国民，既以无穷之血泪，为我们这一条新道路的奠基，所以这次全会，总要大家殚精竭思，尽心尽力，对于国家的内忧外患，决定一个总解决的方策，必是这样，然后才有以慰国民的希望，慰同志的蕲求，也才能完成这次全体会议的使命。

这次全会，能够使同志间不容易在一起的，都集合在此开会。在这会议中，大家必定是非常坦白地共谋纾国难、共策党务的进行，我们极明确地认定救国必先救党，救党才能救国，全会的任务，便在这个主要的地方。分举来说：

第一，本党所负的使命，是关系整个国家民族前途的，更是关系全世界全人类的，三民主义一日未实现，即本党工作一日未完成。经过一次的全会，应当有一次的推进，这次必须大刀阔斧地开辟党的新道路，使每个党员都负担起中兴本党的工作，我们坚决自信，要为我国家和民族，以至世界人类创造一个新生命。

其次，现在在国难期间，全会应当以极果敢的努力，排除存在于党内、国内的一切障碍，斩断一切纠纷，党的一般纲领，和国家的政策制度，凡是应当改正的，便痛痛快快地去改正，凡是应当建设的，便痛痛快快地去建设，决不掩讳，决不怠慢，党员整个地为国民做前驱，而给予国民一个救国家、救民族的有力保证。再则此后党的工作，极重要的是在政治方面的表现，使政治设施成为党的工作之结晶，制度务求精确有效，政策务求切实能行，人当于职，才当于用，政治的成功，即是党的成功。这次我们务要集中注意于一个命题，就是以良善的政治与国民相见，以慎重的授职，如国民之所期。

近来环绕着本党的反动局面，日益纷腾！我们在坚定的信仰下，固然不必有所犹疑，但检点工作之下，却不能不万分戒惧。内忧如此，外患如此，大家都觉得首先要从精诚团结这一个口号而努力，现在全体会议开了，为我们的党、为我们的国家民族，我想大家都不禁垂泪而相慰！但是兄弟以为精诚团结，实不仅党要如此，而全国家、全民族都要如此，这次全体会议，也才能表现其伟大的意义。或者有人说，这次的团结在党纪上、在国法上，不免有多少的缺憾！我以为认错了，我们能做到精诚团结，已足弥补此缺陷而有余，精诚团结就是国法之国法，就是党纪之党纪。我们只须永远保持着这个精诚团结就好了。并且对目前说，要救护我们的国家，就将来说，要建设我们的国家，救国建国的责任，本党既负荷在身，党内同志应当念兹在兹的，唯一就是精诚团结这句话，否则救国建国之业，必无所成。时期是如此严重！反动者又时时造谣，事事中伤，同志间务要兢兢业业地公忠爱党，公忠体国，一念之是非，关系国家民族之存亡。这次全体会议，就是大家表现这伟大精神的所在，我们要对得住总理，对得住国民，对得住党和国家民族，一切都要在这次会议中见之。这次全会的成功，不独本党的成功，不独我全国家全民族的成功。循着这条道路前进，直至全世界人类的成功。兄弟承大会之命，敬谨以此意致辞。

如何救危难之中国[①]

1933 年 12 月 4 日

兄弟前日请假回陕，想看看灾后的地方建设。在此一月中，关于中央政情，及闽省事变，都不甚清楚，将要回京前，得到公私各方函电，觉得异常忧虑，遂决定赶速返京。或者有人以为兄弟早有所闻，故做此事前规避，但兄弟从事革命多年，当国家发生大故时，岂敢轻易诿卸，而忘记自己的责任。

今天兄弟所报告之题目是“如何救危难之中国”。当此内忧外患交迫之时，更不幸发生福建的变乱。此事不特叛党，抑且叛国。同志间与国民间，自是非常惶惑，觉得这样一个严重局面，究竟如何去解救它，甚至怀疑到本党所负建国、领导中国革命的使命将要发生转变，或是已有动摇。但是我们以为“多难兴邦”，历史上告诉我们不少的事实，况在一个革命开创的国家，这突然而起的事变，总是免不了的。只看我们自己的反省，和应变的情形如何。如果党内

① 本文是于右任在中央纪念周发表的演讲。

同志鉴于此种毁党毁国的危机，更进而团结巩固，充实党内力量，切实注意民众的要求，刷新政治，解除他们的痛苦，从此登国家于修明之途，这是必然可能的。现在事变是爆发了，一方面是要求戡乱之道，一方面更要求致乱之因。所以我们回念到本党的革命领导权，本党是以三民主义为建国治国之最高原则的，其始必须以革命的非常手段，摧毁旧的统治与存在于旧社会的恶势力。这所谓革“命”，真要做到把他们的“命”革掉了，然后新的生命才可开始。否则新的时代意识与革命的主义，无由进入群众中。而开始一个新的时代，这就是要建立革命政权的意义。有的人以为本党从来便未握住政权，因为人才的不集中、力量的不协和，并未能将三民主义建国治国的精神表现出来，因此便不能以建立自己主义之生命，不定期代替不断的流血斗争，“革命之后继之以革命”，这便是不实行主义所必然招致之果。而这一种革命，其效已等于零。因为旧势力的不摧毁，可以使死灰复燃，与新建设之未开始，无以副人民的祈愿。遂使党的生命日渐消沉，人民的拥护日渐淡薄。有此情形，一方面是必然旧势力的复活，一方面必然是新斗争的突起。福建此次的变乱，不过是一个开始。我们循省至此，真要万分戒惧。

其次我们以三民主义建国治国的精神，总要充分表现于政治上的一切措施。我们要建立一个现代最进步的国家，已经有三民主义为我们的开国弘规，我们只要去遵照实行就够了。例如经济政策，只需在民生主义下去决定，民权要求只需在民权主义下去决定。其余一切，都以三民主义的精神去做。我们既不走日渐崩溃之途，也不必多事于种种模仿。自己先要自信，先要信自己的党，绝对是负有中国革命领导权的。尤其有责任的各同志，更要坚决地自信，坚决地把三民主义建国治国的精神表现出来。如其不然，则中国国民党必亡，中华民国也必不能救。这几年来，我们的自信力都有些消沉了，工作上往往懈怠，意志也不集中，人民自然更加彷徨了。长此以往，恐怕陈铭枢等人将接迹于国中，有责同志之不自信，以减弱革命的领导力量，其影响已如此之甚。假使整个的党内同志，都是如此，一定会招致一个土崩瓦解局面，误党以误国，我们何能逃罪于天地之间。如果本党此时感于国事之危难，幡然自省，探本求源，人人自己去发现自己的错误，而立刻加以改正，这个错误便不算错误。况且革命长途，谁人又能免于一二错误呢？我们只要自己能以三民主义的精神，切实负责，切实从错误中从事于勇猛改正，人民仍是绝对相信本党绝能救危难之中国。纵有若干叛逆之徒，绝对摇动不了本党建国治国的使命。

末了我们提出此时唯一的希望，最重要的是加强革命的自信力，加强革命的集团行动，团结党内同志，共支危局，以副人民的责望。如此便能很坚实地巩固革命领导权，以解救危难之中国。四中全会将要开会了，这次会议的意义与任务非常重大。在各方的同志，体念时艰，协力一心，都从救护国家着想。大家把很好的意见献到全会来，全国的人民很殷切地期盼党和国家新生命的开始。

古代圣人之修养与民族改造

1936 年 2 月 24 日

主席，诸位同志：

自大会后，林主席之在国府阐发党义，蒋副主席、冯委员、戴院长，暨诸同志之在中央所讲自救、救国、做人、革命与新生活，皆为此时代中最重要之指示，兄弟今天报告，即是本诸同志之意，郑重地加以解释而已。

一个民族的形成，当然源于血统、生活、习惯、语言、文字、信仰等等关系，然其能自立自存，必有其确然不可动摇与不可磨灭之精神的物质的条件。由草昧开创时期，及其逐步改进时期，此精神与物质之条件，必已具备，然后此民族乃有本身存在的可能，由是可知一民族之昌盛与否，则以此条件是否具备、是否进步以为衡。但是一个民族的构成分子，事实上不能都了解此民族自立自存的责任，故一个民族中的圣人，他以先知先觉的地位，为这一个民族来创造来建设，并采取他民族的长处，以为本民族享用。类如生活方法之教导，生活所需衣食住行种种事物之发明与改进，政治上需要一种组织以治理众人之事，则有国家之建立，道德上需要一种范畴以规制群众的行为，则有名分伦理之确定，所谓“天生烝民，作之君，作之师”，正是说明古代圣人对于一个民族所负的伟大使命。

中国立国数千年，我民族有数千年悠久之历史，精神的、物质的种种创造与发明，皆为古代圣人对于我国家民族的贡献与贻留，其伟大悠久当为世界任何国家民族所不及，而古代圣人能担当此种责任，完成此种使命者，其自身之修养与努力，自当为万世万类所取法，故今天特提“古代圣人之修养与民族改造”一题目，敬做报告。

先从黄帝的功德说起

儒家著述断自唐虞，系由政治上系统使然，而非由历史上之系统，故此伟大之元祖，不多称述于儒家。道家固称述黄老，然传之后世者，言不雅驯，多有渺茫诞异之说，故皇帝参天地、育万物之功德，湮没者多，吾人稽考载籍，则知黄帝文事武功，实震烁万世也。

一、黄帝之创造，实物方面，如衣冠、宫室、舟车、指南车、弓矢乐器等；文化方面，如文字、算术、干支律、度量衡、医术等。

二、黄帝之教化，重道德，训养生。

三、黄帝之经略，以五十二战戡定蚩尤，使我民族免外族之侵凌，而得安居生息。开拓版图，使我民族创造文明之范围益大。巡视四方，使我民族文化传播之程途益广。分封子姓，繁衍孙枝，不特汉族为其苗裔，如西藏族之羌、回族之安息、苗黎族之禺号、蒙古族之匈奴、东胡族之鲜卑，及金人之祖，皆黄帝之苗裔，以成为大中华民族而为近世治史者所可考信者也。故黄帝实为一大创造家、大发明家，而又为吾大中华民族精神之统帅。

帝尧之郅治

帝尧所以致天下于极隆至盛之治，其记载见于《尧典》者，如“克明俊德，以亲九族，九族既睦，平章百姓，百姓昭明，协和万邦，黎明于变时雍”，此以至德化天下，使天下臻于郅治也。《大学》所谓“在明明德，在新民，在止于至善”，义即本此。《尚书》数语中，尧之修养以化民成俗者，可以见矣。故其时欲让天下，而许由不受，巢父闻之，且洗其耳，而击壤老人，竟只知作息耕凿，不知帝力之何有。此其时，天下雍熙，真为历史上未有之盛，而尧尚旁求才德，以时登庸，明扬侧陋，得大舜以开揖让之局。

帝舜任天下之重

帝舜之睿哲文明，故能承天下之重，且其父顽母嚣，象傲克谐以孝，当在耕渔陶埴之时，能致耕者让畔，行者让道，器不苦窳，一二年之间，所居成邑成聚，其本身之修养与其所感格者，亦已有明德新民之征。故尧历试于事，观其处常处变之德，而让以帝位，其后任用禹、稷、契、皋陶、伯益诸臣，以安利天下，诛黜不职，如共工、欢兜、鲧等，以肃正纪纲，故能光大尧之郅治。

大禹树中国政治上负责之楷模

禹以罪人之子不敢修私怨，而忘天下之公，其德足以升闻于舜，虽殛其父，而不废其子，且使嗣治天下。此真天下为公之精神也，兹分述禹之功德：一、禹思天下有溺者犹己溺之；二、禹治水能顺水性，宣导归海，不取填湮，并一面治水，一面随山刊木，兴导水利，料理民生各事，且动天下之人而无怨；三、禹之治水，劳身焦思，八年于外，三过家门而不入；四、“菲饮食而致孝乎鬼神，恶衣食而致美乎黻冕，卑宫室而尽力乎沟洫”；五、矜狱囚而拜善言；六、建置中国专门而又完备之政治组织，其主要原则如“德唯善政，政在养民，水火金木土谷唯修，正德利用厚生唯和，地平天成，六府三事允治”；七、舜之称禹也，曰“克勤于邦，克俭于家，不自满假”。禹承舜之训也，曰“人心唯危，道心唯微，唯精唯一，允执厥中”。

汤之功德与修省

“汤武革命，顺乎天而应乎人。”汤革夏命，放桀南巢，为中国政治开一新局，其修养之见于书者，“不迩声色，不殖货利，德懋懋官，功懋懋赏，用人唯己，改过不吝，克宽克仁，彰信兆民”。见之盘铭者，“苟日新，日日新，又日新”。见于仲虺之诰者，“以义制事，以礼制心，能自得师者王，谓人莫己若者亡，好问则裕，自用则小，慎厥终，唯其始”。

文王武王周公之世德

周室自后稷教民稼穑，以忠厚开基，故享国最久，初太王有三子，泰伯、虞仲、季历，季历之子昌（即文王），生有圣德，太王欲传国季历以及昌，泰伯、虞仲知之，决逊让，以承父志，即逃之东南，以其文化启吴，更溯古时西北至东南，交通异常险苦，虽以舜禹阅历劳勩，久经磨炼之身，而舜以南巡死苍梧，禹以东巡死会稽，乃泰伯、虞仲出奔数千里，至于今之常熟等地，徐以北方文化启辟创造于东南，故今日东南文化之灿烂发扬，其先实承中原文化，而开始正以泰伯、虞仲之一让，泰伯、虞仲在东南遂成此伟人悠久之功。其在周室，则由季历而文王，而武王，周由是统一天下，奄有八百年之国祚。我国政治文物制作学术，灿然大备于此时，孔子称泰伯为至德，是其让德之所关，真大矣远矣。武王革命，一戎衣而天下服，载主东征，牧野作誓，胜残去杀，复于归牛放马之盛，尽去商之苛政，而与民更始，访箕子而受九畴，一反前朝之阙失，奠定民生之大本。周公创开国之弘规，定百世之美制，制礼作乐，奠周室之政权于不匮，其政治思想在周官，其组织之精神，其社会建设思想在周礼，以礼教建立社会基础，其个人之修养，如劳谦下士、多才多艺，尤未可殚述。

孔子之至圣

“孔子祖述尧舜，宪章文武。”其祖述也，欲以为大同之始；其宪章也，欲以为小康之所由起，世称孔子为大成至圣，正所谓“为天地立心，为生民立命，为往圣继绝学，为万世开太平”。此数语，可以形容孔子之大，其个人修养，见之《论语》《礼记》者尤多，孔子治学由格物、致知、诚意、正心、修身、齐家，至治国、平天下，有一贯之系统，有本末之分次，而其修养之功，即为改造时代社会国家民族之本。我述古圣修养，由明明德以新民，以止于至善，由一己以推于齐家治国平天下，由旧时代旧社会以改进于新时代新社会，由旧的个人生活，以改进于新的个人生活，由旧的国家民族，以推进于新的国家民族，故举往圣之修养，以为今世之效法。说到民族改造，关系血统地理者浅，关系精神方面者深，民族当求日新，然后可以自立自存，亦即谓我大中华民族若无新的修养，绝不能夷此当前之大难，修齐治平之大道，即在于吾人日常生活中，而天下之平，即在天下为公。公即平也，天下如何能公能平，往古圣人已由学说上及躬行实践上，昭示吾人，今唯视吾人与吾民族法古鉴今之修养何如耳，故民族大无畏之精神，唯先克己乃能克敌，愿以此共勉焉。

民族抗战之精神

1937年9月2日

今天兄弟报告的题目是“民族抗战之精神”，凡一民族欲建立一独立自由之国家，不牺牲则万难成功。自抗日战争起后，我将士之忠勇奋斗，人民心力、物力之输将，诚为自有历史以来所未曾有。无论敌人如何凶顽，最后胜利，必属诸我，此敢为断言者多当此抗战最烈之时，有一事足以振万古之纲常，足以扬民族之正气，足以奠东亚之和平者，即前几日中央执监委员会所发表之灰电，此电今日再为朗诵一遍。中央灰电如左：

吾国受强邻压迫，忍无可忍，抗战图存，旬月以来，各路将士，悫承总理成仁成功之遗教，凛遵蒋委员长守土救国之指挥，莫不以血肉搏敌，争为先登。其忠勇奋发为国牺牲之精神，实为振古以来所仅见。最近如南口之役，罗方珪全团与壕堑同毁；宝山之战，姚子青全营与孤城并命等，志气之壮，死事之烈，足以动天地而泣鬼神。中央对于我卫国捐躯之先烈，万分慨悼，万分景行，除由国民政府从优褒恤，以慰忠魂外，更以至诚表示哀敬。愿我全国军民，益加淬砺，群以必死之决心，求最后之胜利，敌人侵略之凶焰日消，而后国家永久之生存可保；国家永久之生存可保，而后后死之责任可完；后死之责任可完，而后烈士之英灵可安。吮血蘸泪，布此至诚，愿我邦人，咸凛斯意。

中国国民党中央执行监察委员会

诸位，自抗战以来，将士与人民前仆后继殉难者，岂仅此数，而此电必在民族抗战史上大书特书，占一重要地位。我切盼全国国民，毋忘此电；我并盼将此电将来列入教科书中，使南口罗团、宝山姚营之精神，永久沁入国民之心中，以为中华民国自由独立之保障。我并大声以告天下曰：当此危急存亡之际，愿我全国上下，痛下决心，倾全力以赴之。要知今日之事，有进无退，进则树国家千万年之自由，退则沦为永劫不复之奴隶；就是说牺牲则为国家自由之神，退缩则为国家民族之罪人。况敌人侵略，蓄谋已久，除武力威胁外，更用种种方法，以使用其吞并政策。有不明事的军人，不知敌人之主旨所在，时受其愚弄，时被其软化，自己还扬扬得意，谓可得敌人谅解。岂知此等动作，全在敌人术中，不知一人智慧，如何能当得一强国的参谋部，故其结果，无一幸免，其贻误戎机，对国家民族之损害，实为巨大。往车既覆，来者堪鉴，我甚盼有军事及地方之责者，知民族战争，既已开始，我们要把中华从危急中挽救出来，走上独立自由之大道。以此之故，唯有本中央通电中所谓“群以必死之决心，求最后之胜利”，始能达到我们抗战之目的，望大家勉之。

抗战第三周年

1938 年 7 月 10 日

各位同志：

前天在七七增刊上看见各位同志的作品、总裁的宣示，特别是《告日本民众书》。我想，只要日本的国民看得到，一定会觉悟起来，一定会精神上痛楚不安的。因为日本人民，本可安乐地过生活，无须在异国争城争地，百余万地死伤。固然，我们的死伤也不少，但我们却是为了祖国的独立、自由，死亦甘心，也是光荣的，可怜日本人民只做了强暴军阀的牺牲品。所以我们的抗战，为了解放自己，同时也为了日本人民。

大凡一个时代，必有一个时代思想的主潮、思想的任务。在今日这个大时代中，我们应该如何去努力，如何去工作，已经中央计划得十二分的周密、详尽，兄弟所要说的，也只求其多少补助而已，但是只要大家认真地做去，成效绝不会小的。

知识分子——文人的战时化

知识分子是时代的先驱，是社会思想、社会运动的领导者，尤其在教育未普及、科学未发达的中国，其意义更特别的重大。我几次在训练班和许多学生接触，深感觉到他们任务的重要，所以我们不仅要加紧训练他们，同时要将训练他们的精神普及到全国知识分子的身上。这全国知识分子便是在全体民众中，积极活动，积极工作，唤起全体民众生活思想之改造的有力干部。我们不要只问前方怎样，要问后方的自己如何，自己的工作有无成绩，自己在时代上抗战上有用无用。古人说“执干戈以卫社稷”，并不单指着军人，我们虽在后方，手未执枪，但我们的工作和在前线同样的重要。例如文字应该怎样改造，旧日散漫、消极、吟风弄月的文学，怎样才可以转变成抗战的、时代化的文学。荷马、拜伦、李太白、杜少陵之伟大，正因为他们代表了一个时代的精神，他们是抗战的讴歌者。世人只知道在东亚战场上，日军一百万，我军一二百万，但实际上我后方的千百万人，和在战场上一样，“我有笔如刀”，文人拿起一支笔，就参加了太平洋的战争了。多年来中国的科学不发达，军器不如人，难道中国人的笔也比不过日本人吗？谁相信这话。谁能执笔而不肯拿起笔和敌人打仗，谁就是背叛了中国人，谁就是昏聩愚蠢。只有各阶层一致起来，一切战时化，才能打倒暴力的日本。这知识分子的战时化，便是全体民众战时化的先决条件。

民众生产化

后方民众主要的工作是生产，这生产要与前方的战事相适应，如果前方战事进行得太迟缓，固然不能说与战略与指挥作战的人无关，但主要是证明了我们生产的不进步、科学技术的不中用。或者有人要说，增加生产，谈何容易，但我们总非增加不可，试问现今世界上哪一个强国不是建基在优裕的生产之上，无生产就等于无国防。以前秦想伐韩，韩使水工郑国借用水渠以陷秦。史汉上说，“渠成而秦富”，秦国生产力增加之后，就和六国干起来了。郑国渠即今之泾惠渠，昔日渠成，秦就统一了天下，今再成功于李仪祉先生之手，从此抗战中棉花不缺。所以我们的科学家要拿出精神，切切实实为生产努力，为国家民族谋幸福，内而与同胞，外而与敌人相见，决不能再允许东张西望，犹豫彷徨。

说到生产的发展，有时和战争是分不开的，如铜铁都是战争中发明出来的。蚩尤有人才，会造兵器；黄帝在征战中发明了指南针，这都是科学的成功，不过当时不称科学家，只算是木铁匠而已。这个简单的例子，已经说明了科学技术家对战争在生产上的作用，盼望我们的科学家努力，格外地努力。

军人政治化

这个口号之提出，并不是说，多年来我们军队中政治工作如何的不中用，将士如何的不明了政治，乃是希望我们的政治工作进一步地加紧，政治认识更一层的深刻。民族意识是政治意识之一部，不是政治意识的全貌。历史上激于民族意识，起而抗战的民族很多，但是为了政治意识起来抗战的却很少。我们今日的抗战为的是建国，为要建造一个三民主义的共和国，只有全体武装同志彻底明了之后，抗战的任务，才能完成，建国的前途，才能光大。以前的军队里，是黑暗服从，怕的是武装同志的明了；现在我们的革命军人却是愈明了愈好，愈明了，愈能提起自己的精神，增强自己的力量。《步兵操典纲领》开宗明义第一条就说：“国民革命军以实现三民主义，求得中华民国之自由平等为目的，凡有侵犯我领土及妨碍我主义之推行者，须全力防止而歼灭之。”这是一个军人开始军人生活的时候就要牢记的。只有高度政治意识的军人，只有政治化的军人，才是有进无退，才是永远击不破的革命军。

今天说的这几点，并不是什么新奇的东西，因为在《国民精神总动员纲领》里面早就包括了，现在不过特别提出唤起大家加倍地去努力，去注意，如果因此有助于精神总动员之实施，就是兄弟所盼望的了。

工作竞赛与革命前途

1940 年 4 月 1 日

为什么要实行工作竞赛

诸位同志：

我们三年来的抗战，是为将中华民族一世纪以来失掉的自由恢复过来，使落后的中国，变成一个现代化的国家，这是何等重大的历史任务。这任务只有在革命工作惊人的成就中，方能够完全起来。现在提出的工作竞赛，就是从事工作最有效的方式，便是达到惊人成就的最可靠的工具。总裁在国民精神总动员周年纪念演词中曾说：抗战到了今天，已不完全是军事问题，而真正建国工作，就要从现在开始。所以我们必须鼓励前进的勇气，将我们全国同胞的精力提高到最高限度，来增进我们的工作效率。我们不论是作战，是行政，是从事教育训练，是努力生产建设；也不论是战区是后方，所有中央地方、县区乡村、机关学校、工厂农坊都要厉行“工作竞赛”。这不是明明白白地说，要用厉行工作竞赛，鼓励前进勇气，提高全国同胞精力，增进我们工作效率吗？不是即要用厉行工作竞赛，开始建国工作吗？这就是我们要提倡工作竞赛的理由。

工作竞赛的意义

工作竞赛，就是以比赛竞争的方法施用于各种工作，以期自动地提高工作技术，加强工作效率。它一方面是个人内心的自觉与热诚的表现，同时也是群众参加社会活动的积极性的说明，所以我们由工作竞赛的成绩，便可看出大家革命情绪或政治觉悟进展到怎样的地步。总裁说："规定竞赛标准，约定竞赛单位，看谁做得多，谁做得好，谁做得快，谁做得确实，谁的物美，谁的价廉，谁浪费最少，谁出品最精，乃是谁节约，谁俭朴，谁清洁，谁整齐，谁最有纪律，谁最能互助。如此不断地竞赛，不断地研究，有缺点互相帮助改正，有长处互相观摩发扬。一方面将我们个人工作的兴趣尽量提高，同时更使我们集体工作的共同成绩，一天天地改良进步，这样不仅战时力量因而充实，而因循怠慢的习气，也必能因此革除。"因此工作竞赛实代表了一种革命的运动。它的目的，在使人们革除旧习染，创造新生活，我们要借它增加生产，完成建设，我们要借它达到最后胜利，创造出富强康乐的新中国来。

工作竞赛的实施

工作竞赛并不是一种完善的计划，更不是一种高超的理想，它的主要点是实行，是活泼的事实，竞赛如果没有事实，尤其美满事实的跟随，根本上就失去了竞赛的意义。但是竞赛并不拘泥于死板板的方式，它是能在任何场合中灵活地去应用，为适应这种需要分五个竞赛的方式来。

一、个人竞赛　个人竞赛可说是一切竞赛最初、最基本的形式，在任何情形下，只要有两个人提出工作计划，约定竞赛标准，就可举行，不过以工作性质相同，地点相同，较易实行。

二、机关（或团体）竞赛　包含着两种形式，即机关内各部分的相互竞赛，及机关与机关之竞赛，竞赛结果，造成了机关工作技术和方式的运用，增加了抗战的效率，机关竞赛可称为模范竞赛。

三、联合竞赛　联合竞赛就是扩大的同种性质，机关或同业的竞赛，是超地方性的，这是与机关竞赛的不同之点。竞赛结果，是促成了异地同业的工作技术和效率的改良或增进。

四、连环竞赛　连环竞赛就是将工作上有联系性的各机关或业务联合起来。举行相互竞赛，如教育厅与各学校，织布厂和纺纱轧花厂等。以前三种竞赛是横的竞赛，连环竞赛可说是纵的竞赛，这种竞赛如果成功，结果是加强了行政系统或生产系统的完整性与合理化的程度。

五、区域竞赛　区域竞赛就是以区域做单位，将一个区域内的各种工作综合起来，与另一个区域举行相互竞赛。关于地方自治、行政教育兵役等竞赛，结果一定会得出很好的经验、更完善的方法来。这种竞赛的成功，可使由中心城市至极偏僻的乡区，无所不包，可使由一个人的工作以至整个国家的工作，获得惊人成就。工作竞赛至此，可谓已奏完满之效。所以区域竞赛，是各种竞赛的最高形式，也是最后形式。

在各形式竞赛中，机关竞赛实居着主要的地位，联合竞赛、连环竞赛，及区域竞赛，都是用机关竞赛逐渐发展出来的形式。机关竞赛如果没有成就，即行采用别种扩大的竞赛，不但在理论上为越级，实际上也是做不到的。同时个人竞赛，又是一切竞赛的基础，个人竞赛如果不能广泛地实行，其他一切竞赛，将永无成功的可能。前面已经说明了各种竞赛的形式，现在就要说竞赛的一般程序了。

一、竞赛之发动　发动竞赛有三种形式，即积极分子的倡导、服务队之宣传与地方挑战。

最初竞赛发动，多采第一种形式，以后不妨采用其他形式或各种同时采用，但应该特别注意的是，要出于自愿，尽可能避免上级之主持或发动，使不致因勉强被动陷入形式化公式化的危险，知而后行，就是这个意思。

二、竞赛会议　参加竞赛者，可先举行竞赛会议，讨论一切有关竞赛的问题，如竞赛机关之设立目标、之决定等。

三、竞赛规约　不论个人或机关竞赛，竞赛双方必先定好竞赛规约，做竞赛准绳，如日期、内容、标准等。

四、评议与评议会　竞赛结果，由评议会公开评判，工作成绩超过规约者为“最优”，适合规约者为“优”，未能完成者为“差”或“最差”。

五、不断竞赛　为避免胜利者发生骄情，失败者陷入消极的停滞，而中止了竞赛。所以经常要喊出“不断竞赛”的口号，只有经过不断竞赛方能鼓舞参加者的勇气，和从中得到教训，使胜利者争取更大的胜利，失败者可以卷土重来。

竞赛与奖惩，是不能离开的，只有经过奖惩，才能给予竞赛者以精神的、物质的刺激与鼓励。至于奖惩办法，有出自国家的社会的，有属于工作者自定的。

在奖励上分荣誉奖励，如荣誉奖章、荣誉称号，及报章杂志之称颂等；报酬奖励，如奖金、特别假期、社会保障、晋级加薪等。陕西乡村曾有个简单的工作比赛的组织，成绩好的时候为好汉，比英雄似乎还更大众化了。

在惩戒方面组织工作法庭，公开谴责，将各种有意及无意的错误，从极轻的警告，到罚工强迫劳动以至开除。

在奖惩上起很大作用的，就是由竞赛者自办的一种壁报。这壁报经常以文字或漫画批评，每日每周的竞赛的情形，以至各竞赛工作的实况，不好的是攻击或指责的对象，优良者自然是扬誉或歌颂的中心了。不过壁报上的攻击或指责，绝不是恶意的、消极的，乃是善意的、积极的，扶持失败工作者与落后工作者的前进。至于扬誉歌颂，亦绝不是以工作胜利者的成就为满足，乃在鼓励胜利者争取更大的胜利。

工作竞赛的奇迹

工作竞赛不断实施的结果，会使人们对于工作、对于劳动的观点上，发生一种彻底的转变，以前对于不工作、不劳动、养尊处优的羡慕，此后只觉其可耻，以前认工作劳动为卑鄙的重负，此后一变而为光荣英雄的事业。在一般国家里，人们视挖矿工人为至愚蠢的人类，在实行竞赛的苏联社会中，却最为人所崇敬。苏联最高荣誉的斯泰哈诺夫，就是一个挖矿工人，就是由于他在地下劳动的成绩，成了苏联最被人崇敬的英雄。大家想想矿工在九地之下，生命朝不保夕，冒这样大的危险，给人们搬出日用必需的东西来，这是何等居以崇敬的事，在这我们就要想到工人的福利来。三民主义、青白旗的光辉，不仅照彻了地面，更应该透射到每个矿穴里。

由于真正广泛地运用竞赛，使大多数人们都在工作中劳动中活跃起来，使他们在工作中劳动中尽量表现出自己的能力，发挥自己的天才，静的变为动的，被动的变为自动的，苦的变为乐的。这样发挥出的能力与天才，实是广大人群中间未曾汲取过的一个源泉，这伟大的源泉，一直到今天才发现了。

至于说到竞赛对国家和社会方面所起的作用，那更是伟大得了不得，总理所谓迎头赶上者，就是教我们与先进国家竞赛的意思。西欧国家几世纪辛劳的成就，在苏联竟用几个五年计划就达到了，竞赛，不断地竞赛，就是五年计划成功的秘诀、五年计划的灵魂。在个人方面，竞赛的结果改变了对工作的态度，提高工作的积极性、创造性，养成互助合作的热忱；在国家社会方面，生产由此发达，国民物质和文化生活因之提高，这就是工作竞赛产生出的惊人的奇迹。

工作竞赛，在我们的邻国里，已经产出了惊人的奇迹，三年苦战的中国，正渴望这惊人奇迹之降临，望同志们特别注意，望同志们加倍地努力。

对苏联军民的播讲词

1942 年 6 月 16 日

伟大的、英勇的苏联军民们：

十六年前，我到贵国，看见贵国革命后建国的努力，各种印象至今还是新鲜，今天在庆祝联合国日这个机会，向各位广播，实在觉得太荣幸并愉快。在世界几年苦战中，苏联的战事最激烈，中国的战事最延长。几年来世界各地反侵略的战争，是世界联合性的。今世界文明人类正在同心协力去消灭侵略与独裁，正在进一步去建造和平与自由新世界。苏联建国后，世界大政治家对苏联立国精神，认识最早并最清楚的是中国的国父孙中山先生。在世界被压迫民众自由解放的战争中，中苏两国应该携手并进，这是国父中山先生的遗训。俄国革命是世界人类文明的大希望，这也是中山先生很早的观察。最近几年来的事实昭示，中山先生的遗训一一实现，并且彻底奉行了。现在世界共同的敌人，是以侵略为志的流氓主义，这一个敌人，不但利用世界最新式的科学利器，还因袭近世各种社会文化的力量去奴隶人类，变换人类的生活方式。我们联合国家的作战目的，既已一再宣示，无论政治或经济，要达到公平、正义、自由的目标。在中苏两国的观点上看，这许多理想都是两国革命先觉数十年来所提倡与努力，也是两国革命信徒数十年来所奉行贯彻。在联合国家中，中国与苏联是比较新造的国家，两国国家的缔造，都经过长期的奋斗，艰苦奋斗是每个新邦预计得到的。苏联二十余年的奋斗与中国三十年的奋斗，今天都到了最后成功的阶段。

苏联军民对纳粹暴徒苦战，现在已及一年，这一年苏联军民的英勇牺牲，全世界对之敬慕钦佩，中国民族对之尤具深切的同情。中国对日的抗战，至今足足五年，苏联战场中战争之猛烈，与中国战场中战争之长久，是此次大战中特殊之点。不是苏联战场那样的猛烈战争，不是中国战场那样的持久战争，今日东西侵略者的凶焰不知要高涨到何等地步。可是苏联一年的猛烈战争和中国五年的持久抵抗，终将侵略者凶锋顿挫下去，现在已快近扑灭的日子了。日寇就是东亚的希特勒，希特勒的溃败，无疑会牵到日寇的覆灭。同样日寇实力的减缩，会促成纳粹的崩溃。日寇今天已拿出它最后的本钱——海军，在太平洋做最后的挣扎，纳粹也在春秋攻势失败以后，继之以最后的夏季攻势。夏季转眼就成过去，英勇的苏联军民士气与战斗力正跟着时间的进展而提高、扩大，苏联战场今年将击碎纳粹，正与中国战场今年将逐出日寇是一样的有把握。

你们的天才领袖，受举世崇敬的史达林（斯大林）先生，在二十年中在政治、文化、经济、国防各方面，领导贵国人民有今日这样的成就，可算是人类历史上的奇迹。革命是反抗的，革命也是创造的。今天联合国的第一任务是反抗侵略、粉碎侵略。今天联合国的第一任务，更是建树世界和平，创造人类高尚的生活。中苏两国战场必然是决定联合国未来整个之成败，中苏两国也必然共成未来世界和平之重要基础。史达林最高统帅说在今年内一定要击溃希特勒，我想在中国战场的情形多也是相同的。

战争是整个的，和平是联合的。希望在今年内，我们联合一致，整个粉碎世界一切的侵略者。祝望苏联军民，在夏季对纳粹的抵抗格外英勇。世界反侵略战争成功万岁！联合国最后胜利万岁！

先烈革命精神

1943 年 5 月 3 日

今天——三月二十九日，纪念革命先烈，奉命敬做报告。本日是黄花岗七十二烈士殉难的纪念日。关于这一役的经过，有邹海滨先生的专文记载，不必再来多讲。初以此日并举行邓仲元、陈英士、朱执信、廖仲恺诸先生之为国牺牲纪念与胡汉民先生之逝世纪念，现在则定为祭奠所有革命而死之先烈纪念日者，其中实有无限深意。就是在总理领导的十次革命当中，以此次为奋斗最烈、牺牲最大、影响最深。黄花岗之役，可以说是本党精神最高度的表现，有了这次表现，本党的主义与力量，方引起了世界的敬重，震惊了清朝的中枢，唤醒了国人的迷梦。其对于本党的影响，当然更为重大。七十二烈士雄风所播，真可以说“顽夫廉，懦夫有立志”。此后推翻专制，抵抗侵略，取消不平等条约，亦皆为此种精神高潮之回荡。总理在《建国方略》“有志竟成”的一节内，论到此次革命时说：

是役也，集各省革命党之精英，与彼虏为最后之一搏。

事虽不成，而黄花岗七十二烈士轰轰烈烈之概，已震动全球，而国内革命之时势，实以之造成矣。

所以黄花岗并不是一个土堆，也不是七十二烈士的陵墓，而是充塞于天地之间的至大至刚的正气的象征，也就是为本党主义民族利益而奋斗的精神堡垒。中央之以今日为革命先烈之共同纪念，意义在此。

所以黄花岗所代表之精神，并不可以某人、某时、某事、某地为限制，每一个人，都有每一个人的黄花岗；每一时期，都有每一时期的黄花岗；每一事业，都有每一事业的黄花岗；每一地方，都有每一地方的黄花岗。纪念黄花岗，纪念先烈，应人人、时时、事事、处处勿忘黄花岗所象征，所代表之精神而光大之。追溯总理领导革命的经过，由口而笔，由个人而团体，由徒手而持械，以至使用新式武器；由兴中会而同盟会，以至中国国民党；由广州之役而惠州之役，以至黄花岗七十二烈士的殉难，其人力、物资从未有足时，而亦从未感有不足之时，因之也从无畏惧犹疑。愈失败，愈坚强，波澜之壮阔，功业之炬烜赫，绝非徒有人力物资者所能及。先烈的这种愈挫愈奋、目无真敌、勇往直前的意志，不仅完成了本党灿烂的史页，并为全民族开辟之指示了生活的道路与方法。即就我数十年的经验，更证明了凡是烦忧而感凭借不足的人，皆是懦弱失败的人，而鼓舞前进的人，皆是成功的人。《荀子》内有一段记孔子与颜渊的问答，孔子曰："回，知者若何，仁者若何。"颜渊对曰："知者自知，仁者自爱。"子曰："可谓明君子矣。"所云"自知""自爱"，都是古圣先哲勉人"自奋自立"的名言。所以一个人的成功与不成功、成仁与不成仁，以及能否成材成物、能否继往开来，做个顶天立地的汉子，即在于能否坚守自己的“黄花岗堡垒”，而个人之岗位，即个人之黄花岗。总理的老师英国人康德黎先生说：“他的天性，易于吸引人们注意他，当时预备在诊室中或沙场上替他服务的一种不可解释的潜势力，一种吸引人们亲热他的磁性。”（见康氏著《孙逸仙与新中国》）在革命的过程中，诸先烈的热血，所渲染的奇葩，精神所造成的堡垒，又皆可以说是总理吸引人的磁性所发挥的力量。但这所谓磁性者，是什么呢？就是高超的道德、博大的主义与夫救国救世的大仁大慈。这种综合的磁性吸引力，可以使“百世之下，闻者莫不兴起，而况亲炙之者乎”。所以任何主义不同、国族不同的人，都有受总理的感召而奋斗而殉难的，我们今天对于他们也同样地致敬。

近几年我每次演讲党史，导言内皆有这样的几句话：一、党史即国史，亦即中国革命史。二、本党为创造中华民国之党，亦为代表中华民族精神与利益之党。三、总理创造主义，制订实施方案，且为实现主义与方案而创立本党。故本党历史，即为总理历史之延续，而总理历史，亦即为本党历史之重心。四、历史及事实，已使本党党史与国史保持永久密切之联系，故中华民国之历史即本党党史之繁衍及发挥，本党党史遂成为国史之重心及动力。但所谓党史之繁衍及发挥者，实即诸先烈之正气与精神所表现之悲壮事迹也。故卫党卫国，事同一体，殉党者即为开国者，殉国者即为造党者。今日之鸡鸣十庙，更应为国民祷祝也。

本纪念日，尚有一事应特为报告者，则为不平等条约之取消，而对革命先烈之致敬。自总理创造本党领导革命迄今已有五十余年之历史。初步工作，虽为推翻专制，而总理致志革命之起因，实由中法安南之役与列强不平等条约之刺激，故取消不平等条约，乃本党革命的中心目的，五十年内革命先烈之艰苦奋斗，死不瞑目者，亦为此事。在总裁领导之下，自北伐成功至六年的英勇抗战，无数同志同胞的壮烈牺牲，终将百年以来的不平等条约取消，此为今日纪念之不同于以往，而可告慰于诸先烈在天之灵者。但是我们今后的责任也益为加重。总裁于新约签订之翌日，曾有很大的训示，告诫国人，大意有云，此后益当奋勉，不然，得到的独立自由一样可以失去，这实是本党所应深自惕励的。诸先烈以苦斗与热血筑成而留给我们的，以守则固、以战则克的堡垒，我们当如何地珍护增强，以与宇宙中间危害人类的恶势力与侵略者奋战而摧毁之，消灭之，如何弘扬总理救国家救人类之主义与世界，此乃后死者与继起者之责也。故我今日之报告亦特重此点。

我还想做新闻记者[①]

1945年1月12日

今天中国新闻学会要我到这里来讲演，事前并要我宣示讲题。我离开新闻界已有三十余年，在今天回忆起来，在三十年前，我因为革命的需要而离开新闻界，并离开上海到北方去，虽然在革命整个的计划上，有一点贡献，但是在我新闻事业的立场上，至今我还深悔那时候离开得太失策，至今没有完成我在新闻上的志愿。说新闻事业是国家进步及民族文化解放上的神圣事业，一点没有夸张。新闻事业值得称为神圣的，在国家进步及民族文化解放的意义上真是超绝的利器。世界上哪一个新闻事业机关的成功，里面必有许多志士仁人在那里努力，这许多志士仁人，能够立志做新闻事业，同时也就是治国平天下的人才。我今回想起来，与我在新闻界共事的人，多数已成仁而去，我现在所愿留此余生以努力的，就想完成当时许多新闻界志士所未竟之志。

① 本文是于右任在新闻学会讲演会上发表的演讲。

今天我的讲题是“我还想做新闻记者”。各位一定要问我是个什么原因，我的答复极简单，因为欣羡新闻记者。我的耳目，我的手足，还可以贡献于人群，所以我还想做一个记者。新闻记者是可以欣羡的，尤其是今天的新闻记者。值得有思想有志气的人对他欣羡。新闻记者的天地太宽广了，新闻记者的材料太丰富了。像我一个离开新闻界甚久的人，在日常见闻中，我能体会到这种局面。

把眼前的情形说：第一可以欣羡的是随军记者。在去年6月，盟军在法国诺曼底登陆的当儿，最初我们在报纸上看见片断的报告。后来在电影中看见“一鳞一爪”，数千架飞机，上千条船舰，真是世界的壮观，我们心目中的壮观是意会的，但是当时许多随军记者是亲历目击的。记得去年有一天，一位新从欧洲回来的记者对我讲一段参加大西洋护航队的故事，上千条的船只，中有航空母舰、军舰、商船，上面有飞机，海底有潜水艇，一次护航航程中，总遇见几次战斗，那战斗真是壮观！我对那位记者的讲述，真是心向往之。这几天美军在吕宋岛仁牙因湾登陆，我看见报上的记载，便想到此中必有许多随军记者在那里参加，他们的心胸、眼界何等幸运！他们随着麦克阿瑟将军登陆，是何等的威风！我们远征军终年来有许多青年记者驰驱于丛林旷野之间，或随机轰炸，如果我是一个记者，至少我有这个幸运的可能。有志的青年男女，为什么大家不追逐这一个可喜的幸运呢？

其次可欣羡的，是随着空军出去轰炸我们的共同敌人，其余每天随着第几航空队到敌前敌后去轰炸，我们仿佛可以报答国恩与亲仇，长风万里，杀敌致果，唯有今日空军的随军记者可以有此气概！

其次可欣羡的，是派到外国的若干政治记者或外交记者，不但足迹游踪遍及名都大邑，交际范围可以无所不包，有外交官的利便，而无外交官的拘束。驻在国的政治首领，有机会约在周末去打球或钓鱼，或约去参加他们的家庭晚会，其他学者名士、工商巨子、劳工领袖，无不可以自由交往。我们赤心为国，一个驻外的记者，不知可替国家做多少有益的工作、无形的贡献。

其次可欣羡的，如派在殖民地或穷荒地带的记者，我们可以看见多少痛苦的、享乐的情形，及许多奇异习俗、珍禽异果，若有机会随着探险家到荆棘丛莽、冰天雪地中去辗转，更是何等开阔。

讲到国内，在今天的抗战大时代中，假使我们做一个战地旅行记者，做一个出入沦陷区的记者，做一个哪一部门的专访记者，那一方面我们都可以大大发挥，替党国做一番重大的贡献。

以上所说多半偏重于外勤方面。至于内勤方面，现在一篇社论、一条特殊的新闻，几行专栏特写，我们报纸上早晨登出来，到当晚可以在世界各国大报上转载，或引起评论反响。七八年来，我们报纸上的社论，内容与范围，不知比以前进步多少！我们的评论记者与专栏记者，都可以与外国报纸并驾齐驱，这是时代进步的鞭策，使我们各部门的记者，不能不奋勉。

现在我们的记者，但患自己能力学识不足，不患不能成名。——今天记者的名，是世界性的，今天的名记者与世界大政治家、大实业家可以分庭抗礼，在精神上可以得着同样的尊荣。

讲到这里，真是心花怒发，眼前光明，记者的天地，哪一个人也比不上他，个人的畅快，同时也是国家的帮助。

各位在场的记者先生，那种开阔的天地，是属于你们的，那各种可喜的幸运是属于你们的，我欣羡你们，我虽离开了新闻界三十余年，所以还想做新闻记者。

新闻记者，永远是前进的，是迎头赶上。我离开新闻界虽然甚久，但是这种精神未尝稍变。我盼望我们的新闻界永远随着时代前进，照近几年的现象，确实现在的新闻界，样样比过去进步。

我可以附带讲一点三十余年前我的记者经验。在我初办《神州日报》时，中国新闻界的内容，实在贫乏得很，我们要想参观，也没有地方可以一观的，设备则一切条件都是简陋。百无办法时，同邵先生往日本去调查，归时约杨笃生先生主持编辑，我可以分出许多时间去发展报馆业务。后来在《民呼》《民吁报》的时代，真是困苦不忍回忆，一个报馆的事，从筹款，置编稿，写社论，上版，外面交际应付，都要随时照顾。在《民吁报》时代，我被捕房判决逐出英租界，我住在西门，每天上午要到吴淞复旦及中公两校去教书，回到法租界已近傍晚，一切的事都要料理。到后来《民立报》时代，人才算是盛极一时，有宋教仁、马君武、邵力子、叶楚伧、李孟符、杨千里、徐血儿、汪允中、吕志伊、范鸿仙、张季鸾诸先生，《民立报》的国外电信欧洲、日本、美国都有专派记者，仿佛今日报馆的海外电信网。记得当时上海英文《泰晤士报》，还每月订购我们的海外电信稿，当时《民立报》驻英国的记者就是章先生。辛亥革命时，章先生首先打一个电报回来说英国舆论主张对中国内政不加干涉，当时在国内革命进展上有极大的影响。

在我的记者生活回顾上，我当时在报馆所做的工作，除了排字以外，可以说什么都做过。当时我们觉得做新闻记者的天地宽大，三十余年来我的想法与体念，还是如此。后来我因为军事而脱离新闻界，现在抗战快要胜利，我真是还想做新闻记者。

《民立报》创刊词中有两句话："有独立之言论，然后有独立之国家；有独立之国家，然后有独立之国民。"当时这几句话是传诵一时的。同在世界高唱"新闻自由"，新闻界尤其拥护新闻自由的原则。我想“自由”与“独立”系相互有关系，无自由不能独立，不独立亦不能自由。国家有自由，言论方有自由；言论有自由，人民方有自由。心胸广大的各位记者先生！必能体念此中的因果关系。

抗战到了第八年，我们检讨政治与社会各部门，新闻界是充满了新的气象，并且达到相当的成功。在前几年敌人对我滥施轰炸，大家叫着疲劳轰炸，哪有人知道社会中最疲劳的职业莫过于新闻界，新闻界全体从业员，昼夜廿四小时不停止地工作，为的是对国家效忠服务，疲劳轰炸没有挫折我们新闻界的意志，没有使全国的报纸停刊！

五年前重庆各报联合版，是中国新闻史上一个光荣纪录，七八年来全国新闻界全体从业员所表现的，真是智、仁、勇三者无所不包。旷观大势，努力学问，与时代俱进，此是智；对内宣泄民隐，对外维持正义，扶弱抑强，此是仁；不避危险辛苦，参加战斗，随军前后，在绝对危险中照常工作（从南京撤退时起，各地最后撤退者，必为报馆），此是勇。有此三者，岂但新闻界之荣，亦国家精神上最珍贵之收获。

在我对诸位欣羡之余，把这一篇送给各位，多谢各位的光临，敬祝各位前途的成功，歌呼我们的新闻事业，在艰难困苦中，节节步入新的时代。

新闻自由万岁！中华自由万岁！

1945 年 4 月 5 日

今天欣逢复旦新闻馆开幕盛典，在这个艰难的时会，学校能建筑校舍，本来就大可庆祝，何况今天所落成的是新闻馆。中国新闻事业与复旦，在过去已有密切的关系，在未来更有远大的展望。

国内大学有新闻学系，复旦大学是一个创始者。复旦为什么独有此建树，自有其历史的关系，在复旦四十余年校史中，前前后后产生的新闻记者不少。想起四十年前我初办《神州日报》时，发起的同人，复旦公学有八位［金怀秋，平湖人；叶仲玉，嘉兴人；邵仲辉，绍兴人（即力子）；陈□□，海宁人；陆冠春（即秋心）；叶藻亭，上海人；王公侠，湖北人］。中国公学有八位（王抟沙，湖南人；张邦杰，四川人；孙性廉，四川人；谭介人，湖南人；黄桢呈，湖南人；梁乔山，湖南人；钟古愚，江西人等）。嗣后我所经办的报纸，如《民呼》《民吁》《民立报》，都有复旦的同学参加与支持。四十年来，复旦同学的尽力革命，以从事新闻为最多，而复旦同学的创造中国新闻，使之革命化，以民国以前为最力。其所以数十年不息者为自由的中国，更为中国的自由，这是我们校史上十分光荣的事实。复旦的空气是自由的，唯有独立自由空气，能够鼓舞青年去做自由活泼的职业。新闻记者是一个劳苦的职业，新闻事业是扶助国家民族向前进步的。近来常见我们学校的刊物中谈复旦精神，我今天看见新闻馆的成立，联想到复旦产生新闻记者之多，立刻可以替复旦精神的讨论作一个答案。独立自由的精神，是近代文明的特征，近代的文明与进化，都由独立的精神中产生出来。本党五十年的革命与此次世界大战最后的目标，都是在此，现代社会中的新闻事业，便是推进与培养这种精神的。今天成立的新闻馆，可以说是本校过去精神的象征、未来努力的目标，更可说名则“新闻馆”而实是“自由馆”，是由中华民国推及世界的一个大自由库。

在一年以前，美国新闻界发起新闻自由的运动，最近美国新闻界有三位代表，专为推动这个运动而游访各国。大家知道新闻自由的内容，是报道自由、采访自由、传递自由、发布自由。这几种自由在此次大战前统包括在“言论自由”里面。经过这次反侵略的大战，研究时局的人才明白独裁与侵略者的阴谋手段，他们想达到扰乱世界和平之目的，必先使报道不能自由，传递与采访不能自由，然后可任意传递歪曲之主张与不确之报告，以蛊惑人民之视听，发动天下之兵。全世界经过这次的恶战，人类文明由毁灭而复苏，野心家摧残新闻自由的居心，始完全暴露。相信自今以后，天地间没有哪一个再敢冒此大不韪，企图摧残新闻自由，以逞其野心。今天在座的有许多未来新闻界的斗士，预想在你们将来的新闻天地中，必能享到空前的新闻自由。只需你们有天才有能力有决心，必能在新闻界中有伟大的成就，直接间接对人类对社会有极大的贡献。

我今天来庆祝新闻馆的落成，还庆祝我们复旦未来新闻斗士的自由天地。未来的新闻天地，必定是宽广与丰富，你们可在那天地中建树丰功伟绩，你们未来的成功，可以千百倍于我们。但是我今天要特别告诉你们，为维护新闻自由，为珍重新闻自由，必须要恪守新闻道德。新闻道德与新闻自由是相辅相成。没有新闻道德的记者，把新闻自由随便玩弄，其流弊与祸害，固不堪言。而辛苦奋斗所得之新闻自由，终不易保持。所以新闻自由今后能否保持与扩大，全恃新闻记者的新闻道德。孟德斯鸠说："有权的人最易弄权。"政治上有权的人，一旦弄权，便成暴虐的政治，社会上有权的人，一旦弄权，便成豪绅的特殊阶级。新闻记者同是有权的人，一条新闻可以掀起政潮，可以引起战争，新闻记者不守道德，便不能负责任。新闻记者不但应有法律责任观念，尤须有道德责任观念。我敢向各位预言，将来我国的新闻自由必然可以获得，但是新闻自由获得以后的保障，就是新闻界要恪守新闻道德。复旦的新闻斗士，应当把这一个任务引为己任。

总理常常援述林肯总统"民有、民治、民享"的名言，诸位熟研历史政治，对这近代格言，当然耳熟能详。我今天对于民享有一个见解：所谓民享，其享受的对象，属于衣食住行物质方面，而非精神方面的享受。精神方面最大之享受，便是"名誉"，社会中握有最大予夺之权者，无过新闻记者。新闻记者对于这种特权之运用，必须宽严适宜。尤其对社会上前辈的人物，必须予他们以名誉上之护持，如反对派的政治家、受伤的烈士、衰老的发明家等，新闻记者都不能忘记他们。这于政治社会的风气培养，有极大的帮助，新闻界的道德与责任，都可从此等地方表现。

世界上有形的力量，由近代的军事眼光看，为陆海空三军。陆海空三军在这次战争中，已经发挥极大的力量。如什么"特种混合部队”，便是陆海空三军混合编制的最猛烈的武力。陆海空三军是对未来世界维持秩序的，对世界和平是一种消极的力量。在陆海空军以外，另有一种力量不仅维持世界秩序，而为维持世界和平，并且鼓励世界和平大悠久，受人类之歌颂；此种积极力量，就是新闻力量。将来人类幸福，世界和平，全恃这宇宙间四大力量来维护，这四大力量，便是新闻与陆海空军。

各位同学，我们从事新闻事业的人，能够自列于宇宙四大力量之中，而且我们能在此四大力量积极的一个行列中，为和平而奋斗，这是何等愉快与光荣。当今陆海空军的武力，是日新月异，我们新闻力量，也应当从各方面去力求其新颖与锋利。在这种伟大抱负与使命之前，我们应当怎样自励与奋发！在复旦新闻馆庆祝声中，我们高呼新闻自由万岁，中华自由万岁，复旦精神万岁！

胡汉民
(1879—1936)

生平简介

胡汉民（1879—1936），名衍鸿，字展堂，号不匮室主，笔名汉民，祖籍江西吉安，生于广东番禺。中国国民党元老和早期主要领导人之一，也是民国四大书法家之一。1901 年中举人。1902 年与吴稚晖等人留学日本。1905 年秋加入中国同盟会，任评议部议员、书记部书记，主持编辑《民报》。1912 年 1 月任南京临时政府总统府秘书长。同年 4 月任广东都督。1914 年 7 月任中华革命党政治部长。1917 年 9 月任广州护法军政府交通总长。1919 年 8 月在上海参加创办《建设》杂志，撰文对学生爱国运动和新文化运动表示同情和支持。1924 年 9 月孙中山北上后，代理大元帅兼广东省省长。1927 年任南京国民党中央政治会议主席，次年任南京国民政府首任立法院院长。1930 年主持编成《总理全集》。1935 年当选为国民党中央常务委员会主席。1936 年 5 月 12 日在广州病逝。

陈英士先烈殉难十一周年纪念大会开会词

1927 年

先生的崛起上海成功了辛亥的革命——先生奋斗牺牲和不妥协的精神是最可崇拜的——服从总理的命令淘汰腐化的分子是先生对党的主张——先生说：总理如在山顶，我们只在半山。

今天开的是吾党先烈陈英士先生殉难十一周年大会，十一年前今日，吾党失了这一位最能奋斗、最能牺牲、帮助总理革命最力的同志。我们今日为回想这一位同志陈英士先生一生伟大的事业和千古不朽的精神，所以不能不开这个纪念会。

当前清的时代，我国在两重异族压迫之下，一重是国内满族的专制压迫，一重是国外各民族、帝国主义的压迫，我们总理就因此倡言革命，定了三民主义，组织了中国革命同盟会。开创伊始，以日本东京为本部，陈先生就在那里入了会，认识了三民主义，开始担任中国各地的革命事业了。辛亥三月二十九日广州一役，流了许多纯粹革命同志的血，才开了 10 月 10 日武昌革命成功的先河。这先后两役，通通有英士先生的规划和努力在里面。先生更是为革命苦战恶斗到死的一个人。最重要的是先生鉴于三月二十九日一役未成，便在中国中部，格外急切地规划大规模的革命。武昌方面，既有别的同志担任，先生自己便担任上海方面。后来武昌的形势，既因汉阳失守而摇动，先生在上海便马上发难，以相牵制。总理在日常说："当年没有英士在上海独立，汉阳一失，革命的成功，又危险了。"上海是我国文化中心，一经响应，立刻震动全国，南京就此光复，定为国都，满廷大势，就此瓦解，我国第一步的民族革命，就此成功了，其全局的关键便在上海一地。先生一身在革命史上的关系，我们不可不知啊。

我们崇拜英士先生，还不一定在他事业成功的伟大。尤其在失败当中，他奋斗的精神、牺牲的精神和不妥协的精神，是人所不能及的。三月二十九日广州革命失败以后，还没有过去几天，城内满奴的戒备，正在极严的时候，先生敢于只身跑出跑进，探听一切军情。上海独立，攻打制造局时，因为武力打不下来，先生忽然要以主义服人，亲身去开导那班制造局的守兵，大家都劝先生，不可过于冒险，先生却挺身而入，毫无顾忌。后来袁世凯杀了宋遁初先生，先生在上海立刻起兵申讨，因为各省一时并无准备，袁世凯又借到大宗的外债，得了帝国主义的帮助，因而没有成功。但是举义发难是先生一人最先，失败亡命是先生一人最后。事后吾党讨袁的心始终不懈，袁贼注意先生一人，也始终不懈，而共事的同志之中，首先重回上海，再接再厉地做去的，又是先生为第一人。这时候我们常看见先生在上海马路上从容闲步，连车子都不坐，好像非常安全，无危险似的。有一天我在路上和先生相遇，先生反先劝我，要小心戒备。我说："上海人也不大认识我，我的眼睛好，步履轻快，就使有坏人近我，我一霎间就避过去了，所以不用担心。"其实先生是一个大近视眼，而当时上海人认识先生的之多，自不必说，不过他从来不知生死为何物，所以有这样的谈话。革命同志之中，胆量之大，赴义之勇，只知有党有国而不知有身的精神，当时总要推先生为独出侪辈，别人是万赶不上的了。

当时猜忌先生的人，还不止袁世凯的一班军阀，凡是国内外不愿意中国革命成功的人，尤其是帝国主义者，对于总理和先生两人，通通加以特别攻击，专造两个人的谣言，做出种种的毁谤来。还不止此。先生深知革命的阻碍，第一在党的本身不健全，所以极力主张服从总理的命令，淘汰党内腐化的分子，因此先生树敌越众。凡党内不努力的人，对于先生赞助总理，积极地整顿党纪，又都加以反对。但是先生对于要奋斗的方面越多，精神越加振作；虽劳苦到极处，从不知倦；身体虽弱，而气魄极大，实在是革命同志的一个绝好的模范。

民国三年，我与先生同在日本东京。一日，先生来我处共谈党事，至于深夜，先生说："总理领导我们，我们都追随不上；总理如在山顶，我们只在半山；我这两年才算认识总理的伟大，却是已太迟了，而许多同志还未觉悟，说我们服从太过，岂不可叹；我身体多病，恐报党报国之日不长……"说到这里，话也再不能说下去，两人只是惨默相对。这段话至今还深深地印在我的脑子里。

十一年前的今日，我同先生在上海萨玻赛路寓中，先生下楼去会客，没有半点钟工夫，我们忽然听见楼下有枪声，赶下去看时，凶手已经逃去，先生已不能说话，就此成仁了。久已以身舍国的先生，至此毕竟遂其所志而去，只是教奸贼快了私心，教吾党失了模范。到了今日，我们还能从哪里去找着先生呢？但先生一种服从总理、服从主义、艰苦不辞、危险不避、至死奋斗、至死不妥协的精神，是万古常新、永不磨灭的。我们今天在这个纪念会中，依然能全部地感觉到，我们今日还到哪里去找先生这种精神？这就可证先生的精神并没有死。

孔祥熙
(1880—1967)

生平简介

孔祥熙（1880—1967），字庸之，号子渊，祖籍山东曲阜，出生于山西太谷。中华民国南京国民政府行政院长兼财政部长，亦是一名银行家及富商。妻子为宋霭龄，与宋子文、蒋介石为姻亲关系。1901 年留学美国，毕业于耶鲁大学研究生院。1911 年武昌起义成功后，组织学生奔赴娘子关参战。1912 年创办祥记公司，专门经销英美火油，同时创办裕华银行。1913 年应邀去日本，担任中华留日基督教青年会总干事。在东京期间，为孙中山的中华革命党筹集经费；并曾为孙中山处理文件，兼且结识了当时任孙中山英文秘书的宋霭龄。1914 年与宋霭龄于日本结婚。翌年二人回到山西，孔继续经商和办教育。之后被山西督军兼省长阎锡山聘为参议。1926 年任国民政府广东省财政厅长。1928 年任南京政府工商部长。1930 年改为实业部长，次年九一八事变后辞职。1932 年奉命到欧美考察。1933 年 4 月回国后，被任为中央银行总裁，同年 10 月兼任行政院副院长及财政部长。抗日战争全面爆发后，一度任行政院院长。1947 年以宋霭龄病重为由赴美国定居。1962 年后曾赴台湾暂住。1967 年 8 月 16 日病逝于美国纽约。

救济中国经济危机前途之要图[①]

近年各国群困于不景气，我国以产业未充分发达，影响较小。此后金贱银贵，向来入超之我国，势必入口日增，出口益退。我国向恃为入超弥补者，一为华侨汇回款项，二为外人在华经营共商购置产业之投资，三为外人在华支出之教会事业费及慈善救济费等。现各国既困于不景气，前此各种资金，流入必益减少，不景气之风将及我国。吾人宜未雨绸缪，以挽狂澜。今以个人欲研究之中国经济问题，提供人家参考，俾将较好之方法，以免社会发生危险。

现中央税收以关税为最大，年约三万余万元，但因庚子赔款从光绪卅七年起，逐年以关税摊还，迄今尚需十四年，方能还清，因此关税大部皆偿还赔款。国民政府成立后，列强表示好感，退回庚款，然大半皆做文化、教育、建设、事业之基金，不能任意动用，此外则指定为公债担保。除此之外，每月关税不过五百万左右。其次为盐税，年约一万四五千万元，但各地税率不均，每担捐税满一元至十三元不等，近拟十元以上之税率，一律减为十元，以均负担。

① 本文是孔祥熙在国府纪念周发表的演讲。

至盐税除抵债外，政府月得不过五百万。其三为统税。自廿年举办统税后，其收入较大者为卷烟棉纱。纱厂以日人所办为多，资本雄厚，技术精良；加以其政府协助，向中国倾销，数年后中国纱厂能否存在，颇成疑问。其他水泥、火柴等工业，亦有同样危险。现在统税月入可七百万以上，三种共收一千七百万。连同其他各种税收二三百万，统计每月收入仅一千八九百万元。而支出方面，则军政建设月需三千五百万，每月入不敷出约千五百万，年亏一万七千万。收入如此，支出如彼。当此人民因苦万分之际，纵竭泽而渔，所收无几。如去年因白糖系日用品，增加进口税，但结果因奸商走私，收入反等于往前百分之四十八。因防止走私，附有严密组织，国家因无巨款办缉私，故税收受打击，现在财政困难。不仅中国，即强国收支亦难适合，如美国收支不敷之数，尤可骇人。美总统提议增加发行十个毕令（百万万）元万金公债，若在我国即一毕令百分之一，亦无办法。欲求国富民强，须财政有办法，须使民间富庶。现中国社会困难万分，如不力图救济，一年之内不景气即波及用银。出品卖贱，在世界市场可争一席地，因金贵外货价高，我可少买不必要之货，金钱外溢较少。但金贵银贱后，则我出口货必更少，进口货加多，将来入超数目逐年加大，社会经济真不堪设想。

中国经济情形衰落如此，救济之道，须讲求经济 economic。救济中国经济前途之危机，应提倡节约。回忆从前生活，其为俭省，延聘孝廉教育子弟，年仅馈银百廿两。但现在教育子弟，家庭靡费既多，家富花费尤巨，可见生活程度日见高涨。政府若不设法筹划救济，民间生活必陷于无法维持。故提出节约二字，请大家实行，政府尤应首先力行，以示倡导。政府节约步骤：第一，节省经营费；第二，增加事业费；第三，要有合理化的建设。近年国人侈谈建设，然漫无计划之建设，与不建设等。如美国近年因建设过分、生产过剩，分配又不平均，人民购买能力未能增加，正闹经济恐慌。他如中美之“加非”、古巴之“糖”，均系过剩或抛诸海中。现在吾人要建设，如无整个计划，定无良好结果，定使政府未受其益先受其累。第四，提倡人民储蓄。法国为一债务国，但法人有储蓄习惯，银行存款甚多。吾国人非但无储蓄习惯，且有百元收入者竟用百廿元，收入用尽反而欠债；另一部分人，收入虽不浪费，而喜将金钱密藏地下，阻碍经济之活动。故虽由政府提倡储蓄，同时加以可靠之保证，此外尚有一点，即提倡节食。外国人食有节制，吾国中人之家碗盏满桌，都市更为豪奢，一饭数十元而不惜，如逢宴会浪费无巨。谓为吃穷，当非过分。吾人应从速宣传，免除浪费，其他浪费尤应防止。

总理遗教要吾人建设，吾人应一面节省，一面建设，且为有计划之建设。中国从前政治，在孔子使民以时，每到冬季利用农隙做建设事业。现在吾人欲使党国安稳巩固，第一要从经济中施行合理的建设。中国为农业国，须救济农民，建设农村，增加生产做起。中国农民负担太重，向在工商部长任内，力主裁厘。但裁厘之后，各地方当局增加附税，以致农民负担愈重，不但瘠岁不免于死，即丰收三年，因税重不克安身。现在吾人欲增加生产，附有通盘计划，兴利除弊，不但防不足，且须防有余，使供求适可而止，庶使不景气潮流不波及于中国。

章士钊
(1881—1973)

生平简介

章士钊（1881—1973），字行严，笔名黄中黄、青桐、秋桐，生于湖南省善化县（今长沙市）。民主人士，学者、作家、教育家和政治活动家。1903 年 5 月任上海《苏报》主笔；8 月与陈独秀等人创办《国民日报》，建立大陆图书译印局；同年冬与黄兴等组织华兴会，从事反清活动。1905 年至 1907 年先后留学日本、英国，并将逻辑学传入中国。1911 年武昌起义后回国，次年春任《民立报》主笔，兼江苏都督府顾问，9 月创《独立周报》。1924 年在段祺瑞政府任司法总长兼教育总长等职。1930 年任沈阳东北大学文学院教授，次年任院长。九一八事变后回到上海，不久正式挂牌当律师。1932 年 10 月，陈独秀等人在上海被国民党政府逮捕，他自发为陈辩护，所撰“辩论状”文气逼人，引中外报纸竞相登载。1934 年任上海法学院院长。1938 年 6 月起，历任第一、二、三、四届国民参政会参政员。新中国成立后，曾任中华人民共和国全国人大常委会委员、全国政协常委、中央文史研究馆馆长。晚年致力于海峡两岸统一事业，先后四次赴港与台湾方面联络。1973 年在香港病逝。

在宪法会议第二十四次会议上的发言

1917年2月16日

一院制两院制之利害讨论之久，诸君各抒所见，透辟精详，毋庸本员赘述，谨就未足之处稍为补充。查主张一院制者，因中国既非联邦又无贵族，故不必有上院驳之者。谓中国虽无贵族，然不能不有代表地方之机关，本员以为此说，颇有辩驳之价值，欲辩驳此说，须先推求联邦国上院代表各邦之意义。盖联邦国各邦民情风俗法律各不相同，联合而组织国家冲突之处实所难免，故能不有保障之法。于是国会设上院以代表各邦，下院因人口多寡、幅员广狭之不同，以选举方法代表各邦必不能平均。事实上不平均者，于法律上平均之。但中国各省民情风俗无大差别，法律亦无行于甲省而不行于乙省之事，本员身为参议员，然问本员所以代表地方何在，及代表地方不在众议院而必在参议者何在，皆无以答之。现犹可谓省制未定，将来或有变象，彼时代表地方须由参议院，代表普通人民须由众议院，但本员系主张扩充地方自治者，然扩充极广，亦至联邦而止，即使成为联邦，而吾国各省无民情风俗之不同，则代表地方亦无在上院之必要，此皆两院制不能成立之理由也。

在宪法会议第三十八次会议上的发言

1917年3月28日

今欲讨论解散权问题，即不能不先于不信任决议权问题加以研究，盖解散权与不信任决议权固有连带之关系也。顷孙议员主张不信任决议不必规定于宪法之上，俾留伸缩余地使其于政潮中自然演进，依宪政原则而论其说甚是。然以今之中国则实不能不有规定，其所以必须规定者，以中国宪政尚纯然未上轨道，故非规定不可。且其规定并非重在不信任决议五字，而实重在结果。所谓结果者，即非内阁总辞职，则众议院便须解散，是亦当详为规定之者。如仅规定此五字于条文之中，而其结果置诸不问，则随时发生不信任决议之事实，政府可以顽然不动，置不信任决议于不顾，是虽有不信任之决议，亦等无效，故谓要当重在精神而不当重在此五字也。

本员以为，政治为物贵乎流动，宪政运用期其进化，如望将来政府与国会俱立于水平线上使其平流而进，其势非一方政府有解散权，一方议会有不信任决议权不可，且不但政府应有解散权也，尤当不加制限。如有制限，若吾国宪法草案之规定，则解散权即等虚设。考之世界共和先进国，如法兰西即其例也。法为扩张民权之国家，其宪法上规定解散下议院亦须有上院同意之制限。然由其历史观之，除麦马韩武人政治时代以外，自三次共和以至于今从无解散下院之事，而其内阁之更迭则甚三两阅月发现一次，且其内阁更迭之原因，非出于国会劝议不信任决议之时，即出于国会正事讨论不信任决议之时，其政治现象之不稳，世界研究宪法学者无不引为诟病。吾国宪法若既予政府以解散议会之权复后而加以制限，则其结果必当更不如法，因吾国政府绝不能如法国政府之肯尊重民意。倘国会了然己身有断难解散之事实而频为不信任之决议，此际政府并不解散众议院，且并置之不问或其时内阁亦确有不能辞职之情形，而舆论转以赞助政府不以国会为然，是其结果，非内阁违宪而不辞职，即内阁违宪而径解散众议院。使将来现象有此一境，则宪法效力完全丧失，不啻等于僵死，然则尚有何法以救济之乎？故不如先让一步，俾政府得以负责勿念宪法全部皆死，是在制宪之始，预留伸缩余地，为将来万一之救济比宪法之所以贵有弹性也。

或谓若无限制，恐政府滥行解散，且举日本事实以为据，其立论亦甚有见然。本员以为，宪政运用当求进步，日本因于宪法规定屡致解散国会之事，在日本宪法学者，虽以政府解散议会太易为痛，而由他方面观之，其宪政上之精神，转日以进步。倘日本宪法关于赋予政府解散议会之权严加制限，窃恐反无今日之进化。

或又谓如日本之大隈内阁所以敢为不正当之设施者，即因于宪法上未制限政府解散权之故。本员以为此固可虑，但细按之，解散后之选举与正式总选举之区别仅为年限上之差异，倘政府敢于为恶，亦可以于总选举时行之。可见如此过虑，则宪法即无议定之日。今假定宪政具有基础，国会与政府相持相激如水之平，则此种罪恶必归消灭。且吾国政治势力远逊于日本，而舆论过之，是宪法上虽无限制亦绝不致有如日本大偎之行动。况日本固未尝引以为虑，且有宪政日益进步之精彩，此本员所以主张解散权固无须乎制限也。

或又谓解散权系与不信任决议权相为对待，但于其他场合不能亦漫无制限，如否决预算及其他重要法案即不得为例也云云。本员以为此层分别甚难，如其有所分别，则议会欲置政府之死命，即可专从否决预算案等项着手，而不必为不信任之决议。就事实言之，政府所恃为命脉之预算等案不得通过于议会时，即当断行辞职，而议会亦可即以实力迫之使倒，此际宪法上所赋予政府之解散权，以恪于形势而不得用，岂非至不平之事，是盖为不信任三字之解释问题。考法国客法上之不信任决议绝非独立之，谓如国会对于预算不信任时，国会当要求国务员出席质问，如政府答复不得要领，国会即就此提议投不信任之票，预算案若此，其他重要法案亦然，均须于质问结果认为不得要领时行之，固无所分别也。今若区别若者为不信任决议，若者为否决预算及其他重要法案，必令不信任决议独立的与解散权相为对峙，则尚应详细加以解释。

进化与调和[①]

1918年12月28日

今日为北京大学二十周年纪念，愚初列教授之末班，于本校事迹未甚明晓。骤闻二十周年纪念，即发生两种感想。一、吾国有大学已二十年之久，成绩究竟如何？二、此二十年中，政变多端，事业之兴而旋废者不可胜数。唯大学有二十年不断之历史，较之八百年之巴黎大学，法兰西人所翘以自炫者，诚不足为比例。而在中国言中国事，附于家有敝帚之义，亦诚不得不特别珍重。此之所感，想诸君亦有同然。今请本此略抒鄙见，深致厚望，唯诸君察焉。

今之君子，乐言进步。愚为大学立说，亦自望大学进步。究竟进步二字，当作何解释？此开宗应明之义也。试就字而思之，颇易联想及于火车。盖火车由驿站呜呜以行，径前直迈，绝不反顾。又有人喜以机械论政治，谓欧洲十年以来，摩托车行用极广，吾人唯无乘车，乘则非此莫可，唯马克思主义亦然。吾人谈政治，毋得避

① 本文是章士钊在北京大学二十周年纪念会发表的演讲。

而不论。嘻！以此而言进步社会现象，固未必悉与背驰，但若胶焉而怎么处处求合于是，则律之社会进步之真义又乖矣。盖凡时代相续，每一新时代起，断非起于孤特，与前时代绝不相谋，而所有制度文物皆属异军苍头，一为之制事而立名也。果尔，则人智时缘，两俱有限，其所成就，必且与太古原人相去不远。当论时代衔接，其形如犬牙，不如栉比，如连线波，新旧两心，开花互侵，中乃无界不如两点相次，无间而不相撄。（语出《墨经》）又尝譬之，社会之进程取连环式，其由第一环以达于今环，中经无数环，与接为构，而所谓第一环者，见象容与今环全然不同，且相间之时，写焉不属。然诸环之原形，在逻辑依然各在，其间接又间接所与今环相牵之故，俱可想象得之。故今环之人，以求改善今环之故，不得不求知原环及以次诸环之情实资为印证，此历史一科所由立也。尝读《庄子·天下篇》，有鸟影不动之语，以为难解，沉心思之，彼殆谓鸟影初著于地，即为定影，虽光至而影不见，影固依然存在，顷之其地之左或右又见一影，见者谓即前影移动，不知前影固未动。而来者自为新景，景景相次，以成鸟之飞路，故曰鸟影不动。探索此理，涉于玄谈，非今日所能为。唯前影固在之一理想，愚以为与社会进化之机不无少合。须知今日之社会，乃由前代之社会嬗蜕而来，前代之社会乃由前代之前代社会嬗变而来，由古及今，为一整然之活动，其中并无定畛可以划分前后。学者好以时期分类论事。以史迹言，有所谓畜牧时代，有所谓农业时代，有所谓军国民时代。以文学言，有所谓周秦文学、两汉文学、唐宋元明清文学。而唐时又分初、盛、晚，其实皆是杜撰，毫无标准，一语反诘，其辞无穷。盖所谓初与盛及盛与晚之分，果在何年，年定何月，月定何日，日定何时，时定何分，分定何秒，此不能言，即无时代可分。依此而言，吾人生于今日社会，亦求所以适应乎今日之情状以为施设而已矣。本体只一，新云旧云，皆是执著之名言。姑顺俗言之，所谓旧者，将谢之象；新者，方来之象。而当旧者将谢而未谢，新者方来而未来，其中不得不有共同一域，相与舒其力能寄其心思，以为除旧开新之地。不然，世运绝无由行，人道或几乎息。理至秘要，无可诋谰。夫此共同之域者，何也？即世俗之所谓调和也。

调和二字，随俗滥用，学士大夫不肯言之。愚为《甲寅》，初明是理，拟署调和立国论，同社诸子，力以有妨文品相争，愚强用焉，佳名渐立，今则稍习不以为弊矣。其实宇宙进化之秘机全在乎此。达尔文昔倡进化论，以竞争为原则，使人合于自然法律以行，后之学者以为不然。谓果如达言，则人亦与禽兽等耳，生命又安足贵。救其弊者，有克鲁巴图金之互助论，有柏格森之创造进化论，有倭铿之精神生活论，自各有其理由。然互助近于社会学者之主观，倭、柏诸家含有玄学、宗教之鼓吹，愚意不如以调和和诂化，即能写社会演进之实象，而以诸家之说，亦无乖迕。盖竞争之后，必归调和。互助亦调和之运用，创造不以调和为基，亦未必能行。精神生活，尤为折中诸派之结论。关于此点，详细论列，俟诸异日。今兹所言，亦在指明调和之为要义，并非浮滥之词而已。

大学者，号称学府者也。其中尤赖富于调和之精神，曩已言之。调和者，对于今日社会之一种适应物也。人言有良社会斯有良大学，吾谓有良大学斯有良社会，诚以学者以先觉自任，不可不立此宏愿。故此种适应物，大学当供给之。当本大学初设之时，学风盖偏于旧，无可讳言。此时固亦无所谓新，然其中恍惚有一种新旧痕迹，未易消释，各科学生以其所习不同，亦若有自为风气互相轻视之观，凡此皆非大学应有之象也。

或曰，子言调和，目的安在？所谓适应物，是否如万应膏，施之百病而验，而使大学成为一乡愿学究之制造所乎？曰否，不然也，大学者大学也，诸所通籍之学士，必有创见独识，始克名副其实。然须知创见独识，亦即调和中之一面观，并不能外于调和而特立。盖调和云者，亦告人不当固执己见已耳，并非欲人牺牲己见，不特牺牲为所不欲，若不相互尊重，义且未完。盖调和者进化自然之境也，所有意见，若者政治，若者文学，若者科学，若者宗教，只须当时思想之所能及，均皆充其逻辑所赋之力，使之尽量发展，人人之所求者，真理而已。其鹄唯一，法则尽各不同，人之为学，不可无信，法不由己，又安从而信之。虽然，调和之要律，在以不欺其信为归，至己不自以为信时，即当舍己从人，共求大信。又在己有所信之时，不当鄙人之所信者为不足信，以人智有限，所知者大抵假定适然之理，不能号为无对也。近世科学，重在求因，穆勒之逻辑于此尤为用力。然所谓因，亦或然已耳，迄无人敢谓知其必然也。以此之故，各种科学皆得在此调和之真基础上，奋力前进，相剂相质，而何病焉。吾国人不通此理，两千年来，习以儒术专制，至反乎所谓圣人之道者，一切废斥，今圣人之道之遭废斥者亦同。调和之理，诚吾人所亟宜讲也。

新时代之青年[①]

1919 年 9 月

新时代一语，每每易起误解，以为新之云者，宜是崭新时期，与从前时代，绝不相谋。诸君试闭目沉思，假定一新时代者突然而起，一切文字制度都非前有，则其社会人物成何景象，仔细思之，岂非回复上古原人之状况乎？夫以上古原人与今世文明相较，社会组织上文野繁简之程度，不可以道里计，不可以品物计，而一言以蔽之，不过一无历史与有历史之区别而已。故历史者，在人类社会诸可贵之物之中最为可贵。今人竞言教育，不知教育之所以必要之旨，在以前辈之所发明经验传之后人，使后人可以较少之心力，博得较大之效果，不致再如前辈走却许多迂道，费却许多日力，才能筑得可以流传之基础而已。昨天阅报见杜威博士在北京教育部演说，谓教育所以不可少，因人有生必有死，人死而学问经验与之俱死，后一代之人又须从新学问，从新经验，岂非文化无进步之日。故教

---

① 本文是章士钊在上海寰球中国学生会发表的演讲。

育云者，即将此种学问、经验传递下去之谓也云云，其言殊有至理。以知新时代云者，绝非无中生有、天外飞来之物，而为世世相承、连绵不断。有可断言，既曰世世相承，连绵不断，是历史为活动的整片的，如电影然。动动相续，演成一出整剧，从而指定一点曰，此某时代也。此某时代与某时代之所由分也，是皆权宜之词，于理论未为精当。自古朝代变换，每有一定时日可指。如中华民国第一任大总统于民国元年10月10日就职，则以民国元年10月10日为清朝与民国递嬗之点，自属无讹。然此纯为形式之事，至言时代之精神，则绝无如此显明之界线可分。如史学家恒分史期为上古、中古、近代，究竟上古与中古之分、中古与近代之分，在何年、何月、何日、何时、何分钟、何秒钟，殆无史家可以言之。今纵曰分不当泥于逻辑，追断至分钟、秒钟而分在何年，并非绝对不可能之事实。则假令某年为上古史、中古史之分点，果有人能证实某年以上社会中绝不含有中古史所载之群性，某年以下社会中绝不含有上古史所纪之事件乎？如其不能，则时代之分，无颠扑不破之理可依为据。

宇宙最后之真理，乃一动字。自希腊诸贤以至今之柏格森，多所发明。柏格森尤为当世大家，可惜吾国无人介绍其学说。总之，时代相续，状如犬牙，不为栉比。两时代相距其中心如雨石投水，成连线波，非同任作两圆边线，各不相触。故知新时代之所谓新，亦犹前言一种权宜之词耳。友人胡君适之，提倡白话，反对古典文学，在一定范围以内，其说无可驳者，其所标主义，有曰说话须说现在的话，不可说古人的话，听者不可以辞害意。若以辞害意，则须知不说古人的话，现在即无话可说。今试考字书，何字不有几千年或几百年之历史。文字者，祖宗所贻留我辈之宝藏也。我辈失此宝藏，学问知识上，立见穷无立锥，故古人用文学以达其意思。吾辈之意思，有与古人同者或古人的意思，有先我而得者，吾辈为立言便利及节省心思起见，正有说古人的话之必要。故以愚见观之，不说古人的话，不必定是新文字的规律。二十年前，英人李提摩太著《泰西新史揽要》，文中喜用中国词章家语。如写天气晴之时，则曰“淑气催黄鸟，晴光转绿蘋之候”，此固无谓之至。然如“谈何容易”，乃前汉人语。今人谈话，任意说出，人人可以了解，而且觉得自然。古人之中恐必有几人忆及此语之发生，距使用此语时已在二千年以外。然则说古人的话，亦视如何说法已耳。或谓文无新旧，唯其是。诚然，今人讲新文学，颇采报端之见，挥斥一切旧者，欲从文学上划出一纪元，号之曰新。愚谓所见太狭，且亦绝不可能。新时代既非截然为一时代矣，则在此时代中之青年，欲别于前一时代之人，自号曰新青年，与前一时代之人截然不同，亦不可得。夫无论何时代之人，宜讲究最适合于该时代之政治学问，以求自立，若袭此最适合者以新之名号，斯亦可耳，然绝非与旧者析疆分界、鸿满确立之谓也。

宇宙之进步，如两圆合体，逐渐分离，乃移行的而非超越的。既曰移行，则今日占新面一分，蜕旧而亦只一分，蜕至若干年之久，从其后面观之，则最后之新社会，与最初者相衡，或厘然为二物。而当其乍古乍蜕之时，固仍是新旧杂糅也，此之谓调和。调和者，社会进化至精之义也。社会无日不在进化之中，即社会上之利益希望、情感嗜好，无日不在调和之中。故今日之为青年者，无论政治方面、学术或道德方面，亦尽心于调和之道而已，万不可蹈一派浮薄者之恶习，动曰若者腐败当吐弃，若者陈旧当扫除，初不问彼所谓腐败者是否真应吐弃，彼所谓陈旧者是否真应扫除，而凡不满意于浅薄之观察，类欲摧陷而廓清之也。故今之社会道德，旧者破坏，新者未立，颇呈青黄不接之观，而在此欧战期后为尤甚。人心世道之忧，莫切于此。凡为青年，不可不共分此忧也。

今日论坛上有最新之二名词曰改造，曰解放。此日本之思潮，影响近被于吾国。日本作者如福田德三、吉野作造之流，于此类主义大有所贡献。上海最近所出之杂志，亦有“自由解放等字标为旗帜者，持议不可不谓其正大。然愚谓改造者，就一物而改造之也。其物之本质如何，首宜致问。若是朽木之不可雕，粪土之墙之不可圬，改造亦有何用？解放者，就人而解放之也。解放成绩之良否，当然视其人之程度以为衡。林肯之释黑奴，最为解放之好例。然美洲黑奴之所为，究何所闻于世界？即如吾国女子解放问题，颇有人论及，然所讨论者在以今日吾国妇女之程度施行无限制之解放，是否有益于社会及女子本身，至于女子之应否解放，其理皎然明白，固无一人疑之也。由此以谈，无论改造，无论解放，俱不可不以旧有者为之基础。则此种名词悉可纳诸调和之中。新旧质剂之结果，因别型成一物，斯曰改造。新旧不相容之结果，旧者因为新者留出余地若干，己身不在留有余地之内更占一步，斯曰解放。调和时义之大，有如此者。

愚为此言，绝非助守旧者张目，特以翻手为旧，覆手为新，在逻辑上为不可能。且旧之云者，又确非悉可屏弃之物。近人于吾国旧有之道德殊少研究，无可讳言。即鄙人旧学荒芜，至可惭汗，研究之功既少。因之中国旧道德之为何物，虽昌言排斥，而实一无所知者，竟不乏人。此其现象，至可骇叹！往往吾国早有是说，绝不注意，而于西洋同一之说，转崇若圣神。如近世竞言实业，实业在英文为Industry，而Industry训为勤，不过吾国民生在勤之古义。民生在勤，看只四字，含义何等博大。苟吾国有学者引申此义，列为纲目，附以证明，则生计学之成科，未始不在数百年前，而吾无其人。且在今不知利用祖宗所传之宝藏发挥而光大之，而诵习欧文，眉飞色舞，语以相当华文之义，顿露鄙夷之态者，随在而有。闻留英中国学生某君习为奢侈，一日在伦敦帽店购物，店伙出示一帽，价为十二先令，并不辨其帽之品质，即曰须更佳者，店伙喻其意，因以同等之帽将码价易为一几尼出示某，某询为一几尼也，仍不辨该帽之品质，欣然付价而去。以此例适用于中西文化之比较，吾国所固有者恒不幸处于十二先令之地位，为青年所抛弃，殊可叹也！

然愚绝非顽固守旧者之徒也。十八年前，愚持极端之革命论，并主废学以救国，后亡命往东京，渐变易其观念，竟由废学救国，反而为求学救国，已因与革命老友握别，留学英伦，而极端之革命思想变化不少。民国八年间之所经验，可以证明吾逐变化之理想不大谬者，其例甚夥。故吾之新旧调和论，即或字之为守旧论，亦由证例归纳所得，与先天假设之说大大不同。往者张翰[①]思莼，弃官归里。夫莼菜乃平生习食之品，何久久不思，而一旦思之，此其致思绝非一朝一夕之故，亦绝非田夫野老之所能为，故同一食莼，张翰归时所食之味与去时所食之味，本质未尝或异，而感觉上必有大差者，此有经验与无经验、有比较与无比较之分而已。莼菜为物，一经提倡，数百年后，且群觉其味的然可口。至今游西湖者，登湖边小酒楼，恒易联想及于张翰，此虽出于游者好奇之想，然亦经验比较之谈有以入人深也。愚之发为新旧调和论，自问亦由经验比较而来，特功夫至为浅薄，不能如张翰思莼之魔力，足以回天下人之口，同参莼味。当世若有大家，能出其绝大之经验比较，范为学说，别

① 张翰：字季鹰，西晋文学家。

成新型，而又其本人之道德学问，能发生一种信仰力，必能于吾国现时进化级中放一色彩，而社会感其功德不浅也。

兹当欧战已终，世界局势大变，承空前大战争之后，必且有空前大改革发生。于是人人有迎新之机，家家有应变之想，吾国青年界之受兹影响亦绝巨。虽然，此当分别言之。欧洲之战争，科学之战争也，物质之战争也，经济之战争也，经此结果，科学方面、物质及精神方面之必生绝大变化，此不待言。然各国凋残已甚，必先言恢复，然后可言改进。则其变化，或上或下，忽进忽退，其中必且参差，而不能径前直迈，且其社会风纪，败坏不少。近有人自法国归，称其男人游惰好小利，女子习侈而卖淫，迥非前之所有。即此一例，其他可想。总之欧洲之所应为，一面开新，必当一面复旧。物质上开新之局，或急于复旧，而道德上复旧之必要，必甚于开新，此其所当知者。

凡欲前进，必先自立根基。旧者，根基也，不有旧绝不有新，不善于保旧，绝不能迎新。不迎新之弊止于不进化，不善保旧之弊，则几于自杀。例如前清政治号称腐败，不腐败亦不至于召革命。然今日政治腐败之程度，远甚于前清，而民国八年间则固共和其名，举国皆富于迎新之机会也。此其何故也？其所迎者新之伪，而旧之真者已破坏无余也。如前清官僚虽不事事，而尚知耻，不敢大贪黩，与今之官僚妄事事而不知耻，贪黩无厌，赃款动数百万者，适得其反，观此可以彻悟矣。新机不可滞，旧德亦不可忘，挹彼注此，逐渐改善，新旧相卫，斯成调和。

凡物号称调和，自以适宜于当时情况者为主旨，并不必下一最后之论断。讨论道德问题，易及于最后绝对之一境。时对非谈玄学，暂不置论，唯愚敢言道德不必为最终之真理已耳。故道德有宜于古时者，有宜于今时者，吾人固不可以其曾宜于古时，因执成见，亦断其宜于今时亦不可以其不宜于今时，遂并其所含宜于古今时之通性而亦抛之。夫道德有宜于西洋者，有宜于吾国者，吾人固不可以其宜于西洋，因深闭固拒，以为必不宜于吾国，亦不可以其宜于西洋，因偏于欧化，以为必可行于吾国，亦斟酌调和之可耳。

愚前言已非守旧者流矣，其三致意于旧，特欲流传其适宜者耳。至其不适宜，当然改易。如吾国圣贤教人，教以如何能成为天地间之一人，而不教以如何能成为社会中之一分子，仿若盈天地间之人，俱各各有其独立之位置，毋须与他人发生关系者。然及其由诚意、正心、修身以及齐家、治国、平天下，而又视家与国、与天下为与我对待之一体。所谓家与国、与天下者，自身举不必有意识。我若不能将诚意、正心、修身各级功夫修养完全，自有法齐之、治之、平之，而家与国、与天下，若不得我即未见有何种自齐自治自平之道。故中国人之思想，动欲为圣贤，为王者，为天吏，做君做师，不肯自降其身，仅求为社会中之一分子，尽我一分子之义务，与其余分子同心勠力，共齐其家，共治其国，共平其天下。故吾国贤者每标独善，而不言公善（Common Good）。此其流弊：一则将公民应有之权利抹杀，易启人僭穷专制之心；一则立境过高，灰人进取向上之意。前者彰明较著，无取说明；后者其理亦至明显。盖吾国学者立教，动以圣贤期人，而又标出圣贤为人生最难到之一境；即言庸德之行，庸言之谨，夫妇可以与知，而旋曰中庸不可能，是直以不可到之境期诸人也。夫以不可到之境期诸人，如方士之求神山，虚无缥缈，可望而不可即，而人易于灰心短气矣。人至灰心短气，其行动恒易趣于正相反对之一方面，以为求为圣贤既不可得，何必自苦。又以为圣贤小德，且有出入，何况吾侪，自律之心一懈，放僻邪侈，因无所不为矣。故中国道德之堕落，由于取法乎上而不得，转而降下，一落千丈者，比比然也。

孟子曰：五百年必有王者与，其间必有名世者。夫至五百年之久，始有一所谓王者与名世出，则五百年间之厄运归谁收拾，此乃视社会如一玩物，收庋拂拭，纯赖藏家。如前后两赏鉴家相距有五百年之久，则在此五百年间，彼玩物者唯有听其尘封虫蚀而已。换言之，此乃将社会看成一毫无机能之物。如无王者与名世出，则社会上之政治学问道德种种，皆将无法以自举。故孟子又曰：待文王而后与者，凡民也。若夫豪杰之士，虽无文王犹与。兹所谓豪杰之士，殆亦名士之类，非数百年不出者耳。举天下皆凡民，举天下皆待文王而与。而所谓文王，必间数百年而始一出，则此数百年间之民生国计，直是无从谈起。试问人而进化，国际竞争，直有一日千里之势。由今观之，有孱国弱种能闭关卧治若干年而不为埃及、波兰之续者乎？无有也。则又何能将社会搁置至数百年之久而待王者名世之出乎？孟子生于周末，鉴于天下之生，一治一乱，中间总隔有数百年，故以所得历史上之材料归纳之，有是结论。故其论在当时亦不为失，唯万万不可再适用于今日矣。今日国家之存亡，纯卜之于社会全体，而国政之出于何途，社会道德之养成何象，纯由社会自决。故从前人存政、举人亡政息诸老话，都用不着。社会者，群称也。欲知自决，于何着手，仍不能不求诸分子本身。凡一团体，其分子整齐，以分子共同之力量，发为团体之力量者，其社会良，良且久。反之，分子不整齐，纯赖少数人或一二之操纵，发为团体之力量者，其社会不良，良亦不久。以此知团体之要素在分子整齐，而为分子者之义务，不在希望为少数之操纵者，而在为多数之整齐者。多数既已整齐，则在此多数之中，推举首领以代表其团体，彼其社会事业自然董理。观夫北美新出之邦，比较世界各国，分子最为整齐，故其国不出枭雄，不出大政治家，亦并不出大学者，社会上智识学业趋于平等。法律既良，机遇相似，平流而进，颇呈雍容华贵之观。今之威尔逊称为世界最大伟人，而纯为机势所造成。从彼在本国之立脚点观之，亦整齐社会之一整齐者，随流应运而出，为代表已耳，有何奇也。最近吾国之学生运动，亦可称为整齐社会之一小影。如北京学生团之代表马骏，吾知其非有意为学生中之拿破仑，其在学生社会中随流应运而出，与威尔逊之在美国为总统，仿佛相类。右举两例，诸君如不以为拟非其伦，且谓含有几分真理，则为分子者，亦唯在一分子范围以内，求其所以为一分子而已。

愚本说之要旨，两言决之，一曰新旧调和，一曰社会自决。盖凡物必属于己，方为可贵。三家村妇，驰入五都之市，耳目所接，金碧辉煌，然究何补于该妇耶？此知物必已有始有真价。则以今世文明，科学奋进，吾国暗陋，当然裒多益寡，以求自存。然固有之道德学问，可资为本原者，不知所以保存而疏导之，是忘本也。更进一层，凡物必以己力得之，方为可贵。如行船遇顺风，或生长于巨室，居移气，养移体，此皆偶然之事，与己无关。以政治言，或开明专制者，与列国之统治者，以良法施于一国，继其民所享之福利甚为圆满，而政家评价则终谓下于国民，奋斗所得且不及其圆满者焉。此知物必己得，始有真价。则今日之吾国虽曰共和，实质与共和相去，何啻万里。国民之当奋起，求以人民之公意与共和之蟊贼相搏战，以博最后之胜利，不待言也。近日学生及团体之运动，即不肯以国家付之二三卖国者之手，而求所以自决之萌芽，此其关系，至为重大。

总之一国之文化能保其所固有，一国之良政治为国民力争经营而来，斯其国有第一等存立之价值。此种责任，即在青年诸君。鄙人不学，所欲发挥之意蕴百不达一，然若因此鼓荡诸君之与味，为国前驱，国家遂获进一步之发展，则此区区一席话，诸君赐以可供纪念之荣幸，终身不能忘。

在上海暨南大学商科演讲欧游之感想

1923 年 1 月

此次游历欧洲，调查欧洲各国战后状况，所得感想，与十余年前留学欧洲所得感想不同。十余年前归国时，以为欲使中国平治而富强，但须采行列强政治制度，如议会、内阁、总统、联邦等等。及此次欧战后，再到欧洲，尽心调查各国战后状况，始悟根本上吾国与欧洲各国有一大不同之点。吾国以农立国，人民沿节俭，以恶衣食、卑宫室为美德。自尧舜禹汤文武直至清季，治国者以端拱无为不至扰民为能事。但欧洲各国，皆以工业立国，人民沿奢侈，以华服广厦相尚，其政治制度无不因工业立国而产生。夫以农业立国者，皆主消极，但求自给。至于以工业立国者，则事事皆积极进行，故恒至生产过剩，竞争市场，推广殖民地，因此血战，前后相继。凡读欧史者，皆可复按。此次欧战后，各国精华消耗，筋疲力尽，有识之士遂群起谋根本改革，以去乱源，及今数年尚未见眉目。诚以欧洲之以工业立国，根深蒂固，一时不易铲除。但工业立国制度不改，则因生产过剩，竞争市场，仍将层见迭出，是乱源不去，血战终不能免也。欧洲各国如此，固甚可悯，但吾不愿见吾国不以欧洲各国为鉴，而再蹈此覆辙。故吾此次欧游所得之结论，乃中国宜保存农业立国之制，以后提倡农村，使一村自给自治。一村如此，一县一省莫不如此，乃农村制推行各省，国乃可治也。然以农村立国者，绝不至如以工业者以生产有剩，竞争市场，而致血战不解也。诸君在此习学商业，吾恐所学者为工业立国之商业，而非农业立国之商业。若诸君所习仍为工业立国之商业，则所志仍为竞争市场，经济侵略。至农业立国之商业，其志俱在贸迁有无，沾什一之利，并以利人而已。

大抵吾人做事，不外有意识与无意识之分。凡事必有统系，吾人能认明本身立于系统之何部，并明本部与他部及全部之关系，而因此调剂吾动作者，谓之有意识，否则谓之无意识。地球之于天际，大系统内之一点也。吾国之于全球，中系统内之一部也。吾人之于一国，小系统内之一身也。诸君尝自问本身立于各系统内之地位，并明与各部之关系，因之求有意识之作为乎？此固吾所愿与诸君相勉习也云云。

阎锡山

(1883—1960)

生平简介

阎锡山（1883—1960），字百川、伯川，山西五台县（今山西定襄县）人。北洋军阀晋系首领，中华民国陆军一级上将。1904 年赴日本留学，次年加入中国同盟会。1909 年毕业回国。1911 年参加太原起义，被推为山西都督。1912 年投靠袁世凯后，仍以都督名义掌握山西的军权。1915 年拥袁称帝，被封为一等侯。1916 年袁死后，依附段祺瑞改称山西督军。次年秋派兵入湘与护法军作战，9 月暂行兼署山西省长。北洋军阀混战时期，先是联冯（玉祥）拥段倒直（吴佩孚），后又联直、奉张（作霖）攻冯，扩充实力。1927 年 6 月将所部改编为国民革命军北方军，任总司令。1928 年任国民革命军第三集团军总司令，率部参加第二期北伐。1929 年任中华民国陆海空军副司令。1930 年联合冯玉祥、李宗仁等起兵讨蒋，失败后逃往大连。1932 年出任太原绥靖公署主任。1935 年 4 月被授为陆军一级上将，12 月任军事委员会副委员长。1937 年七七事变爆发后，组建山西青年抗敌决死队，习称“新军”。是年 8 月任第二战区司令长官，指挥所部在太原等地抗击日军。1949 年 6 月在广州就任国民政府在大陆的最后一任行政院院长兼国防部长。后赴台湾，1960 年病逝于台北。

沦陷区党务干部工作讲习会上的讲话（节录）

约 1939 年

诸位同志均系多年从事地方工作，一定有宏富之经验，鄙人实无可贡献意见之余地，唯既蒙不弃，聊述愚见，以供参考。

本党负治国之责，应从治道、治术上研究共同的目标，一致认识，一致行动。就治道上说，必须理力并重，国际间无最高之裁判，实际是理力不分。理凭力壮，力凭理伸，无理之力不析，无力之理不伸。故立国必须培力讲理。这培力讲理就是治道。讲理不只是对外，对内更要紧。如唯力是视，不管该不该，只管能不能，能则为之，是咸为无理之力，无论对内对外，终必失败。培力讲理的目标是治道，如何培力讲理就是治术。治术要主观的施为合乎客观的需要，如同钟表之时针转动，必须合乎地球的自转，如不合即成废钟表，治术亦必须政治本身所施为合乎人民之所需要。

政治设施的前提，必须合乎环境需求，不可冬葛而夏裘，要人民出钱出力，必须适合人民之需要及其经济力量。若富者避其出力更避其出钱，而贫者出力更出钱，无论如何重要的事，人民也可能抵抗。治术就是个政治与环境主客观的设施。

本党讲求治术多年，诸君做地方工作，尤重以治术完成治道。

力量全凭创造能力而发展，所谓创造就是适合乎本身与环境适时之种种设施。其次是模仿能力。模仿必须模仿得适当，无模仿能力的国家，固然是等于愚昧，若模仿得不适当，亦等于疯癫。世之讥不善模仿者喻之“见腿疾者断腿以保命，无腿疾而亦断腿”以标其时髦，此疯癫之模仿，较不善模仿之愚昧，反逊一筹。

本党当国以来，很表现了许多创造性的设施。本党同志更应继续增进我们的创造能力，来适应环境，培植我们的力量，挽救我们的危亡。诸同志负接近民众的工作，实为承上领下之枢纽，本立国之所要，与民众之所需，联系工作，做到政治深入民间，使人民的力量，表现在生存奋斗上，实为负地方责任之诸同志当前唯一之任务。

此外，吾国今日各种新名词，多直接来自欧美，或间接来自日本，其含义与本国意义，多有出入，解释定义各有不同。譬如实理民主自由即为今日最努力之目标。民主究竟是主什么？如何主？尤在实现的过程中，如何培植民主，诱导民主，保育民主，方能使民主顺利地进行。若在过程中没有适当的办法，则目标上是求民主之治，事实上反得到民主之乱。作战时期，人民要求废征兵征粮征税，而作战之需兵需款需粮，至为明显；要求废除征兵征税征粮，即等于要求停止作战。

民国九年台湾的一位同胞向我说台湾每人平均要负担四十元，问我山西的人民平均负担若干。我答平均每人要负担四元。他说我从上海、北平到太原途中，人人均说山西的负担重，这较台湾人民的负担，才是十分一。我说：你是不是回大陆来，可以减轻你的负担？他郑重地说：减轻负担，不是幸福。今日世界上无论是强盛的国家或是灭亡的国家，均需每人负重大的负担。强国是以人民的负担自存与征服他国，亡国的人民亦须拿上负担供给征服的国家。可痛心的是亡国的人民负担上重税连上中学的权利都没有。我们祖国有以主张废除苛捐杂税为自矜者，在我国的认识上，苛捐杂税是顶坏的名词，既说是苛捐杂税即应废除，唯什么叫苛，应当推求。我们若认识得不当，废除了苛捐杂税即是废除了富强文明。国防建设、社会建设、安定国家、保障民生，均系人民负担，不过是负担得合理公平，负担得必须用到富强文明上，负担愈重，愈安宁愈发达。但人民均以为安宁发达在后，且是大家的需要，眼前负担是个人的，此种矛盾的心理，实是振兴国家的一个最大的难关。若以少负担而为得意，本人认为还欠考虑。

鄙人当时听了此话，顿觉言之冒然甚感惭愧。再如说自由是一个人一个民族幸福的标号，但亦应用之适当，亦应有个适当之解释与范围。“不自由毋宁死”是指范围以内的自由，“自由，自由，天下多少罪恶假汝之名以行”，是指范围以外的自由。若因自由不敢称秩序纪律，则自由可以冲破了共同生活的幸福，阻碍了人类的进步，撕毁了人类的安宁。诸同志领导乡间工作，必须正确解释自由的意义与自由的范围，纳民众之行动于自由之轨道中。……

蒋介石
(1887—1975)

生平简介

蒋介石（1887—1975），名中正，字介石，浙江奉化人。近代中国著名政治人物。1908年春入日本振武学校炮科。同年夏加入同盟会。1911年10月武昌起义后，应召秘密回国。1913—1916年多次参加讨袁斗争。1917年起参加护法运动。1924年5月任黄埔军校校长兼粤军总司令部参谋长。1925年两次东征歼灭陈炯明部，平定滇桂军阀杨希闵、刘震寰叛乱。1926年1月当选为中央执行委员、中央常务委员，7月任国民党中央常务委员会委员长，是月率师北伐。1927年4月在南京成立国民政府，8月第一次下野。1928年1月重回南京，4月继续率军北伐，12月南京政府宣布“统一告成”。1931年12月第二次下野，次年1月复职。1936年西安事变后停止内战，联合抗日。1938年任国民党总裁。1939年任国防最高委员会委员长。1942年1月任盟军中国战区最高司令官。1943年11月出席开罗会议。1948年4月当选中华民国总统。1949年1月第三次下野，退居幕后指挥，是年12月10日离开大陆去台湾。1975年4月5日在台北士林官邸病逝。

在黄埔军校的演讲

1924 年 5 月 8 日

本校自各位同志入校以后，今天是全校同志相见的第一天，从此以后，我们同志而兼为同学同胞，亦就是我们同生同死第一天的纪念日子，实在是本校长平生所最欣快的一件事，亦就是本校长所认为第一光荣的事情。

我们在这个民族衰败、民权剥削、民生凋残、人欲横流、国家祸乱、政府飘摇之中，本党总理，以及中央执行委员会诸同志，辛苦艰难，惨淡经营这个大规模的学校，实在是很不容易的事。就是我们本校诸同志在这个叛逆未灭、国贼未除、戎马倥偬、刁斗相闻的时候，抽出工夫来求学问，不能为本党效力，为国家杀贼，很是不安心的一件事。然而我们的前途，我们的事业，我们的生命，恰在这个衰败、剥削、凋残、祸乱、飘摇、横流的里头。本党要办这个学校，亦就是要训练我们在此风雨飘摇、千辛万苦之中，来挽救这些衰败、剥削、凋残、飘摇、横流的劫运，拯国民于水火之中，登人类于衽席之上。我们本党办这个学校的目的在此，本校同志的责任亦在此。你看这件事是多么难的事，何等大的事呢！所以我们不能不十分努力奋斗。因为我们本党的同志，照国内人口计算起来，没有千分之一，而我们的反对党，恰是有无数的党员，所以我们要战胜敌党，非有以一当千的精神不可。我们以后对于精神上的修养、学问上的进步，一定要如炼铁炼钢的一个样子，总要他久炼成钢，做一个打不倒的钢汉才好！因为一个人如果要做顶天立地的事，就要从九死一生当中磨炼出来。

我们从此入校以后，还要晓得我们从前所学所做所想的事，有许多同自己的生活与生命背谬矛盾的地方，从此以后，要做最难、最大的非常事业，而且这最难、最大的非常事业要做他成功，是怎么样才能做得起来呢？是从什么地方做起呢？说起来实在是很容易，很浅近的事，并非一件难事，不过要在我们自己身上先做起来就好了。怎样做法呢？就是将从前背谬矛盾的地方，自家反省体察，革心更新的地方做起。因为要革人家的命，先要革自家的命，如果自家不能改革自家，还想改革别人吗？怎么改革法子呢？就是要照正理做去，要上轨道去走。什么叫正理轨道呢？就是一个人无论到什么地方、什么时候总有一个意义，比方我们是革命党，我们做人的意义是在革命，那就应该照革命党的党纲、革命党的纪律去做，在学校里也是一个样子，要严守学校的规则，服从学校的命令，这就是我们做党员与学生的一个把柄，拿了这个纪律的把柄做去。这就是上轨道，这个党纲就是正理，我们做人就要照这正理做去，就能上轨道，不会走错路了。我们党员学生总要这样做，如果能照这样做去，这就是不失其为做人的意义了。一个人如果没有意义，并且不晓得来求做人的意义，那就是做了百年的人，也是枉费的，也是如同没有生命的一个样子的。如果一个人只想吃饱穿暖就好了，而不想他一个人的生活究竟是什么东西，生命究竟是什么东西，懵懵懂懂，醉生梦死，那么不要说是人类，就是兽类亦能求饱求暖的，徒然以饱暖为目的，那与兽类有何分别呢？况且我们如果以饱暖为目的，那么我们在学校里面的教职员、学生们，都有普通智识，亦都有找饭碗的本能，而且在外面求事，或者有可以得到很好差事的，很容易升官发财的，何必到这学校里辛辛苦苦来求学呢？因为我们是革命党的党员，我们是要做革命的事业；要做革命的事业，就要先晓得革命的意义；要晓得革命的意义，就要晓得做人的意义，这是最要紧的一件事。不然，天地之间，何贵乎有人呢？所以我希望各位从今天入校之后，就要将从前一切旧习惯、旧思想、旧行动，一起扫除，涤荡得干干净净，从新做起一个人来，从新做起一个真正的人来，负我们继往开来的责任，做我们顶天立地的事业，若是一个人果真明白做人的道理，对于自己生活的目的，同自己生命的意义，彻底明白之后，那不管是在枪林弹雨、人山血海之中，没有畏惧恐怖的心思，就是太平洋之大，喜马拉雅山之高，都要跳过去，走过去，亦没有什么怀疑顾虑。要是遇到天翻地覆的时候，我们要顶天立地来扶持天地间的正气，来拯救人类的劫运，如果我们的志向能够真正的坚决，那我们的事业与理想，没有不可成功、不可实行的道理。

你们要晓得我们生活的目的，不单是顾自己一个人的。我们的生活，是为增进全人类的生活而生活的。比方说，只有我一个人有饭吃，其余的人统没有吃，那你一个人还能够安安稳稳地吃饭吗？就是你可安稳吃饭过去，那你的心可以安乐吗？若是反转来说，世界上全人类统能饱食足衣，岂有让我一个人饥饿冻苦的道理吗？天下的事，只要为主义、为人类做下去，没有饥饿的道理。所以我们的生活的目的，是要增进全人类的生活才好。我们的生命，究竟是什么东西呢？在此说明生命意义之先，有一句要紧话，请各位听：就是我们军人的职分，是只有一个生死的“死”字，我们军人的目的，亦只有一个“死”字，除了“死”字之外，反面说，就是偷生怕死，如果偷生怕死，不单是不能做军人，而且是没有人格，就不能算是人。古人说：“与其背义而生，则生不如死。”这一句话，是为一般人说的，一般人尚应如此，何况我们军人呢？你们要晓得我们的生命，不是一时的，是永久的；我们的生命，不是我自家出来的，是我们父母，推而至于数千年祖宗传下来的；我们的生命不是只在我身死之后，就断绝了的，是我们子子孙孙会承继下去的。所以我们现在的生命是有限的，我们真正的生命，是在死后的将来千千万万年之中的。我们生命能得将来世世承受的价值，那么暂时肉体的死活，就不要去计较它了，所以古人说：“死有重于泰山，有轻于鸿毛。”如果我们的死，有如泰山的价值，死得其所，如为主义而死，为救国救党而死，那么死又何足惜呢？因为我们身死之后，还有承继的人，来承继我们的事业，亦就是继续我们的生命，我们的生命就永久不会断绝了。所以我们生命的意义，是创造将来继续之生命，不是单求肉体上一时存在，就可以算长命了。如果单求肉体存在，那就算活到一百岁是最长命的了，那你们的生命，究竟还是保不住能永久的，那么，何如求我们千千万万年将来不断的生命呢？方才说的人生观，以本校长个人的观念，得了两句断语，就是“生活的目的，是增进我全体人类之生；生命的意义，是创造其将来继续之生命”。请各位要记住这两句话。如果照此做去，就有做人的把柄，就不会做错人了。既不会做错人，那么什么事业亦就不会不成功了。

今天我们进了这个学校以后，不论教职员与学生，皆是同志，就在这个学校里共生死，同患难，一生一世我们的生命，全在于这个学校里面了。同志的意义，就是志同道合之谓。所谓志同道合者，绝不是一时之权利可以苟合的。乃是以主义为中心，大家向这中心的目标去做，生死与共，安危相同，亦就是万众一命、不成不休、不死不休之义。我们全校里面的同志，总共有九百零六个人，我们九百零六个人的生命，是整个的，是一条命的，不是各个人分散的，我们既然要共生死到底，那就不能不将我们人类的生活与生命的意义，以及生死的关头，要求各位彻底地明了，彻底地打破了。因为我们身体的死活，实在是没有定的，不可不将这种生死念头完全打破，比方说，今天惠州叛逆，来了无数的飞机在我们的学校头上放炸弹，或者对面斗山或鱼珠炮台有二十四生的大炮，对我们这个学校里射击过来，我们应该怎么样呢？难道我们大家魂不附体、慌急慌忙的，各人偷生怕死，就各顾自己的生命偷跑了不成吗？你们要晓得，各人逃各人的命，是逃不了的，不单是逃不了，一定要被敌人杀死的。为什么呢？因为我们脑袋后面，是不生眼睛的，我们如果向后逃跑，不与敌人以眼对眼地对打，那么敌人光两只眼打我们背后不生眼睛而偷逃的人，我们不是更容易被敌人打死了吗？各位要晓得，如果我们要革命，第一就要与敌人眼对眼地对打，如果我们能与敌人眼对眼地对打下去，坚定不动，那敌人就要怕我们起来了。当他害怕的时候，只要我们支持下去，等到最后五分钟，他就要心里慌张、阵脚动摇起来，这个时候，就是他们逃跑的动机，是必可为我们打退的了。如果他被我们打退，当他逃跑的时候，他的背后也不生眼睛的，他就可以随我们如心像意地瞄准打他了；他随我打的时候，就是为我们灭绝的时候了。所以我们打仗总要眼对眼，切不可逃跑，是第一个定理。第二个定理，就是我们如果要生命，就要将这九百零六个人的力量，合成一个人，来对抗他们亿万人的散漫军心，是犹之乎以九百零六个人来打他一个人，岂有不能固守的道理吗？不单是能固守，而且是反攻过去，就可以灭绝叛军扫荡妖氛了。况且我们这里长洲炮台有十二门的要塞炮，岂有不可以战必胜、攻必克吗？我们生命岂有不可以安全的道理吗？即使有几个人被敌弹打死了，或是大多数的同学已经打死了，那么其余的人尚在，还能继续先死的同志生命，来承继他的事业。这样子，就是已死的同学，也可安心瞑目，而未死的同学，亦就不愧为我们校里同志学生了。我们这长洲，就可以固守不失了。我们的敌人，到最后总有把他们灭绝的一日了。各位要把定这种样子牺牲的精神，从死中求生里做出来，就可以当作本校的学生，亦就可以不愧为革命党党员了。所以古人说“楚有三户，亡秦必楚”就是这个意思。无论怎么强大的敌人，只要我们立志坚定，岂有不可灭绝的道理呢？何况这种卖国叛党的狼子小丑呢？

我们大家在这个学校里，时时刻刻要想从前已死的同志，是如何凄惨，我们如何可以使得已死的同志在地下安心瞑目，我们自己从前是如何艰难困苦，是如何被反对党讥笑侮辱，是如何被横暴叛逆残摧诬害，是如何被不法军阀严刑重罚的呢！还要各位推究我们中国的国耻，究竟是什么；我们中国被列强压迫强制，不能有些自由，是什么缘故；我们中国民族衰败，不能享一些自由民族的幸福，在在为人鞭挞拷打，无异牛马，究竟是怎么一回事；我们中国民族衰弱，民生凋残，人欲横流，革命革了数十年，还不能成功，是什么缘故。这种地方，都要各位切己体察，来决定我们前进的方针与人生的意义。各位要晓得，我们在这个时候，徒然口头讲奋斗努力，是没有用的，我们要实实在在，埋头苦干，来做卧薪尝胆、破釜沉舟的事业，或者对党对国，有万一之报效，庶不负本党总理，及中央执行委员会诸同志，今日惨淡经营这个学校之苦心了。这是本校长希望各同志进了学校，首先彻底明了的第一要紧的地方。

至于我们学校的性质，学生的地位、责任、目的、本分，以及学生对学校里教职员有如何关系，各位同志应该已经明白其大略了，我下回同各位同志详细解说。总之，进了这个学校里的人，总要相亲相爱，互相尊敬，所以本校的校训，且不如旁的军官学校专讲服从，本校长只要各位同志学生做到“亲爱精诚”四个字，以亲爱对同学，以精诚对自己的学问、职务及品性，来磨炼自己的身心就好了。但是这个学校是军官学校，而且是本党办的，我们本党同志，对党既要严守纪律，对我们本校是要严守军纪，所以我们比普通党员多守一重军队的纪律，凡是纪律，是非严肃不能维持的。在军队当中，尤其是一个肃静的“静”字为主，如果不肃，就不能静，不严亦不能肃，故本校长在本校无论对自己个人，或对同志，只有一个严字为主。我自己严守本党的纪律，严守本校的规则，决不敢轻忽一点，愿各位同志体此严字的本旨。我们大家要拿这个严字，来治理这个学校，请各位不要忘掉这个严字了。其余的话，且到下次再说，不过各位先要看本校学生遵守规则草案，因为学校里面学生的事，差不多都在这里头讲明白的，而且是我自己逐条厘定的，请各位要特别注意。

追悼孙总理大会演说词

1925 年 3 月 25 日

总理是我们中华民国的父母，是我党的父母即是我们的父母，现在我们的父母死了，为子弟的自是悲痛哀泣，但徒悲悼痛泣，是无补于事，所以还要努力，以承继父母之志事！我们总理的志事，是在解放我中华民族，使人人均得自由、平等，国内不受军阀之摧残，国外不受列强帝国主义的侵略，努力国民革命，以求实现手创之三民主义。此次北上奋斗，是趁着曹、吴军阀之下台，召集国民会议，以促全国民众之觉悟，共起自决，以进行国民革命之初步，不意目的未达，而我总理死了，我们于悲痛之余，应如何努力继续我总理未竟之大志，即如何努力以求我总理最近号召之国民会议之实现。总理害的是肝病，此病不是此次暴发的，其原因在数年前陈炯明谋叛的时候，使我总理策略不能实现，革命进行困难，嗣后连年出师征讨，又均归无效，是以肝病愈深，渐成痼疾；现在我们虽然将陈贼打败了，他的军队也被我们杀完了，但是他本人尚未授首，还不足以报我们总理。我们为自求解放，贯彻主义，继续我总理遗志计，自应继续努力，誓取叛逆之头颅，则我总理虽死亦当安心瞑目，不然，就不是中华有血性的国民，就不是国民党党员，不配来革命，尤不配为我总理的信徒！

雪耻救国之道[1]

1932 年 5 月 9 日

今天是五九国耻纪念日，同时也是总理纪念周。我们的国耻，在中国一部被帝国主义侵略史中，以日本给予我们的国耻为最大！……割地之外，于甲午、庚子两役，还索取多额的赔款；在各通商口岸，甚至在我们内地，还设有多处的租界；从甲午以来，同胞们给日本人杀死的不知凡几，无形的经济和文化方面，中国生命财产直接、间接被日本帝国主义侵略下的损害，更没有数量可以计算！这些国耻，是从哪里来的呢？是不是日本的国土比中国大呢？人口比我们多呢？或者他们民族的精神比我们优良呢？不是的。日本是后开化的民族，三岛的土地比不上我们四川一省大；人口更没有我们这样多。但是为什么我们却反来受他们这样的欺凌呢？前耻尚未申雪，到今天我们的东北和淞沪，又受了日本铁蹄的蹂躏，更酿成这种空前的耻辱，这种原因究竟在什么地方呢？中国有五千年

① 本文是蒋介石在总理纪念周发表的演讲，略有删节。

文明的历史，有这样好的锦绣山河和四万万优秀的民族，数十年来，竟遭这小小三岛的倭寇压迫、欺侮，使得中国的国家民族在世界上没有一点地位，这不仅是对不起我们总理和已经死了的一班先烈，而且反省起来，又哪能对得起我们自己！天地父母生我们下来，是不是要我们受人家的欺侮与压迫呢？我想一定不是的。一个人生下来，当然有一个人格，没有人格的人，就不能算是一个人。有人格的人，第一件事就是要知耻，不知耻的人，就是没有人格，不配做一个人，更说不上做一个革命党员。我们今天既受了这空前的耻辱，如果甘于忍受，不认自己是一个人，这亦算了；否则，如认我们自己是父母所生的有人格的一个人，不甘忍受这种侵略与欺凌，那就应该负起责任，去湔雪这个耻辱。古人讲“不自由，毋宁死”，我们的国家不自由，民族不自由，我们就应该不顾一切，一致起来替国家、民族争自由！否则我们一个文明古国，黄帝的子孙，竟忸忸怩怩偷活苟安于今日世界之上，我们还有什么面目见人呢?！要知国耻一天不雪，我们在现在世界上，便一天没有地位，便一天没有面目见人，尤其是我们一班负有保国卫民责任的军人，比旁的国民的责任格外加重。并且要知道，这耻辱也可说是完全由我们不肖的军人不争气造成的！因为我们少数军人自己腐败，懒惰，颓唐，浪漫，畏难苟安，只顾个人权利，对于国家和民族的耻辱，以及党的耻辱，完全如秦人视越人之肥瘠，漠然毫不关心，这样的军人，如何还能够雪耻救国呢?！所以我们要觉悟，要反省，别的不必责备，自问是否可以对得住自己。我们的国家民族既遭了这样空前的耻辱，我们还不同越王勾践一样去卧薪尝胆，求雪国耻，我们还算得是一个中国人吗？必须每天二十四点钟时时刻刻都要拿这“国耻”二字记在脑中，不要做过纪念周就算完事，甚至给人家笑骂也无所动于衷。

我们都是武装同志，我们都是党的军队，受过总理遗教熏陶的人，如果我们尚不担负这个责任，旁人哪里还能够担负呢？我们应该从今天起，尤其当着这个国耻纪念，更要刻骨铭心，如果国耻一天没有湔雪，我们便没有一天可以安乐自由。能够这样上下一心，全国刻苦，勾践十年生聚，十年教训，可以沼吴。我们少则三年，多则五年，也一定可以洗雪国耻，一定使国家和民族达到独立、平等的目的！到那时候，我们的责任，才算是完成，才对得起总理，对得起一班死了的将士，以及我们自己的祖宗父母，才不愧为中国的国民，不愧为国民党的党员。

雪耻要从什么地方做起呢？就是要从我们本身做起。我们中国人没有国家的思想，没有民族的观念，是最危险的一点。我们必须完全站在国家民族，同党的立场上，团结一致来奋斗。有了诚信、刚毅、忍耐、果敢的精神，然后与敌人抵抗，才能发生如总理所讲的以一当十、以十当百的效力，才能打破一切的敌人，完成我们革命的使命。中国人第一件最坏的性质是自私自利，所以成了苟且偷安、麻木萎靡，不能奋发自强的民族；又因为自私自利，所以只讲个人主义，争权夺利，把自己的利害，完全置于国家利害、民族利害与党的利害之上，这个毛病的总因，就是国民没有国家与民族的观念，将中华民族固有的民族精神，完全丧失殆尽，所以弄到今日这样的衰弱，几乎濒于灭亡。中国国民如不能革去这个大毛病，就永远救不转来，就永远要受日本人的侵略压迫，没有报仇雪耻的希望。但这毛病，是不是不容易革去的呢？是不是一定不能革去的呢？我相信如果我们大家都有一个救国家、救民族、救党的志愿，都知道我们固有的民族精神，是复兴民族的唯一金丹，人人以恢复固有民族精神自任，我相信这毛病就立刻可以革除。我们就从今天起，应该以恢复固有的民族精神自任，我相信这毛病就立刻可以革除。我们就从今天起，应该以恢复固有民族精神自任，拿复兴国家民族和本党的责任，完全搁在我们自己的肩上，有了这样的抱负，所有一切个人的私仇，与个人的成见，自然可以消除，一切个人的利害，自然会放在国家民族和党的下面。无论官长学生士兵，哪一个不耐劳耐苦，就是一个亡国奴！哪一个要贪乐、懒惰，不能诚信刚毅，也就是一个亡国奴。我们要救国，就先要救我们国魂；要救民族，就先要救民族性。所以必要先从自治、自强，以恢复固有民族精神做起。日本人是一个什么东西？这次在上海作战的时候，我们军队安全撤退了一天之后，他还不敢前进，而且还不知道我们军队撤退的行动。这算是什么军队！我常常说，敌人无论如何强大，我们都不怕的，只怕是我们自己腐败，自己懒惰，自己将民族精神丧失，没有国家和民族的观念。所以我们要救国，要雪耻，没有旁的方法，就是要大家以复兴民族精神自任，团结精神，统一意志，一致向前奋斗。

古人有句话说“攻心为上”，我们要打破敌国，就是先要打击敌人的精神。如要打击敌人的精神，就先要明白敌人精神的所在，所以我们要知道：日本人之所以能立国，而且能到今天这样强横的地位，竟然做了世界上五强之一，……不是别的，完全是拿我们中国的东西，来打击我们中国。他拿了我们什么东西呢？他除了新发明的潜水艇、飞机、新的科学，是从欧美学来之外，其他所有的东西，统统是学我们中国的。尤其是学我们中国的精神——哲学——就是窃取王阳明的“致良知”与“知行合一”的哲学之唾余。日本自从所谓明治维新以来，无论海军军人、陆军军人，从他天皇起直到他的兵士，以及凡受过教育的国民，统统拿“致良知”三个字做他们的民族精神的哲学基础，所以他能够尚侠好义、忠君爱国，今天能够在世界上称雄，能够侵略我们中国，压迫我们中国。而我们中国人，自己有这样好的宝贝，有这样好的武器，却完全视如粪土，弃之如遗，反让他学了去，拿来打我们中国；这就是日本人拿了我们中国的民族精神，而反来消灭我们民族精神，这真是最伤心的一件惨事！

反转来看我们中国人今日的腐败、懒惰、麻木、颓唐、自私自利、偷生怕死、不肯牺牲、不爱国家、不知廉耻，就是不能“致良知”，就是不能“知行合一”，亦就是不能实行“知难行易”的哲学。日俄战争的时候，因为日本军人能“致良知”，就不怕死，所以能战胜帝俄，又因为日本的人民能“致良知”，能爱国家，能服从法令，能严守纪律，所以他的国家，便能够强盛。良知是我们个个人都有的东西，天地父母生我们下来，是一个人，凡是一个人，一定都有良知。我们能够知道善善、恶恶，能够知道这个是好的，那个是不好，这个是可以做得的，那个是做不得的，这就是良知。个个人都知道什么事可以去做，而偏不去做，什么事不可以去做，而偏要去做，譬如腐败、懒惰、自私自利、卖国叛党，这都是人人都知道是不好的事情，不应该做的事情，而偏要去做，这就是不能“致良知”。因为中国人不能“致良知”，所以国家民族便弄到这步田地！但是日本人到现在，所谓“致良知”三个字的精神，亦已经慢慢地堕落下去了。为什么他这种精神已经堕落下去了，而我们还不能打败他，他还能来侵略压迫我们呢？这即是由于中国人太不能“致良知”的缘故。日本人知道爱国，而我们不知道爱国，这就是我们不能打败日本人，而反要被日本人压迫的缘故。所以我们要晓得，“唯有‘致良知’才可以复兴我们的中国，唯有‘致良知’才可以打败我们的敌人”。我们要复兴中国，要湔雪耻辱，并不是很难的事，日本拿我们的武器——“致良知”的精神来打我们，我们只要能够恢复我们固有的精神，仍旧可以拿我们的武器去打倒日本。下一星期，要对你们讲“致良知”与我们总理“知难行易”的道理，今天我先提了头，你们且先记住：我们唯有用“致良知”三字，才可以雪耻，才可以救国。

现在我们且把眼前关于公的方面的日常事物来说说：无论在学校里，在军事委员会里，在各机关里，一切主管长官，所用的职员，是不是各个人能够恪尽职责，能够爱护公家物件，如同爱护自己的一样？公共物件是什么？就是我们国家的一切工具。我们如果不爱护公共物件，就是不爱护国家。就人的方面说，任用职员，不管他有没有学问能力，他的态度行动，像不像一个军人，也一切不管，甚至不能称职，不能尽责，乃至影响一切公务不能推进，中国之所以降到今天这样贫弱，一切人事不能整理，原因就是在此，这就由于不能“致良知”。以后各人自己要问一问，我们是不是有这毛病？如果我们知道我们的毛病太多了，我们便要本着我们的良知，立刻去改正才好。

再把我们学校里情形来看，大家学生的精神，在天晴时表面上还好一点，下雨、下雪时，就格外的不像样子；穿了雨衣，不扣扣子，戴了雨帽，不戴军帽，这完全不是个军人的动作，不像受过教育的军人，这完全是我们军界的罪人。表示军人最荣耀的是什么？就是军帽军服，因为军帽并不是任何人都可以戴的，所以你戴了军帽，穿了军服，不成样子，就是我们军队的罪人，也就是丧失我们国家的体面。以后务要打起精神，改正过来才好。

卫兵不是随便的新兵可以做的，一定要有常识，很老练，懂纪律，要卫兵尽职，军风纪才能不坏。现在的卫兵，尤其是卫兵司令，完全没有常识，不照规则，不肯勤劳，帽子可以随便不戴，勤务兵随便给他出去，纽子都不扣，站队也站不齐；职责在什么地方，也不知道。你们要知道维持军纪风纪的要点，必须要先从卫兵的教育严格下手，始能办到；此后各机关学校，最紧要的就是整顿卫兵。尤其总值星官，格外要负责去整顿，卫兵关系军队的生命，无论官长学生，统统要守卫兵的规则，统统要尊重卫兵，不能说卫兵的阶级比我小，就可以随便轻视他。有许多人进来，卫兵向他敬礼，官长却不还礼，这是绝对的错误，简直失了官长的体统。

我们要整顿一个军队，不仅要在形式上去注意。我们要整顿军队，一定要在精神上、内容上，非战斗员中间去注意。这样整顿军队才可以整顿得好。如同扫地一样，一定要从房子四角扫起，不要在地中间扫扫就算完了。整顿军队也是这个道理，一定要从军佐夫役，如经理、军需、看护、伙夫、勤务兵，甚至在一切马夫、挑夫等夫役上整顿起来，然后再来整顿其他员兵，必须这样，才可以整顿得好。

以上所讲的，大家不要以为是无关大体，不值得注意的事情。要知道洒扫应对、穿衣吃饭的小节，无事不与军纪、风纪息息相通。中国人完全讲表面，不讲实在，讲空话，不讲实行，所以一切没有精神，所以国家弄不好。我们要雪耻，要复仇，要救国，就要脚踏实地，从精神上、实际上、内容上做起。现在一班办事人同主管长官，最大的毛病，就是只做表面的工作，上层的工作，不能贯注到下层去，尤其不能贯注到身心去——“致良知”的功夫，实在是大家应该省悟为目前救国最重要的工作。

我们从前在学校里，先生教我们只知操课，只知立正、开步走、射击，只知道在讲堂听典范令，从来没有人教过我们将来出去一定要注意司务长、勤务兵、伙夫、马夫，或是从洒扫应对、衣食住行、身心上很小的地方去注意做人；所以今天特提出来对你们一班学生和官长讲解这“致良知”的道理。我只是从很粗浅的地方说起，但做事就是要从粗浅的地方做起，不从粗浅做起，就是不彻底，就是没有根本。一般学生如果要做一个爱国者，做一个革命军人，一定不要学只讲表面形式和一些好高骛远的习气，这种习气，完全是害己的，譬如扫地一定要从四角扫起，然后扫到中间；练军队，也一定要先从勤务兵、伙夫、马夫、卫生队、马匹练起，以至练到他们的身心。这种教育，旁的学校，旁的教师……没有讲过的，我相信唯有我才能够注意于此，传授于各学生。如果我们的军队不从这下层乃至从身心上注意起，那么，军队就永远不能建立的；国家也永远不会强盛，终究要给日本人灭亡的。总之，我们要雪耻，要救国，需要从根本上做起，从小而粗浅的容易的地方做起。雪耻与救国并不是难事，只看我们有没有这自强自立、从身心做起的决心。

抵御外侮与复兴民族[①]

1934 年

一

今天所讲的题目是："抵御外侮与复兴民族"。讲得明白一点，就是：我们要如何来抵抗敌人以复兴我们中华民族？说到抵抗敌人，就先要明了敌人的情形。

敌人的情形，就军事上来看，可以说无论哪一方面，都准备齐全了；他的陆军，到于今已有三百三十万人，海军已有一百二十万吨，空军去年还只有一千五百架飞机，到现在已有三千架了，他们对于战事上一切的准备，无论在经济上、政治上、社会上，哪一项都已准备好了。所以就军事的观点来说，日本真不愧为一个现代的

---

① 蒋介石从 1934 年开始执行军队编组六十个新式师的既定计划，准备和日本决战。与此同时，蒋介石为了培养新式军官，提高现有军官的素质，开办了庐山军官训练团。本文是蒋介石对庐山军官训练团的一系列讲话，略有删节。

国家。尤其是他们对于军事教育和国民教育，能够特别注意，从明治维新，经甲午之战、日俄之战，一直到现在，他们拿四个字来做他一切教育的基本精神，以一贯的陶铸其全国国民整个的中心思想和军国民的精神。这四个字是什么呢？就是“忠君爱国”。因为这个教育，已经很普及，所以他们全国的国民，尤其是全国军人的思想，是完全一致的。完全一致的什么？它就是忠君思想和爱国观念。明白地说：就是要尽忠皇室，舍身报国；不仅是要保护他们的国家，而且要侵略他人的国家。因为他们自己认为本国的领土很小，在那区区三个小岛，是不能生存的，他不是向南发展，就要向北发展，所以他们国民的思想，尤其是全国军官，脑筋全充满着向外侵略的野心！他们以为非侵略别国的土地，自己就不能生存。我在日本时，往往和他军官谈到国际政治的问题，他们老实对我说：条约不过是一张纸，一撕就破了。由此可见他们向来就不重信义，看任何条约都没有用，向来就是主张强权，崇尚武力，时时准备和他们的敌国作战。他们军官的意志，平时早就在这个准备民族斗争的共同意识之中统一了，所以一到对外作战的时候，就能够同仇敌忾，奋勇牺牲，这种精神，是战胜敌人一个最大的要件。他们具备了这个条件，所以能够一再战胜人家，到现在，他一切军事准备，比世界上任何一个国家都要充足，所以大胆地来侵略我们中国，要想独霸东亚！这就是我们的敌人现在实在的情形。

回头来看我们自己的情形如何。我们抵抗敌人的条件，有没有完备呢？我们自己可以很简单、很沉痛地答复一句话：一点也没有。不仅是在物质上和实力上没有具备，就是在我们思想上、精神上也都没有统一！我可以断言：现在如果我们和日本打仗，一定有些恣睢灭裂的反动派来乘机捣乱，只拿这一点来讲，已够致我们的死命了，不待敌人来打我们，我们国内就要内乱。如此，我们还有什么方法来抵抗敌人？有什么方法可以复兴民族？有什么方法可以使得我们的子孙能够继续繁荣生存在我们祖宗五千年遗留下来的这块土地上呢？所以照军事的观点看来，我们现在真是没有立国的资格，不配称为现代国家，当然抵抗不了日本，当然要给敌人来压迫、欺侮。但是，大家要知道，现在的问题，不是简单的中日问题，而是整个东亚的问题，也就是所谓太平洋的问题。日本人所争的整个太平洋的霸权，这就不是日本和中国两个国家的问题，而是日本和世界的问题。为什么呢？就是因为总理告诉我们的：中国现在是处于次殖民地的地位。怎么叫作次殖民地呢？就是这个国家的压迫或保护者，不止一个国家，而是受世界列强共同的侵略压迫，做他们公共的殖民地，所处的地位比普通的殖民地更痛苦。所以“中国是处于次殖民地的地位”云者，就是说：现在的中国，是世界各国的公共殖民地。因此，日本现在要将中国来做他一个国家所独有的殖民地，就先要同世界各强国来决战，如果日本不能和世界各国来决战，他就掌握不了东亚霸权，也就解决不了太平洋问题；这样，他就不能在东亚做盟主，也就不能并吞我们中国。我们要知道，中国内部的情形固然复杂，国际的情形，尤其复杂。而因为中国是世界各国共同的殖民地的缘故，所以日本要求独吞中国，就先要征服世界，日本一天不能征服世界，也就一天不能灭亡中国，独霸东亚。现在日本人虽然具备了一切军事的条件，可以侵略中国，并且可以和任何一个强国开仗，但绝没有力量可以战胜列强，可以压倒世界一切，来实现他侵略的野心。在这种情势之下，我们中国的军人，要特别注意到国际和我们国内整个情势的变化，要留心研究我们是不是有切实的方法和良好的机会可以来抵抗日本，复兴我们的国家和民族。

我现在告诉你们：日本绝没有这个压倒全世界列强的力量，因此我们可以断定日本必不能吞并中国，独霸东亚。我们中国一定有方法、有力量，尤其是有最好的机会，可以抵抗日本，复兴民族，因此，我们一班军官，要有充分自信的能力，愈是日本加紧侵略我们的时候，愈是我们复兴民族最好的机会。我们要有这个认识和自信力，不要自暴自弃，来丧失自己志气，增长敌人的威风，听到说日本就害怕，见到日本人就畏惧，好像束手无策，坐以待毙的样子。如果是这样，那就不是我们黄帝的子孙，不配做中华民国堂堂的国民，更加不配做我们革命军的军官。

讲到这里，我们更要说一说现在日本军事准备的目标是在哪里，从而认识今日国际的大势和我们今后自强的方法和复兴的机会。现在我们东四省，已经被日本侵占去了，他向大陆侵略的第一步目的达到之后，必要更进一步，来侵略我们全国，所以他军事的准备也比过去要更加积极更加雄厚，但是他现在一切军事的准备，其目标是不是对我们中国呢？我可以说，我们中国没有在日本人眼里。所以日本的军事准备，不是对我们中国，他没有拿我们中国的军人，中国的国家、军队，放在眼里，中国不配做他军事上的目标。他虽然天天在察哈尔东部扰乱，天天派汉奸在华北各地活动，极力威胁、侵略我们中国，但他军事上的真正目标，不是在我们中国。为什么呢？因为以他现在的武力，要想侵占全中国，早已不成问题，但是他虽把全中国占领了，如果太平洋问题没有解决，全中国是占领不了的，所以他早已认定，非要把与太平洋有关系的几个强有力的国家统统征服之后，才能达到独吞中国，独霸东亚的目的。所以他现在陆军的目标是苏联，海军的目标是英美。日本为要并吞我们中国，而须先征服俄罗斯，吃下美国，击破英国，才可达到他的目的，这是他们早已决定的国策。他叫我们中国叫“支那”，这“支那”两字，照日本话是什么意义呢？就是半死人！可知他眼中就没有我们中国，所以不称我们中国为中华民国，而始终叫我们为“支那”。其次，他叫俄国叫什么呢？他叫“露西亚”，露是雨露的露，这个“露”字，是表示什么意义呢？他就是自比日本为太阳，将俄国看作是露水，太阳一照到露水，那露水马上就要干！由此可见日本的国策，早已决定，他非消灭俄国不可。再看他叫美国叫什么呢？我们是叫“美利坚”，而他日本则叫“米利坚”，亦叫作米国。米原来是人们一种必需的食粮，他拿这个字来叫美国，意思就是决心要把美国吃下去！由此敌人苦心准备的情形，我们可以知道，他们的敌人不止中国一国，最大的敌人还在旁边；我们中国在他正面，美国在他后面，苏俄在他侧面。我们哪一个都知道，军事并不是专打正面，仅仅打正面不够，非将后面、侧面一齐准备妥当，备置完全，徒打正面是不能作战的。我们中国是他所要打的正面，但是他主张的军事力量如果用在正面，一定要失败。所以我们看得很清楚，美国在他后方，俄国在他右侧面，英国在他左侧面——南洋，最大、最强的敌人都在他的侧背，他有什么方法可以拿全力来征服我们中国？

这一段话，已将日本的破绽弱点，完全暴露出来了，我们中国军人，要明白了这个国际大势，明白了现在东亚的情形，就可以很大胆、很安心，相信我们一定有方法、有力量，可以来抵抗日本，复兴民族。日本有一本书说：“现在中国的军队，只知道从事国内的战争，国家的观念和民族的意识一点也没有，再在二十年以后，中国的军队不仅是不能和外国打仗，而且不愿和外国打仗。”日本人现在看我们的军队，是这样的，但是他哪里知道他看错了。这一本书也是一个“支那通”做的，他在我们中国什么东西都调查，都研究过的，但是，因为他们偏见太深，对中国的观念，不免有毫厘千里之差。我们回想到民国十五年的时候，他们田中大将，总判断我们国民革命军，一定在半年内会自相残杀，必要失败，无论如何不能完成北伐，统一中国的。后来事实证明了他这种恶意的判断，是错误了，所以他们一看见我们国民革命军到了山东，张宗昌失败的时候，他马上派兵来占济南，出动军队，要挡住我们国民革命军，不许我们革命军的力量到黄河以北。这是很明显的事实，可以表明日本人无论如何不许我们革命的力量来统一中国，不愿意我们中国有一个统一的政府，成为一个统一的国家。如此，他就可以从旁操纵一切，使我们内乱不已，自己来消灭自己的国家、民族。你看，民国十一年以前，他们参谋部、陆军部所有一班“支那通”调查报告，所出的书，都说我们国民政府，一班革命党员，乱七八糟，何能统一中国？哪里知道民国十五年到民国十七年，我们居然在总理在天之灵鉴临之下，我们中华民国果然在我们三民主义革命军手里，统一起来。他们日本人，总认定中国一班军人没有国家观念，革命军一定不能完成统一中国，哪里知道民国十七年，我们革命军到了北平，完全统一了中国；我们三民主义思想，完全普及于全国；我们中国的军人、全国的军队，无论在哪一方面，统统能服膺三民主义，自动地加入我们国民革命军，皆能知道三民主义是救国救民的唯一的革命主义，而且大家都能觉悟共同一致地来拥护中国国民党，拥护国民政府，完成我们统一中国的使命，这是在十七年以前日本人所完全意想不到的。日本人当我们总理没有死的时候，畏惧我们总理，妒忌我们总理，以为总理生在一日，中国革命势力，便要一天天膨胀起来，总理如果不死，乃是日本的大敌，后来总理死了，他们便以为中国不仅是国民党统一不起来，革命军也不能统一。所以我们民国十七年统一中国，亦是出乎日本人意料之外，做梦都想不到，尤其是连到我们东三省当时也能改悬青天白日旗，能使国家的统一成功如是之快，更为日本人所想不到的，革命力量之进展如此迅速，这是不得不由他们惊骇而成恐怖的最大原因。过去，他们看我们中国的军人，统统是自私自利，统统不要国家的，没有国家观念的，统统囿于封建思想，不会拥护中央来统一中国的。哪里知道到了民国十七年，在我们青天白日的旗帜之下，我们全国军人的思想，居然由三民主义统一起来。日本人对我们始终是怀着恶意，始终是逆料我们中国的军人不会有出息的。

幸而在十七年的时候，我们完成了国家初步的统一，就是我们军人不为日本人所料而为国家、民族争了一口气。现在，日本人著这本书，说我们中国的军队，非过二十年以后，绝对不能和外国作战；这同他在民国十五年以前，说我们中国军人没有国家思想，没有统一国家的观念，是一样地出于恶意来逆料我们。结果实在是和他们从前一样的错误而到了极点。他们一班所谓“支那通”，因为根本的偏见太深，也并不见得会有怎么一个“通”法！他不过是到处派侦探，以耳代目，我们哪一个军队旁边，哪一个机关旁边，都有他的侦探，想出种种方法来探听我们中国内部情形，看见我们中国有几个跋扈的军人，的确是想找着机会，要来捣乱国家的，他就武断说：中国的军人，个个如此，个个都没有国家观念，其实我们中国军人大多数都是有国家观念的。我们生为一个中国人，是黄帝的子孙，中华民族的同胞，哪一个都知道要爱他自己的国家！爱他自己的民族！爱他自己的同胞！所谓不爱国家、不爱民族、割据称雄、自私自利的跳梁小丑，不过是甘为国民的公敌、民族的罪人！最少数最少数的几个人而已。拿这最少数人的思想，来概括我们中国大多数人，来概括我们全国军人的思想，当然是要大错特错的。所以，他日本人判断我们中国的情形，就是他所谓判断敌情，已经根本错误，这就是他们将来失败的最大原因。敌人如此轻视我们中国，就是他的一个错误、一个弱点。须知，敌人的弱点，就是我的强点，我们能利用敌人的弱点，将来一定可以想方法来抵抗敌人，消灭倭寇，完成我们复兴民族的使命。

但是，现在敌人军事的目标，既不是在我们的身上，那么在这敌人不留心我们的时候，我们应该可以打击他了，但是大家要知道我们有什么东西可以打他。不仅是没有武器可以打他，就是我们的经济、我们的教育、我们的政治，这些作战的条件，有哪一项是具备可以同他现代的国家作战呢？前年，我在“一·二八”以前，曾发表一篇文章，引总理的话，告诉我们中国一班国民说：全国同胞要知道，如果我们中国没有得到时机，贸然和日本开战，日本可在十天之内，完全占领我们中国一切重要地区，就可以灭亡我们中国。这句话就是我们总理在三民主义里苦心警诫我们一班国民的话，后来一班反动派，说这话是我讲的，就说我是怕日本人，不敢同日本人宣战。这句话究竟是我说的，或是总理说的，自然有总理遗著可以证明，反动派尽管帮助敌人来攻击我国政府，我们亦不必去计较，但是我们要研究总理何以说日本十天之内可以灭亡我们中国呢。因为，我们中国没有现代作战的条件，不够和现代国家的军队作战，如果不待时而动，贸然作战，那只有败亡而已。不仅十天之内，三天之内他就可以把我们中国所有沿海的地方都占领起来，无论哪一个地方，西边不仅是到重庆，而且可以到成都；南边不仅是到广东，而且可以到梧州、邕宁。他的潜势力早已准备充足，而且他的兵舰早已遍布各地，不仅是沿江沿海的地方他随时可以占领，无论哪一个地方都可占领。也不仅是东四省已正式被他占领，就是我们的华北，事实上也早已在他控制之下，凡我们华北所有的铁路线，和所有交通便利、形势险要的地方，他都早有军事的布置，随时都可以占领的。比方讲现在胶济路的情形，他虽然表面上没有派兵占领的，但是沿胶济路所有的日本工人、商人，全是他们的退伍军人；天津、汉口等重要商埠，以及察哈尔、张家口各处，所有的日本人，全是他没有穿军服的官兵，所以依现在的情形来看，他只要发一个号令，真是只要三天之内，就完全可以把我们中国要害之区都占领下来，灭亡我们中国！讲到这一点，我要顺便提醒各位，各位要特别注意，日本人绝不是好相识的！我们所见到的日本人，没有一个不是侦探，没有一个不是便衣队。法国人曾经有两句话讲日本人的，一句说："日本在外国的男人，没有一个不是侦探。"还有一句说："日本人在外国的女子，没有一个不是妓女。"但是他这些妓女，也统统是做侦探的。所以你们各位将领特别要知道，日本人无论和我们讲什么好话，没有一个不是要吃我们的血，没有一个不是来侦探我们的事情，要来灭亡我们国家的！我们一定要格外地当心！格外地防备！

我们中国的重要地方，虽然他没有派遣穿军服的军队来正式占领，然而事实上他已经不断地增派便衣队，在那里一步步地准备了。不仅是在北平、天津、济南、广州、汉口、上海有租界的地方，或通商口岸公然为他军事侵略策源地，完全给他没有穿军服的军队无形占领；须知，凡是他兵舰所到的、领事馆所在的地方，也统统被他无形地占领了。无论什么地方，统统有随时可以正式占领的准备。我们中国在如此情形之下，自己没有一点准备，没有一点国防，如果再贸然和他打仗，那不是把自己的国家徒然断送吗？岂不是疯子和傻子吗？你自己毫无准备，而你的敌人早就埋伏在你四周了，只要你一动的时候，他马上起来包围你，你还不是自己送死吗？所以现在这时候，就是可以和日本正式开战，真是疑人说梦！太不知道自己了，太不知道敌人了！然则，我们有什么方法来抵抗敌人复兴民族呢？是否现在这时候，竭力来准备国防，拼命地来制造飞机大炮，就可以和他来作战呢？各位将领一定也知道，不仅是我们现在临时添置武器、整顿国防已来不及，不能和他抵抗，就是从现在起大家同心一致，专在这一方面来努力三十年还是不够，到那时候，说我们想靠物质的力量，可以战胜日本，那还是等于做梦，何况现在日本人绝不许我们有一个机会可以准备国防，也不许我们有一个时期来制造武器呢！退一步说，就是日本人让我们尽量来设备国防，我们的人力和财力，哪里能赶得上呢？比方讲我们国家的边疆要修要塞，海岸有海岸的要塞，所用的二十四生地的一门大炮，至少就要四百万元，子弹还不算在内，即此一项来说，我们的财力和人力，哪里能办得到呢？何况事实上日本人绝对不许我们有一点国防建设，我们哪一个地方要准备、要整顿，他的兵舰就开到哪一个地方来威胁、骚扰，使你无法着手。现在这时候各位将领要明白，如果日本人一天不败，我们中国的国防一天建立不起来，我们国家一天不能安全，我们民族亦一天不能保存！所以你们大家要有这个觉悟，如果他有一天的武力，他绝不许我们有整顿国防的一天，亦绝不许我们中国有统一的一天，如此，我们有什么方法可以来整顿国防？可以来和他真正作战？没有这个时候！没有这个可能！我们不要梦想！

因此我们中国的军人处境格外困苦，责任格外艰难，我们要格外的刻苦，格外的耐劳，格外的坚忍自强，而且要特别的秘密。外国的军人可以按照一定的计划，可以得到国防上的掩护，安心来训练军队来准备作战，现在我们中国没有方法可以统筹国防，按一定的程序来准备一切。我们的军人，到处受敌人挟制，得不到一点国防的掩护，敌人时时在监视着我们，随时来扰乱我们，可以致我们的死命！今天他要派兵到什么地方，马上就可以到什么地方，他要派兵舰到什么地方，马上就可以到什么地方，如其海陆军所不能到达的地方，就用他的飞机随时派来掷弹轰炸，致我们的死命！现在我们整个国家的生命、民族的生命，可以说都在日本人的掌握之中，没有方法可以自由活动一点。最近我听得有人说，广东、广西这个地方，才是复兴民族的根据地。他们以为日本在华北、在长江可以随时侵略，但是绝不能打到西南的腹地来。这真所谓皮相之谈，不知道日本国家侵略企图的真相之何在！他们不知道日本除陆海军之外，近年对于空军的建设，是怎样地扩大，更不知道他们要并吞整个中国，是不分东北和西南的，现在我们中国的军队，无论你在哪一个地方，无不是在日本人掌握之中，日本人要你几时死就可以几时死，要占你什么地方，就可以占什么地方，还讲什么复兴民族的根据地是西南。所以我们中国的军人，尤其是我们中国一班有觉悟的将领，格外的痛苦。因为他认识自己所负救国责任之重大，而痛恨军阀割据坐大之不能觉悟。我们前面有这样凶狠的敌国，我们的民族又这样没有知识，而且国内还有少数跋扈恣睢、自私自利不觉悟的军人，使国家至今还不能真正的统一，我们真不知应该要如何加倍地努力奋斗，才可以达到救国的目的，完成革命的任务。但是无论我们的环境怎样险恶，我们每一个军人，要知道我们有我们的智力，更要知道我们是中华民族的同胞、黄帝的子孙，有一种特别优秀的天质，无论什么困难、什么危险，无论怎样严重的困难、怎样强大的敌人，我们一定有方法打破他。只问我们自己有没有这个决心，和有否奋斗到底、自强不息的精神而已。

我们既然没有国防，日本人也不许我们有国防，我们又是这样一种武器，这样的一种教育，我们国家社会，一切情形又是这样落后，不成其为现代的国家、现代的社会，然而我们有什么方法可以抵御外侮，复兴民族？我们今天为什么还要拿这个题目来讲呢？我们究竟有什么方法呢？当然我们有这个方法；他有大炮，我们不一定要有大炮抵抗他，他有飞机，我们也不一定要有飞机抵抗他；当然我们不能不要大炮，不要飞机，然而我们不一定要靠大炮来抵抗大炮，只靠飞机来抵抗飞机；我们还可以拿我们的精神来战胜他的物质！发挥我们的智力来抵抗他的物力！我们要知道，革命军队和反革命军队来作战，我们要战胜敌人，不在武器，不在物质，而在我们的精神！无论古今中外哪一个国家皆遭有寇患，而且这寇患一定有强大的武力，如果被侵略者仅仅靠军队靠武力来抵抗他，一定抵抗不了！所以我们革命军和反革命军斗争，被侵略国与侵略国的军队作战，一定要有革命军特别的战术，要有特别的革命精神来抵抗外敌横暴的武力与优裕的物质！这就是完全要靠我们自己全体国民能够格外地劳心劳力，就是我们一个人要做他们两个人的事情，每个人要能如此拼命准备，一定有方法、有力量，尤其有一个时间，可以来战胜一切，完成我们复兴民族的使命！这几句话，各位务必彻底了解，本团长所讲的，绝对没有一句空说的大话。只要你们有一个死心塌地来救国的决心，能够照着革命军人的道理来做，我们有一个革命的领袖，一定有抵抗外侮、复兴民族之革命战略和战术。只要大家能绝对服从革命的统帅，在一个最高命令之下，要我们守就守，要我们攻就攻，要我们退就退，要我们进就进，要我们生就生，要我们死就死，如果能够如此共同一致，服从命令的话，一定可以有革命的战术策略，可以战胜一切，达到我们最后的目的！这就是我们革命军人救国最要紧的一个条件！这一点现在我们不希望全国的军队一致做到，只希望今天在场的各位将领所带的军队部下能够明白这个道理。大家的思想，由此统一起来，力量就能集中，这样就可以以一当十，以十当百。这“统一意志”“集中力量”两句话，便是我们现在御侮图强的方法中最要紧的一个原则。现代的军人，现代的国家和非现代的国家，其分别亦就是看能不能遵循这个原则。怎样叫“现代”，怎样叫“非现代”呢？所谓“现代”，就是叫“文明”；“非现代”，就是叫“野蛮”。文明的军人和野蛮的军人、文明的国家和野蛮的国家的分别是什么？文明的军人、文明的国家，一切都统一的；野蛮的军人和野蛮的国家，就是不统一的、散漫的、割据的、各自为政的、自私自利的，即古之所谓乌合之众是也。

反转来说，正因为没有统一的缘故，他的力量就集中不起来，力量集中不起来，所以外国一个人，就可以打你十个人，你十师人还抵不过一师。这样，当然外寇一天天侵略进来，国家要陷于危亡的地步，我们中国现在的情形就是如此。所以今后我们要抵抗倭寇唯一的条件，就是统一，统一之后，力量才能集中，集中之后，一分力量才可以发生十分的效用。如果不统一，把国家割据分裂，这就是十个力量还不能做一个力量用，国家一定会给人家灭亡的。这是讲我们对于现代与非现代、文明与野蛮的分际，及对于国家民族存亡的关系，大家要特别地认清。其次，我们除了统一意志、集中力量之外，还有一个救国的要诀，就是古人所讲的要步步为营，处处设防，随时随地，准备抵抗。刚才我已经讲过，现在我们没有国防，日本亦不许我们建设国防，而且现在我们整个国家都已在他们包围控制之下，哪一个地方都布满了他们有形或无形的军队，我们的生命，没有一时一刻不是在日本掌握之中。比方我们现在庐山这个地方，表面上看来，似乎很安靖，倭寇的大兵舰，开不进来，他们的陆军一下子也不能进来。但是你们要知道，九江有他的领事馆，领事馆就是他们秘密的陆海空军司令部，九江江面，就停泊有他的军舰，所以他的海军两点钟以内就可以来到庐山，他驻在黄海的航空母舰所载的飞机，从上海、南京可以一直到达南昌、九江、汉口，一天之内，什么地方都会受他的威胁。本团长是全国军事的统帅，我既然明白这个情形，为什么还要讲抵抗呢？

大家要知道：我们现在既不能讲国防，就要讲营防，我们每一营、一连所驻扎的地方，一定要将工事做好，我们的军队每到一个地方，必须步步为营，处处严防，我们的营防，就是我们的国防。我们的生命、军队的生命，既随时随地在日本掌握之中，我们就得每到一个地方，要扎一个营，要挖一道沟，古人所谓深沟高垒，虽不能守到两三年，至少也要固守一两个月，不能守一两个月，至少总要死守一个星期。我们虽无十分战胜的把握，然而一定要做最顽强的抵抗，我们虽未必可以打败敌人，但是被敌人打败的时候，一定要使他受最大的牺牲，一定从敌人手里取得最大的代价，这是我们一定做得到的。我们要拿一分力量，来抵抗敌人十分力量，我们就是要拿自己的人力来抵抗敌人的机器。我们要有这样的一个牺牲的准备，和这样一种革命的精神，我们每营讲营防，每团讲团防，每师讲师防，拿我们的血肉来代替我们的国防，拿我们的血肉来抵挡敌人的枪炮。如此，虽然绪战失败，我相信到最后必能得到一战成功。因为用这种革命战术，他要占领我们一省，至少时间就是一个月，如其统计起来，他们要占领我们十八省，至少要费十八月，这十八月时间，那国际形势的变化还了得？何况他一个月，必不能迅速占领我们一省呢？所以我们各个人如果有觉悟，随时随地做防御工作，随时随地准备牺牲抵抗，如此，不仅不怕日本人有三千架飞机，就是他再加三万架飞机，对我也无可奈何。不仅不怕他有一百二十万吨海军，就是他有二百万吨也没用。不仅不怕他这三百五十万陆军，就是他有六百万，也不能灭亡中国。所以我们革命军人，要觉悟，要自信，要有革命的精神和牺牲的决心，决不能坐以待毙！我们有枪有炮，无论什么东西，只要拿了一件武器，就是我们打败敌人的东西。……各位要知道，欧战的时候不仅是步枪、迫击炮有很大的效用，就是拿我国古代的弓箭、古代的刀矛，他们也都曾拿来利用，发生很大的效力。我们中国人，尤其是中国军人，只知道新的好，只知道要买新的枪炮，殊不知我们没有学问，不仅是不能制造新的武器，而且人家所新发明的枪炮送给我们，我们若非研究三年工夫也不能应用，所以现在我们抵抗日本，自己要承认我们的科学、物质、武力是抵抗不过他，这些，我们都不及他，我们是比他落后，比他陈旧。但是我们也有东西，一定可以胜过他，一定能够比他好。不是我常说：我们要抵抗日本帝国主义，先要打破他日本武士道的精神，要拿我们中国固有的武德，来打破日本武士道，要拿我们文明的三民主义，来抵抗日本侵略的帝国主义。如此，就是我们的精神自要比他新，我们的主义思想，亦要比他新，我们的战术战略更要比他新，我们的体力、自信力尤要比他强，这些强过他、新过他、好过他的事，一定可以做得到的。现在大家都知道，日本国内一天天发生党派之争，不仅是他们政治有党派的纷争，而且军人也有了党派之争，他们的军事、政治的确是一天天地退后，道德精神也一天天地堕落。我们的精神要赶上他，天天要向统一集中的方面迈进，我们用新的精神、新的方法来救国，一定可以战胜他们。我们用新的战术，来抵抗他旧的战术，一定可以操最后的胜算。我们是革命的军队，他是反革命的，我们为自卫为公理而战，这种战争，是为义战，义战是无不战胜的。这是任何人都应该确信不疑的。所以我们要觉悟，要自信。我们中国的军人、黄帝的子孙、中华民族的同胞，我们一定要团结统一，来抵御外侮，来完成我们自己的使命。

二

今天精神讲话，将上星期所讲“抵御外侮与复兴民族”未完的意思，继续来说。

大概今天所要讲的，是我们现在要如何准备来和敌人作战，有几个要诀和规则，是我们各位将领所不可不彻底了解，并且要照着来努力实行的。讲到和敌人作战，各位将领，首先要晓得一个要诀：我们做军人的，尤其是做将领最要紧的一种学问和本领，就是我们所见到、所接触的一切材料，无论是人，是物，是土地，是山水，乃至一草一木，只要我们所见所闻，可以由我们支配，供我们运用的，我们务必要发挥自己的聪明才力——想尽方法拿他来运用——这就是我常说“宇宙万物皆为战争而生；从事战争，必须利用宇宙万物”的意思。如果我们做将领的人，这一点道理都不懂得，这一种适应和利用环境中一切事物的本领也不具备，那么，带兵和用兵，一定会要失败，就不配做军官，尤其是将来从事国际战争，必须无论什么东西，都能设法为战争而利用，才能适合总动员原则，运用我们所有的人力、物力，充分发挥其效用，以争取最后的胜利。现在我们中国军队不如外国军队，中国将领不如外国将领的地方是什么呢？最大的一个缺点，就是在军队里以及军队所能支配的一切东西，不能来充分利用，如古人所谓“物尽其用”者。不仅坏了的东西不能使废物利用，就是好的东西，也往往随便丢掉、废弃，所以外国人拿一个钱可以办的事情，我们至少要拿几倍金钱才能够举办，而我们国家现在又这样贫困，如何经得起这样的浪费呢！所以什么军队都不能完备。外国人他们就是因为善于利用一切材料，所以随时随地能够得心应手，只要看见它是东西，他们心里马上就要设法来利用，因为他们肯如此用心，所以事事物物，便能调处得当，顺应适用，尤其是日本人，他们最讲究这种学问和本领。凡是到过日本的，可以知道，他们小学里的教科书，就有一课废物利用的教材，他们一般国民从小就养成这个习惯，所以无论哪一个军队、学校、家庭以及一般社会里，没有一件东西不可以利用的，连到垃圾、粪土都要来利用的，因此路上亦就非常之整洁，绝不像我们中国人随便什么东西随便抛弃、乱丢。不要说是社会上普通一般人民，如此浪费消耗，就看我们机关里面，也都很肮脏、凌乱，而可以设法利用的东西，亦随便到处散乱，没有人来整理，尤其是厕所和厨房的旁边，丢的杂物更多。这种情形，在外国军队里是没有的。我们中国一班将领，就是因为不注意物件的管理和运用，不知道改善环境的必要，也没有这个教育，所以无论如何也练不出好的兵来。现在你们到军官团来受训练，我今天要特别告诉你们，一切物件的管理和利用，是带兵官必要的本领和责任，也就是我们今后要改良军队最要紧的一件事。而我们一班将领，现在要救国家，第一件事就是要整理我们所带的军队，先救了我们军队的本身，就是救我们自己的部下。譬如旁的人带他们的军队，随便嫖赌吃喝，军风纪精神都坏到不得了；我们带兵的时候，就能使他整洁严肃；一般士兵在旁人教不好，而到我们的手里就能教好；这个长官，在旁的部队，放僻邪侈，无所不为，而到了我们的队里，在我们手下，就能实践礼义廉耻；总之，我们军队所有一切不良的行为、习气，我们做将领的一定要能够用心研究，凭我们的良心血性，将他彻底改革，使我们部队里个个官兵都能成功一个正式的现代军人，做国家一个健全勇敢的战斗员，这是我们一班将领最要紧的本领，亦是我们最重要的责任。如果我们不能尽到这个职责，那就不配做我们部下的长官，亦对不起我们的国家，而且对不起我们的祖宗、父母！这一点希望你们各位将领要特别地注意。今后一定要从“人尽其才、物尽其用、地尽其利”的原则做起，努力来改善我们自己所带的军队。

要晓得，天地之间，没有一件东西不可以利用，亦没有一个人不可以用，只看我们自己晓得用与不晓得用，用得好用得不好而已。换句话说，就是全看我们自己能否彻底领会这个基本的要诀，而尽心尽力来刻苦研究，努力实做，如果大家能够尽心尽力来研究实做的话，我相信各个人的力量，都可以充分地发挥，而整个军队的力量，一定比现在要增加一百倍还不止的。所以我们一班将领现在要救国，第一个要件就是要勤劳，随时随地要研究体验，要巡查考察，使得废了的不能用的人，能够有用，废了的不能用的东西，也可以能用。我们军事成败，和将领程度优劣，亦就是在此。因此，各位将领可以知道，并不是日本有大炮来，我们一定要以大炮来对他；日本有飞机来，我们一定要以飞机来抗他；绝不能说日本有新的东西，我们一定要拿新的东西对付他。如果说飞机大炮和一切敌人拿新的东西来攻我们，而我们亦除了飞机大炮和同样的东西之外，再没有法子可以对付？

那么，这些新的东西，我们不仅三年五年赶他不上，恐怕三十年五十年也不一定可以赶得他上。如此说来，我们不是始终没有法子可以抵抗敌人了么？各位要知道，事实绝不是如此，我们并不一定要新的东西，才可抵抗他新的东西，我们未尝不可拿旧的东西来抵抗他新的东西，尤其是我们中国自己旧有的东西，很多有价值、很宝贵的，平时看来，似乎没有用，只要我们肯加以研究，到战时用起来，每每可以发生大好的效力。比方讲碉堡这些东西，是我们中国旧的东西，……但是大家要知道，我们如果将这个东西加以改良，将来运用得法，未尝不可用于抗日，亦可使它在国际战争中发生相当的效力。

于此，我要再提示一个抵抗外侮的要诀，就是我们上次所已讲到的，我们要用新的战术，来对敌人旧的战术，这句话大家听了，一定觉得很奇怪，日本他们科学进步，一切军事，日新月异，战术上天天有进步，我们有什么新战术拿出来打败他的旧战术呢？我们难道在军事上真正还比日本进步吗？照普通的看法，这种怀疑是对的，但是大家如果看得深远透彻一点，就可以释然无疑。大家要知道，现在日本和我们中国军队作战，还是用有形有声的大炮、飞机、坦克车这类的武器，乱轰乱炸来打击我们。而将来世界大战的时候，一定是电气的战争、化学的战争、机械战争、毒瓦斯这类毒气的战争。那时战场上，一定无声无臭，看不见一件东西，听不到一点声音，预想将来战场上的情形，和现在根本上就大不相同，这种情况，稍有科学知识的人，都可以想象得到的。现在日本人的武器和战术，似乎很进步，但是将来世界大战中，我可以断言，日本人还是要算最后的落伍者了。

不过这话是依世界大战的标准来说的，如果单拿我们中国和日本比较，无论怎么，我们当然赶不上日本，仍旧不能胜过他们。然则我刚才说，可以利用新的战术胜过他们，这句话不更要觉得奇怪吗？各位要知道，时间是一瞬即成过去的，人类文化是不断积累而来的，所以天下没有一件东西，不是从旧的东西来的，所以根本上讲起来，天下的事物，根本就无所谓新旧，天下没有一件东西是新的，甚至可说越是新的东西越旧，越是旧的东西越新。这个进化的道理，这个辩证的哲学，各位将领要能理会，并且要能运用这个根本的原则到我们军事上面来。我们一方面当然要预想到将来作战时，战场上的武器是什么，战争的情势是怎样。就现在所已通用的武器来说，当然空中是飞机，水里是兵舰，陆地是大炮和地下坑道；此外，更主要的武器，就是现在尚未通用，而各国都在天天拼命研究，准备将来世界大战中获取胜利的瓦斯、电汽、机械、各种化学的物质与方法。至于战争的进行就是在天空中、海底下与地底下。所以认真讲起来，那时不仅是地面的碉堡全没有用，现在通用的一切武器大炮，甚至都要失其效用。但是大家要知道，无论到什么时候，一切事物的原理是不变的，原则也始终如一的。好比一二三四五，一定总是一二三四五，一加二总是等于三，一加上一总是等于二。所以古今中外的战略，无论化学利器发明怎样厉害，尽管战争的情形和所用的武器怎样不同，但是战术战略的原则，始终不会变更。所以我们中国两三千年以前的孙子和孙吴兵略问答这些书，到现在还是同样的有价值，并且其意义亦与日俱新。比方孙子讲：“善攻者动于九天之上，善守者伏于九地之下。”这不是讲现代的战术吗？所以书中所讲的东西，有很多就是现在外国人最新进步的战术原则。可是我们中国一班没有知识的人，自己国里有很宝贵的东西，不知道拿来研究运用，以为陈旧落伍，抹杀一切，只知外国的东西什么都好，都想要用，但他又学不像，用不会，结果使中国军队到如今弄得不成一个东西。不知道我们一个人，尤其是一个中国军人，切不可自暴自弃，舍近图远，总要诚心诚意，实事求是，精益求精，来努力进取。现在中国军队练不好，要给外国人欺侮，不当作我们中国的军队是一个军队，是什么道理？就是因为我们一班军人，有一个最坏的习惯，以为外国什么东西都是宝贝，我们中国什么东西都是废物，没有用的，以致自己固有的什么东西既弃之如敝屣，同时外国的东西，也只学得一点皮毛，大多数的军人都不三不四、不文不武，外国人不当作我们是一个军人，而我们现在用的武器和战术，也是不新不旧、不中不西，说它完全是照中国旧的道理办吗，它又不是；说它完全是照外国新的办法吗，也不是。鉴于以往的失败，我们应当觉悟，以后再不要有新旧和中西的成见，只应选择合中国国情和需要的办法来做，而最重要的一点，还是要研究敌人作战的方式，而来研究应付适宜运用得当的法则，就是说要研究新的战术而来对抗他固定呆板的战术，特别是我们自己固有的一切宝贝，不要丢了，要去研究，要来运用。如果我们中国的军人，不能了解这番道理，不能将过去的偏见和错误改过来，我们中国军队永远练不好的，而将来亡国灭种的原因，也就在此。希望各位将领要反省，我们有没有蹈一般人的错误。

个个人应该要明白，我们要赶上人家，若是不从基本的学问技能脚踏实地地来努力，要想贸然赶上人家，是赶不上的。我们自己要老老实实承认中国一切科学是落后，一切经济也是落后，但是我们祖宗遗下来的东西，一定有很多精华、很多宝贝，是超过外国人所有的。这些东西，有很多外国人尚且当作一个宝贝来运用，我们自己为什么不努力研究，设法运用呢？所以，你们各位将领要懂得这个要诀，将来在国际战争中，要战胜敌人，我们可以用旧的方法，来抵抗他新的方法；也要用新的战术，来制服敌人旧的战术。但是，我们并不是讲新的东西我们不要研究，当然要研究，日本有什么东西，我们也要有什么东西，但是要知道，在这一方面，我们已来不及，所以另外想旁的办法，运用我们中国自己有的东西，不费钱的东西，来抵抗敌人新的东西。我们一定有这个方法，使得敌人失败在我们手里，这总不是难的事情，只要各将领肯竭忠尽智、刻苦耐劳地研究。我们个个人都知道，日本所有的东西，除了科学和战争的武器之外，其他所有的文化和他们所谓武士道的精神等等，完全是学我们中国的，我们中国人天生有绝大的创造能力，祖宗又遗传下来无数的宝贝，我们一定可以抵抗得过学我们东西的人。我们究竟用什么东西来抵抗他呢？当然是不可以一件件举出来，运用之妙，存乎一心。

如果从技术方面简单地讲，现在抵抗日本并没有怎么大的新技术，仍旧可以用老的技术，……最基本的就是“射击瞄准”和“跑步爬山”这两种办法，这两种基本的技能，就是抵抗日本最重要的方法。其次，抵抗日本的条件，就是我们的体格要特别锻炼。去年我们在庐山训练军官，曾有一句口号：“日光、空气、水”。意思就是说，我们要时时在日光、寒暑、雨雪中过生活，与自然界奋斗，借以锻炼我们的身体和精神。去年庐山训练还有一个口号，与这个口号意义相关而内容更广的，就是“劳动、创造、武力”。意思就是说，我们的身体和心力，一天到晚要刻苦工作，不断地研究发明，创造出一切的东西，以造成伟大的武力，来抵抗日本，复兴民族。还有，去年庐山训练曾订下训练军队和军人一切的行动四个要点，就是“确实”、“迅速”、“静肃”和“秘密”，尤其是“秘密”最要紧。我们中国人不知道秘密，所以一切的事情，往往我们没有做，敌人就早已晓得，如此，哪里会不失败呢？所以“确实”“迅速”“静肃”，尤其是“秘密”，是我们今后抵抗日本所必要的修养和根本的办法。

……经济的抵抗，也是很重要的一个抗日的方法，我们所有的官兵都能绝对不买日本货，不用日本东西，我们各位将领要负责使部队来实行，如此便可以减少敌人的经济力量，间接打击他的军事，也就是增加我们自己的经济力量，增加我们抗日的实力。这件事的性质虽不属军事的范围，因为很要紧，所以特别和大家提一提。总之，我们现在抗日，不要靠有新的武器，而是要有新的精神，能运用那就地原有的东西来抵抗他们。干脆地说：我们就是要以最旧的方法对抗他最新的方法，以最旧的武器对抗他最新的武器，以不规则的部队对抗他最精良的部队。这并不是空话和理想，而是实际的战术原则。要能运用这个原则发生效果，就是要靠我们的最新的精神。就是我们一切的组织秩序、军队的纪律和军队的训练，要比较敌人好，我们的身体亦要比较敌人强，我们牺牲精神、刻苦耐劳的精神，更要比敌人强，我们作战的方法也要比敌人高明，就靠这些东西从种种方面来和他抵抗战争。这些事情，并不需要几多钱，只要我们一班将领肯努力、肯实做，平时能多流汗，战时就可以少流血，而且一定可以收到抵抗日本、复兴民族的效果。

其他训练方法应注重之要点：一、小部队动作，一班以下的小动作尤应注重；二、班长教育要特别注意，并要由师旅团长集中心力来研究，亲自教练；三、夜间动作与夜间行军要特别注重；四、养成士兵独自作战之精神与能力，以及养成敌忾心，即使其官长死伤时，其士兵亦能独立应战；五、注重爆破毁坏工作，使能扰乱敌人的后方，尤其要注重各种侦探教育。

再次，你们各位，此次到军官团来受训练，我有两部中国旧书，送给你们带回去研究。一部就是阮宫桂所著的《洴澼百金方》，现在我更名为《自卫新知》。一部就是戚继光的《纪效新书》和《练兵实纪》。我们拿这两部书所讲最旧的方法，用心研究，妥为运用，就可以抵抗日本最新的方法。这两部书都是讲练兵和御寇的方法，书中什么东西都有，今天讲不完，要你们自己去彻底研究。其中所讲的东西，当然有许多已经不适用。比方讲我们既有了机关枪、步枪、大炮等武器，当然刀矛等旧的东西用不着了。但是各位要知道，我们枪炮用不到的地方，还要用刀矛，并且将来战争，不仅是军队要死战，而且一定要训练民众，使他全体武装起来，共同一致作战，我们没有许多枪炮，一定要用这刀矛之类旧式的武器，来补助我们抵抗的力量，这些虽然是旧的东西，也未尝不可和他帝国主义者作战。所以我们不仅是要将这两部书中得著的东西详细研究，而且就是一般人以为用不着的东西，也要注意利用，研究明白之后，就要实实在在去做。这两部书内容很多，讲是讲不了，全靠你们自己带回去研究。不过有一点，先要告诉你们的，就是我们无论研究哪一本书，前面第一篇序文和本书的纲目，一定要首先研究，以后才可以先将该书的价值和作用认清，而且如此方能懂得全书的要义和纲领，才知道研究的线索。比方我们要研究步兵操典，一定首先要将步兵操典纲领拿来过细研讨，才可以先得到一个要领。

军事上一切基本要诀，可以说统统包括在这十五个纲领之中，我们做将领的人，如不将这十五条纲领彻底研究，并且切实体验明白，就不能训练部下，怎么教也不会教好。过去一般的军事学校和部队里，从来没有人注重这些提纲挈领的要诀，拿来讲授给学生，只注意背诵典范令的条文和行动上一些动作，对于基本原则和基本精神的训练非常缺乏，因此我们从前军官学校培植国家的学生，学术都不得要领。不能做一个健全的将领，只能当作外国的一个兵。今后各位回到部队上去训练部下，希望能改良方法，无论教什么学术课，总要使得各个人知道要领才好。

讲到这里，再另外要提一件事情。我们将来要和敌人作战，就要知道过去的日本，侵略压迫我们的历史，和今后侵略的步骤，然后才可以懂得我们一定可以抵抗日本、复兴民族的道理。讲到日本侵略我们的历史，从甲午年中日战争以后，到现在已经四十年，甲午战争结束，日本就割去了我们的台湾，吞并了琉球，于是中国南部完全受其控制了；后来他为要包围我们华北，向大陆发展，不能不占领我们的旅顺、大连，要占领我们的旅顺、大连，他一定要先占领朝鲜。从日俄战争以后，大连和旅顺就统统给他占领，而且不久即乘势吞并朝鲜，至此我们中国自南至北，都被日本紧密地包围，华北的门户旅大与渤海湾亦被日本所霸占了。可以说，我们中国自台湾、旅大被日本占领以后，根本上就没有国防了，而且日本自中日与日俄两战以后，在华南、华北已整个地包围了我们，随时可以威胁我们，灭亡我们。不仅我们没有建设国防，而且他也根本不许我们建设国防。所以凡是我的部下，凡是革命的军人，大家要知道，我们不做中国的军人则已，如果做了中国的军人，就要认识中国国防之重要，立志非收复东四省的失地不可，而且非尽力巩固中国真正的生命线不可，我们要达到这个目的，当然要有一个相当的时间，并且要靠我们自己能够努力。

这时间要多少呢？我们很可以料到，时机就在我们面前，最多十年，少则三年五年，只要自己努力，大家同心一德，同生同死，就在我们手里，一定可以恢复我们的生命线，建立我们完整的新中华民国国防。现在我们各个人要抱定这个决心，要有这个志气，并且要刻刻不忘，发奋努力，我们现在的武器和实力不及日本，要收复一切失地，当然需要有相当的时间，一定要我们消费无穷的心血，但是我们相信，这个时间必不在远，这个道理，我们只转看一看日本侵占我们东四省所费的时间，所有一切准备之久，和他现在占领东四省的情形以及今后继续侵略的步骤，就可以明白。大家必须知道，日本现在强占了我们东四省，第二步一定就要进占我们河北、绥远、察哈尔，甚至山东、山西这些地方，就是他最近不进占，迟早总是不免的。因为他的国策，是满蒙政策，他必须占领蒙古之后，才可以进攻西伯利亚的侧面，以制服俄国。所以你们在河北、绥远、察哈尔这些地方的将领格外要留心。他现在的目标已转到苏俄，将来和苏俄作战之前，一定先要占领我们内蒙和华北各地，然后他在战争中，才可居于稳固而有利的地位，才容易战胜苏俄。

他占领满蒙最后的目的，固然是要灭亡我们中国，独霸东亚，但我们中国他并没有放在眼里，他现在最大的一个敌人就是苏俄。他为要驱逐俄国在东亚的势力，不能不先整个地占领我们的满蒙，来侧击苏俄的侧背，所以各位将领要时时刻刻注意到，日本随时会来进占我们河北、绥远、察哈尔乃至山东、山西这些地方。但是他有一个根本的弱点，就是他要想确实占领我们这些地方，作战时得到预期的利益，必须经长久时间的准备和经营。拿过去的事实来看，日本人占领我们东四省，就绝不是从民国廿年“九一八”起到二十二年长城战争为止，这两年工夫所能够占领的，他在“九一八”以前，就是在第一次日俄战争以后，就做占领东北的准备工夫，所以他实在早已用了三十年的工夫了。他用了如许长久的时间来准备，才能占领了我们东四省，但是现在这东四省形式上虽已被他占领，是不是他已经稳固呢？是不是可算确实占领了呢？我相信他并没有稳固，不仅是一般人民心里不服从，就是地方治安社会秩序，也还不能维持。所以日本人用三四十年的准备工夫，来占领我们东四省，现在占领之后还无可奈何，如果再要进占我们内蒙和华北，他有什么把握？虽然现在一切科学进步，交通发达，武器精良，占领人家的地方比从前可以快几倍，但是他从前拿三十年的准备工夫，还不能稳固地占领我们东四省，现在如果要将我们内蒙和华北诸省，整个地吞下去，即算不要三十年，至少也得要用二十年、十年工夫吧，何况我们关内一般民众，反抗他侵略的力量和民族观念，一定要比关外的民众强大，而且华北各地与列强的历史和利害关系更要比东四省复杂，日本人如再来侵占我们内蒙、华北，比东四省一定更难过无数倍。在这种长久的时间和复杂情形之下，我们如何可以有方法来抵抗他，收复我们的失地，这就时间上来说，实在是日本人侵略中国的根本弱点，也就是我们抵抗外侮、收复失地的一个据点。

这种由历史的事实可以判断的情势，日本人未尝不知道，未尝不知道他们的弱点，但是他为要实现他传统国策起见，为要完成他独霸东亚的大梦起见，一定是不顾一切要一步步侵占进来的，问题只在时间的迟早罢了。并且我们可以断言，他进占的行动越快，他的弱点越多，我们抵抗他也越加容易，因为他占领东北，用了四十年的工夫，现在还是占领不了。如果他现在东四省还没有安定下去，马上要来占领我们的内蒙，占领我们的华北，他一定格外不能准备周到的。所以我们抵抗他一定格外容易，抵抗的方法也越多。从前他在东四省什么东西都调查明白，都预备完全，他的势力已经根深蒂固，然后动手，所以占领比较容易；可是他现在再要进一步侵略内蒙，侵略华北，一切情形，绝不如以前对于东四省调查之详明，准备之充足。我们知道了这个道理，看透了敌人的弱点以后，就晓得只要我们自己能够时时准备，处处设防，自强不息地做下去，一定可以完成我们复兴民族的使命。所以我们现在很可以安心大胆，自己来努力、来准备，不怕敌人侵略进来，并且我们自己要准备努力恢复我们的一切失地，恢复我们的生命线。现在日本来恫吓我们，他所恃的是什么？唯一可恃的就是有准备齐全的武力，而我们却一点也没有准备，不仅是没有国防，就是连营防也没有，所以他们的坦克车、汽车、飞机，随时随地可以横行一切，他欺侮我们就是在这一点。如果我们稍微有一点准备，他的坦克车进来，至少不让他有路走，飞机飞来，至少有一个简单的防空设备，他就不敢横行无忌。昨天我和一个朋友谈起，我们不必说有一年半载的准备，如果真有一两个月的准备，日本人也就不敢如此耀武扬威、横行一切了。过去他在东四省，因为他准备得特别齐全，我们毫无准备，所以很容易就被他占去了，但是他侵略到华北，在我们长城附近一带作战的时候，我们稍有准备，就能和他抵抗一个月，一个月之后，还是我们战略的退却。可见我们只要拿去年在长城附近和他抵抗的办法来和他抵抗，他要占领华北，就绝对没有占领东四省那样容易。进一步讲，如果能如前年“一・二八”后在上海那样和他打仗，他格外没有办法。如果当时十九路军真正能够服从我的命令，苦战到底的话，抵抗二三个月不算什么难事。所以我们拿过去在上海和长城抵抗的情形，可见我们小小地和他抵抗，他就不得了。如果我们自己平时全国有一个相当的整个准备，随时随地能够挖壕、囤粮、积谷，军队到一个地方，立即设防，一营有一个营防，一团有一个团防，一城有一个城防，随时随地准备，利用所有的物资，所有的人力，来和他抵抗，我相信只要有几个月准备的时候，他就不敢来肆意欺侮我们、侵略我们了。所以各位将领统统要知道，现在并不是日本怎么强，怎么了不得，而是我们自己毫无准备；只要我们有准备，他一定不敢来侵略，如果再来侵略，一定要失败在我们手里。这次各位将领到军官团来受训练，至少要彻底明了这个道理，接受这种精神。回去以后，就要随时随地，为国家、为军队、为部下也就是为自己而步步为营，处处防备。

如果不及时努力，不仅我们国家和民族的生命没有保障，你们自己一生一世也就是踏上了绝路，和出卖了我们国家的生命与军人的人格一样。所以随时随地要设防，要准备抵抗外侮，保卫国家，这就是现在中国人第二件最要紧的工作和责任，我们须认识这一点，竭力来做准备抵抗的工作。最后再要简单地告诉你们几句，现在我们抵抗日本的方法既是很多，我们要有两个条件，一定可以得到最后的胜利：第一，就是随时随地要赶紧预备，我们各个人要为国家、为民族尽量发挥自己的体力、心力，来研究运用一切的东西，准备民族斗争。第二，就是要有最大的决心和毅力，能够自强不息，简单地讲，就是要有恒，天天要研究，时时要准备，做完一件事，马上又做第二件，已经有进步，还要要求进步，好了之后再要求好，新了之后还要更新，如此才叫作自强不息，才可以获得最后的胜利，这就是我们做将领最要紧的精神，也就是我们抵抗外侮、复兴民族一个最要紧的条件。

三

今天预备将前次所讲“抵御外侮与复兴民族”这个问题，继续讲完。在未讲这个题目之前，有两点意思，想提出来和大家先说一说：

第一，我们军官团这一期的学员，明天就要毕业了，三个星期的时间，过得非常之快，本团长所要想向大家讲的肺腑之言，还没有讲到十分之一，但是最要紧的话，做人和成功立业最基本的道理，已经向大家扼要地提示了，大家想必都能彻底明白，切己体察。同时，各位官长也很努力指导大家，所以相信这一次训练之后，各学员的精神上、人格上，一定可以得到一个最大的进步。不过，你们此次在军官团所听到的做人和革命的许多道理，和所接受的革命军人的精神，今后不仅是自己个人要身体力行，并且回到各部队之后，务必拿来传授给一班部下，使他们都能觉悟奋发，跟我们共同一致来努力救国革命，这是你们此次受训练以后最重要的一个责任。其次，各位学员明天毕业之后，就要离开军官团回各部队去了，在这三个星期中，本团长没有和哪一个学员单独见面，尤其是各学员中，很多都是以前的同学、同事，也没有借这三个星期很难得的机会彼此见见面，聊叙旧情，所以在此快要离别的时候，心里格外难过。但是，各位要晓得：此次我们集合全国的军官，到此地受训练，其目的完全是为党、为国、为革命主义，一切都是“大公无私”。唯一的希望，就是要使各位学员，各个人都能为国家、为民族、为革命、为主义而奋斗、牺牲，做一个堂堂正正的现代军人，真真实实做一个总理的信徒，和爱国的志士，不愧为党国的干城。因此，我们军人此次集合训练，唯重党国之公谊，无暇叙及个人的私情。而且我们军人报国，大家都应该要“公而忘私”，只有公谊，没有私情，尤其是这次训练，并不希望各位为我个人；或许有人以为军队只要讲讲私情就行，因此疑心我此次召集大家到军官团来受训练，是要和大家讲私情、说私语。

我可以告诉你们，这完全是从袁世凯以来，自私自利的套头，如果我们现在再不能根本改革，完全本着“大公无私”的精神，来教学生，带部下，那么，不仅个人要失败，而且国家也没有希望。所以此次训练各位，我决不是为我私人，或希望大家来拥护我个人，而是希望能在三民主义的旗帜之下，统一意志，团结精神，集中力量，共同一致跟着我统率，为国家、为民族而来努力奋斗，共同牺牲，不愧为总理的一个信徒，和本团一个团员而已。本团长就是以此大公无私、尽忠报国的志业自勉，并且勉励一班部下。所以你们这一次毕业回去之后，对于你们的上官，要为国家、为民族而格外地忠实服从。今后中国的军队，要做公的军队、国家的军队、真正保国卫民的军队，不要做私的军队、祸国殃民的军队。这就是我昨天所告诉各位的，我们要提高军人的人格，以增进国家的人格，要恢复军人的灵魂，以唤醒国家的灵魂。这是引你们各位将领做人救国、成功立业要紧的一个基础，恐怕明天没有多的时间再讲，所以今天特别先和大家提一提。

现在继续前两次讲“抵御外侮与复兴民族”。前两次我已经将我们中国的情形，和敌人的情形，讲得很多，想必大家都已明白。今天想再就各种情形，加以综合的比较：说明我们抗日必胜的道理和制胜之要诀，作为此次精神讲话的总结论。

首先，我们从战术方面来讲，大家要晓得，无论敌人学术怎样进步、武器怎样精良，不论他飞机大炮怎么多，而基本的战术原则是不会变的，基本的武器也始终是要用的。所以我们只要有了基本的武器，再能运用基本的战术来和他决战，一定有法子可以抵抗他。无论飞机飞得怎样高，大炮打得怎么远，总有一个限度，超过这个基本限度，都是失其效用，而且最后决战，一定是还要靠步兵，要用基本的武器，即步枪、机关枪和七生的五至十五生的大炮，这是学理上已经证明的一个基本原则，大家应该都明了的，所以我们现在既已有了步兵，有了各种基本的武器，就可以和敌人决战。只要大家提起革命的精神，抱定牺牲的决心，发挥我们固有的智能，同心协力来御侮，总有法子可以抵抗他。莫说他现在只有三百五十万陆军、三千架飞机、一百二十万吨海军，毫不足畏；就是他有七百万陆军、三万架飞机、二百万吨海军，也不能灭亡我们中国。这个道理，你们一定要懂得，并且要告诉所有的部下，使他们看见飞机，听到大炮，毫不畏惧。

尤其是我们一班当将领做指挥官的，格外要镇定坚强，不管敌人的飞机大炮怎么凶猛，你们毫不可被他威胁，无论怎么厉害的敌人，我们根本就没有看见他在我们面前，我们有脑筋，有精神，有了基本的武器，能够同心协力，就可以战胜一切的强敌，打破任何的危难。本团长从带兵以来，每次作战，向来就是仗着这种“大无畏”的精神，没有看见什么敌人在我的心目中，不仅是我，凡是革命军人，都应当要如此！我们只要自己争气，能够自强、自立，不仅敌人不足怕，而且根本就没有我们的敌人。我们有耳、有目、有手、有足，而且是黄帝的子孙——神明华胄，哪一个都天赋有特殊的聪明才力，只要我们自己能够觉悟起来，发挥天赋的能力，任何危险困难，都可以打破；无论什么敌人，都可以将他消灭。你看我们中国，立国四千余年以来，哪一朝没有外侮，但是，最后都要被我们消灭！外寇是一个人，我们也是一个人，为什么我们不能抵抗他？古人是黄帝的子孙，我们也是黄帝的子孙，为什么古人能消灭敌人，而我们不能？

当然是可能的。何况我们现在有基本的武器，有很好的机会，要消灭敌人，复兴民族，格外容易，还怕什么呢？过去怕敌人，并不是敌人真正怎么可怕，完全是我们自己怕起来的，从这次受训之后，你们务必接受革命的精神，牢牢记住我这一番话。无论到什么危险困难的场合，都要能绝对打破敌人的心理，然后才可战胜一切敌人，不愧为一个革命军人，和本团的团员。

讲到这里，我可以举我们最近抗日的实例来证明敌人不足畏，与我们的精神战胜他的物质之可能。日本自从“九一八”侵占东三省，中经淞沪及长城诸口两次抗战以后，死的共二千七百六十八人，伤的共七千零五十二人，合计将近一万。他前后所用的军费，共计三亿九千八百万元。至于我们中国方面的情形怎样呢？在淞沪之战，八十七师和八十八师死伤的人数最多，但合计起来也不到五千。去年在长城一带作战，死伤的人数虽无精确统计，但相信真正在阵地上死亡的，其总数也没有超过一万人。我们由两次抗日的实例，可以知道，我们死伤一个半人至两个人，日本一定要死一个人。但是，我们有四万万同胞，他最多只有六千万人口，我们还拼不过他吗？何况土地、物产、历史、文化，和其他种种条件，我们都要胜过他。只要我们全国的国民、全国的军人能够真正觉悟起来，协同一致，敌人还在我们眼中吗？何况过去在淞沪和长城一带抗日，还并不是正式作战，只可说少数部队临时接触，他尚且受了很大的损失，将来我们如果有相当的准备，和他正式作战，还有我们的敌人吗？这并不是讲大话，我们以后作战，并不在物质，却可以靠我们的革命精神，靠我们最高的统帅和各位将领高深的战术。无论古今中外，无论武力和物质，总是侵略国要强过被侵略国的，但是只要被侵略国能够发愤图强，起而自卫，到最后，一定可以战胜侵略的国家。这是就战术和战斗的精神来讲，我们一定可以战胜敌人。

现在再就他们日本一班军人的知识眼光和修养来讲，格外可以见到敌人的弱点，相信我们可以战胜他。现在，日本的高级军官，尤其是他们一班参谋部人员，不但是军事学术很有研究，并且对于政治、经济、外交，以及国际间各种问题，也无不努力研究，这是我们所不能不承认的事实。但是在另一方面，我敢断言，日本的军人，确实愚妄骄横到无以复加，他们在中国，无论哪一个地方都布满了侦探；无论什么事物，他们都很注意调查，所有中国的军事政治如何腐败；社会如何紊乱、龌龊；经济如何贫困、崩解；以及人心如何卑劣、自私；国家如何不统一、无组织；这种情形，可以说，他一概尽知，我们一切的弱点，可以说他都已看透。因此，他敢大胆地来侵略中国。并且，他们对于中国的历史，也有研究，他们看到中国历史上几次都是自己的军人和国民不争气，结果国家被外国人灭亡了，比方元朝和清朝，都曾挟强大之武力侵入中原，统治了中国，他们以为现在的中华民国，也与宋季明末完全一样，逃不了历史上亡国的覆辙。的确，现在日本所有的军人都是如此判断，抱定灭亡中国的野心。

还有，他们格外知道得清楚的，就是中国的军人中间，曾有一个最恶劣的国贼，就是袁世凯，日本人认为现在还是袁世凯没有死的时代一样。因为他所造成的，自民元以来，中国军人一切争权、夺利、贪污、卑劣、骄奢、淫逸、自私、自利的恶习颓风，依然存在。因此，他断定中国的军人，没有一个不是贪污、卑劣、自私、自利，没有一点国家观念和民族意识的袁世凯化身。至少要在二十年以后才可以对外作战，因此，他们将中国二百万军队看作没有一个人一样，尽可以随便来侵略压迫，横行霸道。日本一班人的见识和行为，大概就是如此；对于中国情形分析，即他们的敌情判断，大概也就如此。现在我们要问，他们这种敌情判断对不对？他们一班高级军官的智识、眼光和修养，究竟如何呢？他们根据如此的判断来侵略中国，将来能不能成功呢？我现在可以十分肯定地简单地答复：就现在中国的国情来讲，他们对于中国一切的判断，是根本错误；他们一班高级军官，实在一点也不认识自己，格外不认识中国；他们实在愚蠢，近视到无以复加的程度。他们现在恃着武力比我们强而向中国放胆侵略，在东亚横行霸道，一切都等于自掘坟墓，最后一定要失败，自己来灭亡自己。这是什么道理呢？简单地讲，就是他们对敌情判断，根本错误。大家要晓得，讲到国策和战略、战术，最重要的第一件事，以及指挥官和参谋人员，要想克敌制胜，唯一最要的本领和学问，就是敌情判断。如果敌情判断正确，自己就能量力度德，审机决策，收到知己知彼百战百胜之效。反之，如果敌情判断根本错误，那么，不怕你有怎样强大的兵力，有怎样精良的武器，有怎么巧妙的战术，都是要失败的。所以军事的胜负，大半决于指挥官，尤其是统帅的智愚。而我们物质缺乏，武力不够的中国，今后要能抵抗外侮，复兴民族，端赖有贤明的统帅和优良的指挥官者，亦即在此。其次，我们更要晓得，判断敌情的要诀，是要对于敌人的长处和强点，与自己的短处和弱点，要先算定，而且要宁失之于多，而不可失之于少。

对于敌人的短处和弱点，与自己的长处和强点，要算在后，而且宁失之于少算，而不可自以为强为优。但是，现在日本的军人对于我们中国和他自己的算法，完全与此相反，所以他关于敌情的判断，也根本错误。他们先抱定一种并吞中国的野心，和一种极端轻视的成见，来考察中国、研究中国，所以其结果只见到中国的坏处和弱点，绝未见中国的长处和强点，只晓得物质，特别是武器的重要，不知道精神，特别是主义的力量；只明了中国人失败的原因、亡国的历史，不认识中国人自强的精神，和革命复兴的事实与趋势。

也可以说，只明了过去的中国，不认识现在的中国，更没有看清中国的将来。比方讲，他们只知道过去的中国有几个朝代，如宋朝、明朝，一班军人都自私、自利、贪污卑劣、骄奢淫逸、偷生怕死，没有几个人真能起而抵抗外侮，捍卫国家。同时一班国民，又都不懂“天下兴亡，匹夫有责”的道理，不尽国民的本分。甚至除最少数几个高明的读书人之外，都根本没有民族的观念，无论什么人，他来做中国皇帝，他们就自称臣民，对他一样地效忠、服从，甘心做亡国奴。直到民国时代，袁世凯做皇帝，还居然有一班无耻的军人，称臣劝进，丧尽中国军人的人格，造成军人一代的恶习颓风，种下二十年以来内忧外患的祸殃，至今犹未能扫除净尽。这些情形，日本人真是看得太清楚了。但是他们除此之外，再没有看到其他的东西，他们只知中国有一个自私自利的袁世凯，不知道还有一个天下为公的我们革命的总理孙中山。只知道袁世凯帝制自为，种下了中国的病根，不知道总理手创民国，发明了救国救民的三民主义，使中华民族有了复兴的灵魂。他只知中国的国民没有知识，一班人贪污卑劣、自私自利，不足以御侮救国，而不知道这十年以来，尤其是从民国十三年以来，中国已有了新的军人和革命的军队，真正能为党国为民族为主义而来奋斗牺牲，来要求国家统一，民族的复兴。他更不知道现在中国全体国民，无论老幼男女，都知道中国有一个“三民主义”，都知道日本是我们的敌人，都有很强烈的民族意识，哪一个小学生都知道日本侵略我们的凶狠，都知道非“打倒日本”不可。他不知道中国的军队，虽然在物质上训练不及外国，但是因为有一个三民主义，大家意志已渐渐完全统一，精神也一天天更能团结，现在全国的军人，没有一个不相信三民主义，没有一个不是在青天白日旗帜之下，因此军队的精神和力量，大多数与从前已经两样。你看我们在广东出师北伐的时候，日本人就料定我们一定要失败，革命绝不能成功的，但是结果我们不出一年，竟然打倒国内一切军阀，完成初步的统一。

这种事，日本人在十年前真是做梦也没有想到的，所以他判断中国的敌情没有不出于错误和悖理的。不过因为我们的国家太大，内外的环境太复杂险恶，虽然北伐成了功，新的国家仍旧没有建设起来，日本人于是趁这个机会加紧侵略，因此有“九一八”以后种种横暴的行为。我们因为没有准备，一时当然没有力量和他作战。但是我们在上海稍为抵抗一下，敌人就费了九牛二虎之力，结果还是我们动作不能协同一致，才自己撤退，而并非为他打败的，此事是事实所在。这种事实，日本人至今还不知道，他总拿中国少数军人贪污恶劣、自私自利的思想行为，来概括全中国的军人，武断说中国的军人都是怯懦，中国的军队非二十年以后不能对外，殊不知我们的军队，因为有了总理的三民主义，精神上就增加了无限的力量，已经和从前的军人完全不同。

敌人如此骄妄，不把我们中国的军人看成是人，不把我们二百万军队看作有一个人，就是他判断敌情根本错误。我们一定可以看得见叫他们失败在我们手里。他们现在只恃着自己有强大的武力，战备已经完成，就大胆来侵略中国，在东亚耀武扬威，横行霸道，他自己当然以为了不得，其实全世界的人都说他在发疯，在自取灭亡。他们日本人固然看不起中国人，但是欧美看了日本人发疯的状态，就在旁边冷笑，一些也看不起日本人，格外看不起日本的军人，觉得世界上为什么有这样一个野蛮的国家，和这样一种横暴的军人。

凡此种种，都可以证明日本人只知道中国的过去，最多到袁世凯时代为止，从袁世凯以后，尤其是从民国十三年以后，一切的事情，他都不知道，至于现在的军人，他更不知道，至于中国将来的前途，他格外的莫名其妙，连做梦也不会想到。

同时还可以证明，日本人只知道中国人短处弱点，而且估量过分，不知道中国人的长处和强点，而且根本不去估量，他何以会有这样的错误呢？除了有成见和骄气以外，还有一个连带的根本错误的观念，就是只知物质的重要，不知精神的力量。总之，现在一班日本的军人，从最高的军官到一般的士兵，可以说对于敌情的判断都根本错误，都是最多只知道自己，完全不知道人家，因此其行孤迈，不顾一切地来侵略中国，向全世界挑战，实际等于自掘坟墓，此等军人，不是骄妄愚蠢到无以复加吗？这种敌人，一天天在自取灭亡，我们怕他什么？我们还没有法子可以抵抗他吗？我相信只要我们全国的军人能够觉悟，共同一致来保国卫民，国家能真正统一起来的时候，不仅可以发挥我们的武力来战胜他，而且不必一定要用多大的武力，只须运用适当的战略和外交的国策，就可以使他屈服在我们面前，这并不是什么奇怪、艰难的事情，只要我们能觉悟有决心。

讲到这里，我要附带向大家提示两个抗日的要件：第一，就是我们要晓得，中国的军队过去之所以不能对外，不能达成御侮救国的任务，最大的一个原因，就是指挥不统一。这边打而那边不打，你要进而他却要退，叫他东他偏要西，乱七八糟，各人走各人的路，各人干各人的事，心目中根本就没有国家的纪纲和统帅的命令，这样就是再有怎么好的军队、怎么好的武器，也不能发生一种力量来和外国人作战。我可以相信，如果有六十万以上真正革命军，能够绝对地服从我的命令，指挥统一，我一定有高明的策略可以打败这小小的倭寇。老实讲，他们那一班骄妄愚蠢的军人，完全不在我的眼中，我一定有办法可以战胜他们，而最要的条件，就是要指挥统一。

其次，我常常讲的，作战尤其是我们现在要抗倭，并不在物质，而完全要靠我们的精神。我们如果有了革命的精神，无论物质如何缺乏，也一定可以得到最后的胜利。但是这种精神从何而来呢？最大的一个渊源，就是要由笃信革命的三民主义而来。所以我们一班军人，绝对不能轻视这个主义，以为主义是空口讲讲的，没有什么用。要知道今后我们要想发挥军队的力量，来抵御外侮、复兴民族，就是完全要靠这个主义，如果没有这个主义，没有民族精神，那是一切都不会成功，最后不仅亡国而且还要灭种。所以我们一定要十分注重主义，信仰主义，力行主义，不仅我们一班将领要如此，而且要使部下所有的官兵都能如此。

总之，从战术方面讲，只要我们能运用基本的战术原则，发挥基本武器的效能，就可以和敌人决战取胜。从精神方面讲，只要我们能笃信力行总理的三民主义，发挥我们固有的民族精神，我们一定增加无限的力量，可以战胜日本。再从统帅方面来讲，他们的敌情判断根本错误，我们无论如何要比他们高明，只要我们全国的军人能信仰我统帅，收到指挥统一的效果，我们更容易战胜倭寇。此外，无论就历史之悠久、文化之高尚、民族之优秀、人口之众多、道德之完美、土地之广大、经济之丰富等等来说，哪一项来比较，日本都绝对比不上我们。尤其是就国际的环境和外交的形势来讲，我们是公理正义之所归，日本乃疑忌怨恨之所集，只要我们能自强，天下都是我们的好友，不管日本武力如何强大，事实上他已处于孤立的地位，为全世界众矢之的。所以我们如果能统一自强的话，将来世界战起，或不必相见于疆场，先就可以制胜于坫坛，在战略和国策上已获得了胜利。

还有很紧要一点，我前次已经讲过，现在要特别提一提的，就是我们要能抵抗外侮，复兴民族，无论在战术、在精神、在外交等种种方面，都要能随时随地对于一切事物能够做到古人所讲"运用之妙，存乎一心"。这话，如果我们能够如此，便可如我前次所讲不仅碉堡有用，就是一草一木都用得着。如果我们没有妙用一切的本领，那么，不仅碉堡用不着，基本武器亦不能生效，恐怕虽有很多的飞机大炮，也用不着。所以抵抗外侮复兴民族的方法，多得很，要在我们能够随时随地注意研究，竭力准备，而运用之妙，则完全存乎一心。

以上是就战术、精神、统帅、历史、文化、道德、经济、土地、人口、外交等种种方面比较敌我的情势，说明胜负之所在，并提示我们今后制胜克敌之要道。

现在再要提出四句口号，作为我们今后努力御侮救国的根本方针。这话还是要从敌国方面讲起，关于他们的种种情形，前两次和今天都讲得很多了。不过有一点很重要同时很容易忽略的，大家要特别地注意，是什么呢？就是他不仅武力强大，一切军事的准备充足，而且他的国民教育、社会教育和军事教育，也是数十年如一日地准备下来，到现在已经非常普遍完备，已经使他国民尤其是全国军人养成了统一的意志与共同的精神，增加无限的国力。

当明治维新之始，他们朝野一班革命党人，有一个口号，指明他们救亡图存的大道，与全国国民、军人努力的目标，就是"尊王攘夷"。同时，在教育方面，他们更提出一句口号来做全国一切教育的中心思想和基本精神，就是“忠君爱国”。当时他们全国的国民和军人的思想，就是在这两个口号之下，调整统一，精神亦就在这两个口号之下团结一致，共同努力。因此他们的国家有了灵魂，有了一个致富图强之精神的基础。所以我们要晓得，敌人不仅是有物质的力量，而且同时他更有精神的力量，这就是我前次所讲的，他们有一个武士道来做立国的精神。不过我前次已经告诉你们，武士道只是窃取我们中国一部分固有道德而成的偏颇不全的东西，我们如果能恢复天生整个的、完善的固有道德，唤醒了至大、至刚、至中、至正的国魂，当然可以战胜他们毫无问题，这一点你们不好忘记。现在我们要研究，当时他们何以要拿“尊王攘夷”四个字来号召全国并且能收效成功呢？没有旁的，就是当时日本内感于军阀的割据，国家的散漫，外受列强的压迫和种种不平等条约的束缚，形势非常危急，在这种时代环境之下，一班爱国志士，看到只有尊崇他的天皇，以求国家的统一，然后以君主立宪谋政治的安定，借皇室最高的力量，来推动改革一切，建设出一个现代的新国家。

自己国内既能统一安定、国力充实，当然可以废除一切不平等条约，一步步减少列强的压迫，达成攘外的目的，进而日增富强，到现在在世界上做了第一等的强国。他这个口号，根据时代环境与历史的背景，合乎当时国家民族的需要，所以能够成功。但是这句口号是不是他们发明的呢？并不是的，原来是我们中国东周时代一句老话，他们在三千年后却能偷来作为维新革命致富图强的口号。……其次，日本他们拿“忠君爱国”四个字作为一切教育的主旨，陶铸国家的灵魂（大和魂）和军人的精神（武士道），在初期完成了“尊王攘夷”转弱为强之维新的大业，以后更移转目标对外侵略，先后打败了中国和俄国，不到四十年的工夫，居然就能雄飞东亚，到现在甚至要做唯一的盟主。虽然他们的对外侵略的一切行动，是我们绝对反对的，但是他这种转贫为富、转弱为强的事业及其精神，是值得我们研究和效法的。我们现在没有君，当然谈不到“忠君”，但是我们是以党治国，党就是国家一个最高的组织，也就是国内一切权力与全国国民的信仰和精神之所归宿。因此我们现在可以提出一个口号，悬为救国复兴的根本精神和今后一切教育的主旨，就是“忠党爱国”。意思就是说，我们全国的国民尤其是全国的军人，今后一定要共同一致地忠于三民主义，忠于中华民国。无论何时何地，我们要贡献自己全部的体力、智力和整个的生命，来为党为国为三民主义而奋斗牺牲，上官对部下，部下对上官，以及所有的同志、同事，都要以此互相勉励，共同一致地努力来实行三民主义，完成革命。本团长现在是全国的最高统帅，不仅是你们最高的上官，同时又是你们亲切的师长，如果我是忠党爱国，大公无私，当然全国的国民尤其是军人都应该要服从我。反之，如果我要自私自利，不忠于主义，不忠于党国，那么无论哪一个国民、哪一个部下，都可以唾弃我、仇视我。这不仅是我个人，所有全国的将领，对上对下都要如此存心，如此惕励……大家总要晓得，国家的兴亡，乃我军人之责。依现在的时势而论，即决于军人一转念之间，如果我们不能觉悟、团结、统一、集中，不能忠党爱国，国家就要亡，如果我们能觉悟、能团结、能统一、能集中、忠党爱国，国家立即可以复兴。各位将领，我们人人都是黄帝的子孙、中华民族的同胞，哪一个不爱自己的国家和民族，哪一个不愿忠于救国救民的三民主义？我相信一定是如此的，我们的国家和民族，一定能够在我们手里复兴起来。

此外再有两句要紧的话告诉各位，就是总理遗训中所讲的：“一心一德，贯彻始终。”这更是现在御侮救国、复兴民族一种最要紧的根本精神。这两句话的意思，就是说我们要永远能够亲爱精诚、团结一致，……集中力量，继续不断共同奋斗。不要今天一心一德，明天就离心离德；今天讲忠党爱国，明天就争权夺利；今天努力整军经武，明天就骄奢淫逸。总要心里如此想，口里如此说，手里要如此做，并且要今天如此做，明天也要如此做，明年后年乃至五年十年都能继续不断地做到最后成功为止。能够有这种恒心和毅力，如此地自强不息，然后才可以成功立业，才可以抵抗外侮，复兴民族，实现主义，完成革命，才不愧为总理的一个忠实的信徒和本团的一个真正的团员！

报国与思亲——五十生日感言

1936 年 10 月 31 日

中正半生忧患，革命报国之志未遂百一，而五十之年忽焉已至。慨自弱冠以前，革命从戎，即受国家教养，迄今三十余年。凡吾所食所衣与夫一切生活所需，无一不仰给于国家，亦即无一非民众之脂膏与血汗，中正蒙恩被泽，可谓深且厚矣。今兹又承吾海内外同胞男女老幼，节衣缩食，购机见祝，精诚相感，勖勉备至，吾同胞策励之力与期望之殷，盖如此其甚，益使中正惭惶惴栗，不知将何以图报也。更念往日明师之教益，同志之扶持，与夫袍泽之患难相共，牺牲相继，往事历历，如在目前；至今戎马余生，腼然视息，俯仰天地，诚又不知何以为怀。其间印象最深刻而不能一日忘者，则不肖孤露之身，自鞠育教诲，以至于成年，胥唯母氏劬劳之赐为独多；迄今吾母之墓木已拱，而慈闱所望于藐孤，以报国淑世不辱其先者，乃蹉跎而无所成就。党国多艰，民生日瘁，复兴之业，前路方遥，维岁月之不居，愧天职之未尽，抚兹时序，尤为彷徨悚息。爰述吾母夙昔保家教子之道，借明孤苦成立之艰，且愿以刻苦自强之义，与吾同胞同志相共勉于报国之业焉。

中正生长乡僻，家仅温饱。吾祖吾父数世耕读，勤慎节俭，薄有资蓄。中正九岁丧父，一门孤寡，茕孑无依。其时清政不纲，吏胥势豪，夤缘为虐，吾家门祚既单，遂为觊觎之的，欺凌胁逼，靡日而宁。尝以田赋征收，强令供役，产业被夺，先畴不保，甚至构陷公庭，迫辱备至。乡里既无正论，戚族亦多旁观。吾母子含愤茹痛，荼蘖之苦，不足以喻。当此之时，独赖吾母本其仁慈，坚其苦节，毅然自任以保家育子之重，外而周旋豪强，保护稚弱，内而辑和族里，整饬户庭，罔不躬亲负荷，谨慎将事。其于中正抚爱之深，常如婴孩，而督教之严，甚于师保。出入必检其所携，游息必询其所往，罢读归来，必考其所学；而又课以洒扫应对之仪，教以刻苦自立之道，督令躬亲佣保猥贱之工作，以励其身心；夜寐夙兴，无时不倾注其全力，期抚孤子于成立。中正幼性顽钝，弗受绳尺，又出身孤弱，动遭挤摈。及年稍长，立志出国学习军旅，邻里哗异，辄相尼阻，其力排群议，拮据筹维，以成其学业者，吾母也。既闻革命大义，许身党国，备历艰危，戚族相戒，莫敢通问。其笃信不疑，多方委曲，以壮其行，辛苦持家，以坚其志者，吾母也。

民国纪元，中正始有以致菽水之养，而稍慰倚闾之望，然吾年于兹，已荏苒二十有五矣。以军阀窃国，主义未行，革命事业屡遭挫折，其剀切申诫，勖以勿馁勿辍，贯彻始终者，又罔非吾母圣善之教也。溯自中正九岁以至二十五岁，吾母殆无日不困心衡虑于家难之迍邅。及中正二十六岁以后，又常以亡命生活劳吾母之顾念。吾母唯一秉自信之坚，以再造吾家为唯一之责任。尝语中正，谓吾以茕茕弱嫠，历人世难堪之境，当其孤苦，曾不知何以自全。所确信而不疑者，则唯孤子之必须教养，方可有成，与吾家之必当有后，宜使之努力自助，以毋坠家声而已。又尝谓艰危困厄，世所恒有，而自立自强必当尽其在我。故家世愈艰，而礼法不可不饬，门祚愈薄，而志气不可不坚。孤寡弱小之赖以自存，舍奋勉自立，刻苦自强，更无他道。及中正矢志革命，吾母又尝勉以大孝报国之义，谓追念吾家往昔岌岌不保之苦状，即当推而广之，俾人世无复有强陵众暴之惨史。故口体之养，世俗之誉，非所以尽孝，男儿唯以身许国，乃为无忝于所生。凡兹懿言，皆吾母诏示中正所以立身处世之道，中正虽勉思继述，而迄今犹无以慰吾母九泉之望，每忆昔日寡母孤儿，形影相依之情景，弥觉罔极深恩之图报无日也。

中正既蒙国恩，弥怀母教，辄自检讨，其五十以前之人生，究为如何之身世！则不能不认前二十五岁乃为茹苦含辛，遭逢家难，伶仃孤苦，困知勉行之身世。后二十五岁乃为承负国难，颠沛困厄，动心忍性之身世。艰难岁月，逝者如斯，更不知以后是否再有二十五年之身世，而此后之二十五岁，究不知其身世果为如何也？由剥而复，事在人为，察往知来，理有可信，是以中正于此不能不为吾同胞同志，进而阐论国家民族所以自立之道。

先哲有言："国肇于家。"故家庭兴废之理可通于国；国之盛衰靡常，正犹家之兴废无定，其或不胜摧折，而终于败亡，或蹶然兴起，以自致富强，则悉视其国民之觉悟及努力与否以为断。中外古今，事无二致。而近百年间，新兴诸邦，艰苦复兴之史迹，尤足为吾人今日之楷模。天下无不劳而幸得之收获，亦无徒劳而不获之耕耘，唯贯以一致之精诚，出以持续之努力，则任何艰危，无不可以突破之理。以中正所躬自体验者言，吾家当中正幼时，孤弱艰危，可云至矣，然而豪强之侵逼，能陷吾母子于困厄，而不能挫吾母保家教子之志节，亦不能阻吾家自求多福之途径，则知天下事，安危祸福，罔非自致，而转弱为强，必资自力明矣。民国十四年国父孙先生崩殂以后，内外交迫，祸乱相乘，始则赤焰蔽天，党国屡危，继则外侮频仍，东北沦陷。其间疑惧交作，谤議业生，民命国脉，朝不保夕者，盖十有余年矣。其情势之危急凄厉，实较中正九岁丧父时童昏无知，孤寡失倚者为尤甚。然中正犹以为一时之艰危不足忧，公理之消沉不足惧，国力之薄弱亦不足患，而存亡兴废所系，唯问吾国民有无励精知耻，刻苦自强之决心。苟吾同胞皆能以孤寡再造衰宗之志，勠力报国，则国家之转危为安，必可计日以待；而吾全国诸姑姊妹咸能致力于持家教子，知礼明义，则于国家民族富强康乐之关系为尤大也。以中正个人之身世而论，自孤幼以至今日，其获益于贤母之家教与良妻之内助者，殊非浅鲜。苟吾全国二万万女同胞皆能如吾寡母之保家教子，使为人子者皆能保卫其国，岂有不能致华夏于复兴之理。

盖无论国家与个人所以竞立于斯世，其道不外乎自立自助与自强。唯自立乃有以自存，唯自助始可得人助，而国家当衰微危弱之际，为国民者尤当察所处环境之险恶，明自身地位之孤弱；勿慑于强暴，以馁其气，勿狃于急效，而乱其心，是则刻苦自强之义，更为复兴建国之要图，所当无间始终，一以精诚贯彻之者也。

唯吾先民之教，以孝为先。总理尝语吾人，以中国立国，自有其道，不可徒效外国之皮毛，更不可抄袭帝国主义者之霸道。“忠、孝、仁、爱、信、义、和、平”八德，为吾中华立国固有之精神与道德，而孝道尤为总理遗教所持重；可知中国立国之道，自来皆以孝为本，唯孝莫大于尊亲，其次曰不辱。所谓尊亲，谓发扬光大吾祖先黄帝之遗绪；所谓不辱，谓当勿贻吾父母以陨越之羞。以我民族历史文化之久远，我不自亡，人孰得而亡我！诚使我同胞人人有

“耻不若人”之觉悟，而昕夕惕励于雪耻图强之一念，锲而不舍，金石可镂，则不辱之义，庶乎得之。

中正俯仰国家，深愧职责未尽，既无以负国民殷殷之望，亦有负我寡母闵斯鬻子之勤，复何敢自信其能胜吾寡母平生保家教子者之重任，勉尽中正今日报国之天职于万一。然而抚时感事，推小及大，所祈望于吾全国同胞以孤孽自居，以精诚自励，共同一致，奋勉自强，以保我民族历史于千秋万世者，其意弥挚，而所望弥切。唯报国家之愿一日不达，即鲜民之痛一日不得而纾；是用不辞缕，历述此一日间之所感，用彰以往蹉跎之过，而期补赎于来兹。

吾海内外全体同胞，倘不以吾言为谬，晓然于家国兴亡之道，以黾勉提挈，共同致力于报国根本之途，此则中正之所大愿，亦即所以期报国家民族与吾全体同胞于万一者也。

对卢沟桥事件之严正声明

1937年7月17日

中国正在外求和平、内求统一的时候，突然发生了卢沟桥事变，不但我举国民众悲愤不置，世界舆论也都异常震惊。此事发展结果，不仅是中国存亡的问题，而将是世界人类祸福之所系。诸位关心国难，对此事件，当然是特别关切，兹将关于此事件之几点要义，为诸君坦白说明之。

第一，中国民族本是酷爱和平，国民政府的外交政策，向来主张对内求自存，对外求共存。本年2月三中全会宣言，于此更有明确的宣示。近两年来的对日外交，一秉此旨，向前努力，希望把过去各种轨外的乱态，统统纳入外交的正轨，去谋正当解决，这种苦心与事实，国内都可共见。我常觉得，我们要应付国难，首先要认识自己国家的地位。我们是弱国，对自己国家力量要有忠实估计，国家为进行建设，绝对地需要和平，过去数年中，不惜委曲忍痛，对外保持和平，即是此理。前年五全大会，本人外交报告所谓“和平未到根本绝望时期，决不放弃和平，牺牲未到最后关头，决不轻言牺牲”，跟着今年2月三中全会对于“最后关头”的解释，充分表示我们对于和平的爱护。我们既是一个弱国，如果临到最后关头，便只有拼全民族的生命，以求国家生存；那时节再不容许我们中途妥协，须知中途妥协的条件，便是整个投降、整个灭亡的条件。全国国民最要认清，所谓最后关头的意义，最后关头一到，我们只有牺牲到底，抗战到底，唯有“牺牲到底”的决心，才能博得最后的胜利。若是彷徨不定，妄想苟安，便会陷民族于万劫不复之地！

第二，这次卢沟桥事件发生以后，或有人以为是偶然突发的，但一月来对方舆论，或外交上直接、间接地表示，都使我们觉到事变发生的征兆。而且在事变发生的前后，还传播种种的新闻，说是什么要扩大《塘沽协定》的范围，要扩大冀东伪组织，要驱逐第二十九军，要逼迫宋哲元离开，诸如此类的传闻，不胜枚举。可想见这一次事件，并不是偶然。从这次事变的经过，知道人家处心积虑地谋我之亟，和平已非轻易可以求得；眼前如果要求平安无事，只有让人家军队无限制地出入于我们的国土，而我们本国军队反要忍受限制，不能在本国土地内自由驻在，或是人家向中国军队开枪，而我们不能还枪。换言之，就是人为刀俎，我为鱼肉！我们已快要临到这极人世悲惨之境地。这在世界上稍有人格的民族，都无法忍受的。我们的东四省失陷，已有了六年之久，继之以《塘沽协定》，现在冲突地点已到了北平门口的卢沟桥。如果卢沟桥可以受人压迫强占，那么我们百年故都，北方政治文化的中心与军事重镇的北平，就要变成沈阳第二！今日的北平，若果变成昔日的沈阳，今日的冀察，亦将成为昔日的东四省。北平若可变成沈阳，南京又何尝不可变成北平！所以卢沟桥事变的推演，是关系中国国家整个的问题，此事能否结束，就是最后关头的境界。

第三，万一真到了无可避免的最后关头，我们当然只有牺牲，只有抗战！但我们的态度只是应战，而不是求战；应战，是应付最后关头，必不得已的办法。我们全国国民必能信任政府已在整个准备中，因为我们是弱国，又因为拥护和平是我们的国策，所以不可求战；我们固然是一个弱国，但不能不保持我们民族的生命，不能不负起祖宗先民所遗留给我们历史上的责任，所以到了必不得已时，我们不能不应战。至于战争既开之后，则因为我们是弱国，再没有妥协的机会，如果放弃尺寸土地与主权，便是中华民族的千古罪人！那时便只有拼民族的生命，求我们最后的胜利。

第四，卢沟桥事件能否不扩大为中日战争，全系于日本政府的态度，和平希望绝续之关键，全系于日本军队之行动，在和平根本绝望之前一秒钟，我们还是希望和平的，希望由和平的外交方法，求得卢事的解决。但是我们的立场有极明显的四点：

（一）任何解决，不得侵害中国主权与领土之完整；

（二）冀察行政组织，不容任何不合法之改变；

（三）中央政府所派地方官吏，如冀察政务委员会委员长宋哲元等，不能任人要求撤换；

（四）第二十九军现在所驻地区，不能受任何的约束。

这四点立场，是弱国外交最低限度，如果对方犹能设身处地为东方民族做一个远大的打算，不想促成两国关系达于最后关头，不愿造成中日两国世代永远的仇恨，对于我们这最低限度之立场，应该不至于漠视。

总之，政府对于卢沟桥事件，已确定始终一贯的方针和立场，且必以全力固守这个立场。我们希望和平，而不求苟安；准备应战，而决不求战。我们知道全国应战以后之局势，就只有牺牲到底，无丝毫侥幸求免之理。如果战端一开，那就是地无分南北，年无分老幼，无论何人，皆有守土抗战之责任，皆应抱定牺牲一切之决心。所以政府必特别谨慎，以临此大事；全国国民亦必须严肃沉着，准备自卫。在此安危绝续之交，唯赖举国一致，服从纪律，严守秩序。希望各位回到各地，将此意转达于社会，俾咸能明了局势，效忠国家，这是兄弟所恳切期望的。

中华民国三十四年元旦告全国军民同胞书[①]

1945年1月1日

今天是民国三十四年的元旦，乃是我们国父创造中华民国在南京就任临时大总统的纪念日。我们神圣抗战到今天已进入了第九年度，回溯这八年以来，要以去年这一年为危险最大而忧患最深的一年。敌人侵豫犯湘，窜扰桂柳，猖狂冒进，在最深入的时候，侵犯到了贵州境内的独山。我们在这八个月以来，国土丧失之广，抗战同胞流离痛苦之深，国家所受的耻辱之重，实在是第二期抗战之中最堪悲痛的一页，我们在这样饱受艰难痛苦、挫败耻辱之中，度过了旧年，迎接着新岁，我们同胞对于抗战的意义与国家的前途，以及全国上下以往的错误和今后努力的方向，应有一个彻底的反省和一致的觉悟。

---

① 本文是蒋介石的元旦广播讲话，原载重庆《中央日报》。

我今日要首先明告我同胞的，就是去年一年之间，我们中国处境的艰危，不仅是抗战八年中所未有，亦是我们革命五十年以来未曾遭遇过的险境。我在前年对民国三十三年的战局早就声言，如果盟邦攻势不能与我国配合发动，中国所受的封锁不能打开，则去年一年我们中国所遭受的危险是不可以想象的。现在幸而因全国军民的努力，将国家这样最困难的一年，得以度过，我相信日寇妄想消灭我们中国的时机，已成了过去，我们同胞应知敌寇自去年以来，他已自知其不能避免最后的失败，他唯一的希望，就是不使我们中国以彻底胜利来结束战争。他以为如果我们中国不能以独立完整的国力来结束战争，那么反侵略联合国的胜利，便不是完全的胜利，而他日寇的侵略主义，也还有卷土重来的机会。

他既怀抱了这个侥幸的企图，又当去年反侵略战争对欧洲战场全力进攻，而对东亚战场不能双方兼顾的局势之下，当然他要乘此时机，对我们中国冒险深入，企图最后挣扎，做消灭我们抗战力量，促使我们中国崩溃的妄想。我们到了今天，抗战的力量依然挺立，而没有崩溃，国民政府抗战到底的国策，依然为整个中华民族全体同胞所拥护，我们抗战的中心，绝没有为敌寇所动摇，这就是敌寇所显著的失败，也就是我们抗战最后胜利必然实现的明证。我们大家当然要一致警觉，敌人困兽犹斗的挣扎，在今后这一年仍将要继续尝试，或许比去年还要凶猛。但是我们在去年这一年既然能坚忍地挺住，屹立不摇，克服这空前未有的难关，此后只要我们全国军民拿去年危疑震撼的教训和过去既得的经验，百折不回，再接再厉，自然可使敌人的妄想完全归于幻灭。所以今年这一年只是我们励志雪耻、发愤图强、转危为安、转败为胜的唯一枢纽，也是我们配合盟邦发动反攻最后的时机。我们必须充实战力，把握战机，以无负抗战的初衷与自身的责任。当此新岁之始，我们每一个官兵、每一个同胞，必须认识新的任务，确立新的信心，来实现新的希望，获得我们最后的胜利。我要趁此机会，对我军民同胞说明我们今年一年的瞻望与我们全国一致共同努力的目标。

我全国同胞们首先要知道，我们国民革命军实在是刻苦耐劳、不屈不挠而英勇善战的军队。我们固然不可隐讳自身的缺点，但也不能埋没我们本身的优点。去年一年之中，我们在平汉、粤汉、湘桂各路的战斗，虽然遭逢严重的挫折，但是衡阳的守城之战坚苦卓绝，守城将士可说是竭尽了我们革命军人的天职，发挥了我们国民革命传统的精神，尤其在缅北、滇西的我军，由胡康、孟拱，而克服密支那，以进占八英；由松山、腾冲、龙陵而攻克遮放。这些国军无不是冒恶劣的气候，越峻绝的天堑，向着敌人最新式的要塞工事，对着敌军最坚强必死地顽抗，而英勇进军，终于克奏虏功。可见我们国军在一切战斗条件配合之下，不但是能战，而且是善战。我们国军只要发扬抗战必胜的一贯信心和攻无不克的勇敢精神，来做决定性的攻击，凡是敌人所死守的名城要塞，是没有不可以克服的。这些事实与可能，由于去年滇缅的战役，已经确切证明了，我们国民如能统观全局，正视这种现实，就可于戒慎警惕之中，发生了新的信心，磨砺出新的力量，来争取必然到来的胜利。

现在我要为我军民同胞说明，我们今年这一年的瞻望。全国同胞们，我们去年一年最危险的难关虽已渡过，而最后胜利尚未获得。尤其是强敌在境，寇患益深，我们更不能不准备以后继续而来的更多困难和更大的危险。我们必须坚定必胜的信心，发挥无上的勇气，随时随地准备以任何的困难和不测的危险和搏斗，而予以克服。因此就要将我们今年这一年的措施和努力，明白地告诉大家。我要为各位同胞特别提出我们今年的努力方向，务必集中于“军事第一”四个字。我们今年真是要一切为了前线，一切为了战斗，一切财力使用于作战，一切人力集中于作战，一切为了挽救失败与争取胜利而努力。更要督促政治、经济、社会各方面的进步，能配合着军事的要求。现在就我们已经着手和决心进行的事项，做一个概述，而要求我们同胞共同努力。

第一，军事方面：主要的是整军和建军。

这一项包括军事机关职权的调整、兵役行政的改革、运输机构的加强、部队待遇的提高、新兵接运的改善、军纪风纪的整饬，总要使前方将士得到充实的给养、迅速的补给，以提高我们战斗精神。尤其重要的我们在今年这一年要为争取抗战最后胜利而彻底实现人力、物力的动员。本来我们抗战八年而总动员还没有彻底实施，实在是我们国家最大的耻辱。这是政府与人民所应共负的责任。现在经过去年这样的危险艰难，我们一切缺点、弱点都已经发现出来，使我们知所愧悔，知所振奋。我们全国上下以及前方后方的军队官兵，皆应该接受这次现实的教训，利用这次挫折的经验，看清了各部门的缺点和弱点和一切错误之所在，用最大的努力切实改革，积极充实，力求进步，使战斗力量得以加强，战斗条件更趋健全，则去年的失败正是今后胜利的张本。过去这种缺点、弱点和错误的存在，政府与社会都有其责任，就政府来说，一方面是战时行政不够积极，不能彻底，另一方面是顾恤人民的困难，不愿增加人民的负担，致使前方与后方苦乐倒置，军队与社会生活悬殊，因之部队待遇无法提高，官兵苦痛不堪言状，结果影响了战斗精神，影响了军纪风纪，最后影响了军事，这真是我们中国特有的困难，也是政府特别疚心之所在。就社会来说，则因为我们同胞这几年来多少存着幸胜的心理，无形之中习于苟安，忘记了抗战初期死中求生、有敌无我的决心，松懈了破釜沉舟、慷慨热烈的精神，既不能切实遵行总动员的法令，更不能做到密切的军民合作，以致有如此重大的挫折。现在我们同胞从去年这一年深刻的教训，应该知道成功绝非侥幸所能得，安全绝非规避所可致，而最后胜利的获得，更必须我们付出真实而宝贵的代价。我们这一战是为了保障民族的生存和自由，更是为谋国家长治久安和世代子孙的幸福，我们此时能多有一分努力，多加一分牺牲，抗战胜利就多一分把握，国家前途必多增一分光明，对于世代子孙亦多留一分余荫和光荣。所以我们真要切实觉悟，以我们一时至暂之痛苦，来求取国家百世永久之安宁。今后这一年是我们为国家尽最大贡献的一年，我们每一个有良知的同胞，切不可失去这一个报国难得的机会。我们真要全国一致同心一德，无论政府军队、社会团体以至于个人，都应该尽其所能，尽其所有，以贡献于军事，贡献于抗战。尤其是地主富户，更要认识国民的天职，深明抗战的大义，输财输粟，踊跃自效，以赴义恐后的精神，补社会过去的缺憾。我们要充实兵员，要充实粮饷，要加强战斗力量，要提高战士待遇，要振奋战斗精神，以争取我们最后的胜利。为达成这一个崇高无比的目标，我们一切人力、物力、财力、劳力的牺牲均非所计。有钱出钱，有力出力，都应该毫无保留地贡献出来。男女老幼，前方后方，都应该毫无例外地动员起来。我们抗战开始以来，社会同胞毁家纾难、同仇敌忾的精神，本是十分热烈，我们以劣势的装备，抗强暴的敌寇，所恃者就在于这种爱国观念和民族精神。观于最近一班社会人心的憬悟，苟安侥幸心理的涤除，青年从军报国的踊跃，其数额已超过预定的名额，各地献金献粮、劳军服务各种运动的风起云涌，可说已恢复到抗战初期的气象。我们国民于创巨痛深之余，能够知耻自强，实在是我们国家民族因祸得福的转机。但是要说到真正的动员以符合求得最后胜利的要求，则我们同胞努力的程度，比之于联合国战时国民的贡献，实在还距离甚远。我们必须把住这个向上的契机，而组织予以发扬和光大。我全国同胞须知我们的国家若要成为现代的国家，我们的民族若要成为自由的民族，而使世世子孙不为奴隶牛马，就必须我们这一代国民能自求进步，人人自勉，为现代的国民，自觉自动，负责尽职，为国家的前途，为抗战的成功而做更进一步的贡献。我们真正要为抗战而刻苦耐劳，为前方来节衣缩食，实行战时生活，适应军事要求，洗雪过去富人不出钱，文人怕当兵，不明抗战大义，不尽国民责任，被人视为落伍民族的耻辱，这是要希望我们社会各界领袖切实倡导的。

第二，政治方面：我今日要明告我们同胞的，我们抗战以来一贯的主张，就是要在抗战之中完成我们建国的大业。

我国人深感我们宪政实施和建设是完全受了日寇侵略的阻挠，本来我们在民国二十年以前，早已决定了结束训政的时限，为民国二十年九一八事变起，敌寇侵凌，国难严重，举国忙于备战，不能专心于这一个根本的大计。然而我们中央虽在国家多难之状，仍然继续致力于宪法草案的议定与国民大会的积极筹备。第五次代表大会授权中央全会的决议，至迟要在民国二十六年十一月召开国民大会。但是日寇步步进逼，凶焰日涨，七七事变勃发，我们要捍卫民族生存，遂号召全国，以发动神圣的抗战，自此以后，军事紧张，国民大会的召集，事实上陷于困难。然而六中全会仍决议于二十九年十一月召开国民大会，终于战事扩大，当时参政会许多同人均主张缓开，乃又因而延期。我们国父的五权宪法，遂乃至犹不克颁布实施，这是我从“九一八”国难以来迄今，引为最大遗恨的一件事。在此十五年之间，我对于宪政，对于民权，在事实上是没有一时一刻不想促其早日实现的。我们革命建国的宗旨，是真正要为国为民，所以要重在实行民权，而不在空言民主。我们革命者应对国家负责任，对人民尽义务，所以我们必求有利于国计民生，而实际从事于宪政的促成。

我毕生革命的职责和目的，就在于实现三民主义的民主与五权宪法的宪政。这一个目的，一日不能达到，就是我们国父的遗志一日没有完成，亦就是我对国家、对人民、对五十年来的革命先烈一日没有尽到责任。现在我们经过长期抗战，国家意识与义务观念已深入人心，三民主义也已普遍为国人所崇奉，为了鼓舞国民共同负责建国的热诚，为了平日确定国家宪政基础与百年大计，我觉得我们国民大会的召集，不必在待之战争结束以后。我在去年参政会开会时，已说明此意。我现在准备建议中央，一俟我们军事形势稳定、反攻基础确立，最后胜利更有把握的时候，就要及时召开国民大会，颁布宪法，使我们中国国民党在民国二十年受国民会议委托行使之政权，得以归政于全国的国民。我相信我们今后这一年，如果能以全国一致的力量，击败了日寇，更能够以全国一致的团结，来完成三民主义的宪政，则不但我们民权主义得以实行，而且我们民生经济建设的十年计划，也可以因而开始，使我们中国步入于富强康乐的大道，因之我个人认为今年这一年，我们全国同胞必须同心一德，竭尽全力，不只要掌握抗战最后胜利的时机，而且要奠立建国永久的基础。所以我在今天元旦公布，将这个决心报告于全国军民同胞，凡我同胞均应知抗战胜利之日，即是我们建国成功之时。更须知道我们抗战如果遇到障碍，胜利失了保障，则国家民族且将不存，宪政与民权均将无所寄托。为了洗雪日寇阻挠我们建国的仇恨，为了实践我们这一代国民应尽的职责，我们必须排除万难，将抗战胜利与宪政实施毕其全功于一役。我相信我全国军民同胞必能认清国家的前途和国民应负的责任，共同一致竭尽全力，矢忠矢信，奋勉图强，以求最后胜利之实现，与建国大业之完成。

全国同胞们，我们在抗战中过元旦令节，今年已是第八年了。我们抗战初起时，有三句重要的声言：（一）民族的生命，求国家的生存；（二）不仅为自卫独立生存而战，也为维护公理正义与世界和平而战；（三）从抗战中求进步，从抗战中求建国。从抗战胜利以求民族复兴。这八年以来，我们将士的忠勇牺牲，民众的冒死犯难，已经确切奠定了最后胜利的基础。我们中国抗战精神的坚毅光明，也确已博得世界的重视。然而我们在牺牲惨重之余，还没有达成我们抗战的初衷，而去年一年还要遭受这样的严重挫折。日寇的失败固属必然，我们的胜利还没有实现。想到日寇铁蹄蹂躏着我们多少庄严的疆土，敌寇淫威下奴辱着我们多少亲爱的同胞，我们如何能不引为自身的耻辱，能不引为自身的责任。我要求我们同胞人人知耻，唯知耻始能有勇。我更要求我们同胞人人负责，唯负责始能自强。我们必须认识我们所执行的乃是国父所说的公理与强权之战，我们所担负的乃是空前绝后、继往开来的神圣使命。我身受国民负托之重，我必尽我天职，竭我全力以报效国家，为国民服务，为将士负责。同时我更希望全国军民、同胞当此最后胜利接近的一年，共同一致为国家各尽职责，为抗战贡献一切，集中意志，集中力量，以达成我们驱逐敌寇、光复河山与抑除建国障碍的使命，来安慰我们殉国的先烈，来酬答我们盟邦援助的高谊，敬祝我们全国同胞努力奋进，祝我们抗战胜利与建国成功。

抗战胜利告全国军民及全世界人民书

1945 年 8 月 15 日

全国军民同胞们，全世界爱好和平的人士们：

我们的抗战，今天是胜利了，“正义必然胜过强权”的真理，终于得到了它最后的证明，这亦就是表示了我们国民革命历史使命的成功。

我们中国在黑暗和绝望的时期中，八年奋斗的信念今天才得到了实现。我们对于显现在我们面前的世界和平，要感谢我们全国抗战以来忠勇牺牲的军民先烈，要感谢我们为正义和平而共同作战的盟友，尤须感谢我们的国父辛苦艰难领导我们革命正确的途径，使我们得有今日胜利的一天，而全世界的基督徒更要一致感谢公正而仁慈的上帝。

我全国同胞们自抗战以来，八年间所受的痛苦与牺牲虽是一年一年地增加，可是抗战必胜的信念，亦是一天一天地增强；尤其是我们沦陷区的同胞们，受尽了无穷摧残与奴辱的黑暗，今天是得到了完全解放，而重见青天白日了。

这几天以来，各地军民的欢呼与快慰的情绪，其主要意义亦就是为了被占领区同胞获得了解放。

现在我们抗战是胜利了，但是还不能算是最后的胜利。须知我们战胜的含义绝不止是在世界公理力量又打了一次胜仗的一点上，我相信全世界人类与我全国同胞们都一定在希望，这一次战争是世界文明国家所参加的最末一次的战争。

如果这一次战争是人类历史上最后一次的战争，那么我们同胞们虽然曾经受了忍痛到无可形容的残酷与凌辱，然而我们相信我们大家决不会计较这个代价的大小和收获的迟早的。我们中国人民在黑暗和绝望的时代，都秉持我们民族一贯的忠勇仁爱、伟大坚忍的传统精神，深知一切为正义和人道而奋斗的牺牲，必能得到应得的报偿。全世界因战争而联合起来的民族，相互之间所发生的尊重与信念，这就是此次战争给我们的最大报偿。我们联合国以青年血肉所建筑的这道反侵略的长堤，凡是每一个参加的人，他们不仅是临时结合的盟友，简直是为人类尊严的共同信仰而永久地团结了起来。这是我们联合国共同胜利最重要的基础，绝对不是敌人任何挑拨离间的阴谋所能破坏。我相信今后地无分东西，人无论肤色，凡是人类都会一天一天加速地密切联合，不啻成为家人手足。

此次战争发扬了我们人类互谅互敬的精神，建立了我们互相信任的关系，而且证明了世界战争与世界和平皆是不可分的，这更足以使今后战争的发生势不可能。我说到这里，又想到基督宝训上所说的“待人如己”与“要爱敌人”两句话，实在令我发生无限的感想。

我中国同胞们必知，“不念旧恶”及“与人为善”为我民族传统至高至贵的德行。我们一贯声言，只与日本黩武的军阀为敌，不以日本的人民为敌；今天敌军已被我们盟邦共同打倒了，我们当然要严密责成他忠实执行所有的投降条款，但是我们并不要报复，更不可对敌国无辜人民加以污辱，我们只有对他们为他的纳粹军阀所愚弄、所驱迫而表示怜悯，使他们能自拔于错误与罪恶。要知道如果以暴行答复敌人从前的暴行，以奴辱来答复他们从前错误的优越感，则冤冤相报，永无终止，绝不是我们仁义之师的目的。这是我们每一个军民同胞今天所应该特别注意的。

同胞们：敌人侵略中国的帝国主义，现在是被我们打败了，但是我们还没有达到真正胜利的目的，我们必须彻底消灭他侵略的野心与侵略武力，我们更要知道胜利的报偿绝不是骄矜与懈怠。战争确实停止，以后的和平，必将昭示我们，正有艰巨的工作，要我们以战时同样的痛苦，和比战时更巨大的力量，去改造，去建设。或许在某一个时期，遇到某一种问题，会使我们觉得比战时，更加艰苦，更加困难，随时随地可以临到我们的头上。我说这句话，首先想到了一件最难的工作，就是那些法西斯纳粹军阀国家受过错误领导的人们，我们怎样能使他们不只是承认他自己的错误和失败，并且也能心悦诚服地接受我们的三民主义，承认公平正义的竞争，较之他们武力掠夺与强权恐怖的竞争，更合乎真理和人道要求的一点，这就是我们中国与联盟国今后一件最艰巨的工作。

我确实相信全世界永久和平是建筑在人类平等自由的民主精神和博爱互助的合作基础之上，我们要向民主与合作的大道上迈进，来共同拥护全世界永久的和平。

我请全世界盟邦的人士，以及我全国的同胞们，相信我们武装之下所获得的和平，并不一定是永久和平的完全实现，一直要做到我们的敌人在理性的战场上为我们所征服，使他们能彻底忏悔，都成为世界上爱好和平的分子，像我们一样之后，总算达到了我们全体人类企求和平及此次世界大战最后的目的。

胜利日的演说①

1945 年 9 月 3 日

全国同胞们：

日本已向我们联合国家正式签订降书，世界反侵略战事至今已经完全结束了。我们中国八年来艰辛的抗战，到今天才算是达到了最后胜利的目的。今天是薄海欢腾的一天，也是我全国同胞在饱受艰难、备尝痛苦之余，应该庆祝鼓舞的一天。我们遥祭国父，告慰我们中华民国开国导师在天之灵，也可以告慰国民革命先烈和抗战期中慨慷捐躯的军民先烈之灵。

永久保持光荣。我全国军民经过这八年来无比的痛苦和牺牲，才结成今日光荣的果实。这一个光荣的果实，是全国同胞每一个人所应该十分尊重而保持的，只可使之发扬光大，不可使之有所损害，以至于丧失。中正个人感怀过去全国的奋斗，抚念当前的满目疮痍，更觉得感想万千，不知所云。在此从战争到和平的紧要关头，我们

① 本文是蒋介石在陪都重庆举行庆祝胜利典礼时发表的演讲。

正与各盟邦结束五十年来日本侵略主义酿成的险恶局势，共同缔造东亚与世界普遍、永久的和平与安全。我们更须在四邻亲睦、四境安定之中，收拾残局，恢复秩序，救济收复区被难同胞，抚恤死伤军民的遗族，安辑闾阎，医治疾苦。而且为使过去牺牲真正有代价，更须在此时际开创民主宪政的规模，巩固国家统一的基础。我全国同胞在过去曾经团结一致，以支持抗战，争取胜利。在今后必能团结一致，使民主与统一，共底于成，使民生主义的政策与计划，在和平安定的社会环境之中，得以贯彻实施。因此在薄海欢腾同祝胜利之今日，谨以国民政府于内政最重要、最具体的方针，陈述于我全国同胞之前，共资策励。

减轻农工负担。第一，我们革命抗战的目的，不只是在战胜敌人，并且要建立三民主义新中国。在此八年抗战之中，我全国军民历尽艰辛，今当抗战结束之后，全国同胞应有休养生息的机会。我们中国是以农立国的国家，全国人口大多数为农民，其次为工人，我们作战部队兵员的补给，以农民为主要来源，而后方武器与民生物资的生产，以工人为基干。在此抗战的绵长岁月之中，工商都市大抵残破不堪，于是军队兵员的补充，与国家战费的负担，乃大部分都落在农民的肩上。今当抗战胜利结束之际，农民之服役者与工人之生产者皆应使之早日减轻其义务与负担。国民政府体念及此，决定在今日颁发明令，全国兵役自今日起一律缓征一年，全国军队现役士兵亦由军政机关拟定退伍步骤，分期实施。国民政府对于战士授田的办法，亦已依照中国国民党第六次全国代表大会所决定的纲领次第订定，克期实施。凡我曾经陷敌各省，本年度的田赋一律豁免一年，后方各省亦定于明年度豁免田赋一年，并责成主管机关和地方政府依照二五减租的原则，参酌各地实况，拟定减租办法，限于本年 11 月 12 日以前呈请国民政府核定予以实施。我们认为必须农工有喘息之机而后社会有苏生之望，而且必须农村生活有提高的方法，而后工商都市有复兴的基础。所以国民政府为全国同胞谋休养生息的最低限度办法，不得不着重于农民与工人的负担之减轻，使其生活得以改善。至于其他积极方面，民生主义政纲和政策之实施，国民政府自当视此为实现三民主义之首要，引为政府今后最大之职责。

提早实施宪政。第二，抗战结束之后，民主宪政不容再缓。国民革命的最高理想是全民政治；实现理想的最要关键是还政于民。而国民大会是国民政府还政于民必经的阶段，也就是国民革命必须完成的重要程序。在抗战发动之初，我们预期抗战胜利与宪政实施，毕其全功于一役，今当抗战胜利结束之际，我们认为宪政实施愈早愈好，因此召开国民大会不可再事迁延。我恳切希望全国同胞与各方贤达能一致真诚地为国为民，尽量协助政府这一个政策，促成国民大会的及早召开，以祈求民主政治的及早完成，而不可再加以阻挠。当此长期抗战胜利结束的时期，正是建国大业开始的际会，政府施政的方针，必将本于大公，出于至诚，只要是在革命建国的最高原则三民主义不致动摇，和中华民国国民政府的法统不致紊乱的前提之下，一切问题无不可以推诚相见，共同商讨，求得合理合法的解决。尤愿社会贤达各党领袖，皆能参加政府，共策和平建国的百年大计。而在召开国民大会之前，政府甚愿博访周咨，期无缺憾，就是国民大会的代表名额和其他有关的问题，政府亦可顺应舆情，使之合理地增加和合法地解决。

言论结社自由。至于保障人民自由问题，国民政府除已切实施行人身自由保障法以外，且已决定克期取消新闻检查制度，使人民有言论自由。并将制定、公布政党结社法，使人民有结社的自由。务使各政党皆有共同轨辙和合法的地位。如此民主政治始能追踪英美，以树立五权宪法的典型。总之，我们要实现民主政治，必以法治为宪政的基础，以宪政为民权的保障。军阀时代以武力做政争、借地盘以自固的恶习，早成过去，绝不是现代民主国家所当有，亦不是和平建国时代所许可。必使国内一切问题，皆循政治方法求得解决，各方意见，遵循法律轨辙以为标的，而后我革命先烈及全国同胞五十年来所共同祈求的根本大法，不至蹈袭民国初年的覆辙，这是我们政府唯一的方针，也是全国人民最迫切的需要。

军队须国家化。第三，国家的统一是近代立国绝对必需的要素，抗战结束之后，国家统一必因国民全体的协力爱护而坚实地保证。我们知道国家统一是抗战胜利的保证条件，我们更要知道国家统一是民主宪政的唯一基础，唯有统一的国家，才能收获最后胜利的成果，亦唯有统一的国家，才能保障民主制度，发扬民意，集中民力，维护主权的独立，完成建国的大计，以贡献于国际和平与世界的繁荣。我们要完成国家的统一，唯一的前提就是要我全国军队国家化，在我国家领土之内不再有私人的军队，亦不再有任何一党的军队。唯有军队不受个人私利、一党私见的支配，而后国家的统一乃有确实的基础。我今日代表政府特别负责声明，凡受国家编组和恪遵军令的军队，其待遇必一视同仁，绝不有所歧视。而且中国国民党二十年来之军队党部今已完全撤销，以树军队国家化的先声。我们希望全国同胞，认定军令、政令的统一，为国家存亡所系的命脉，共同一致，期其实现，加以维护，谨掬衷忱，为我国家的前途与人民的福利，做恳切的呼吁。

共肩建国重任。上述三点是我们当前最低限度的设施和最为迫切的要求，只要全国同胞抚循革命的历史，接受抗战的教训，自能领悟破坏之后，必须继之以建设，则破坏时期所受的痛苦牺牲，才算是获得了宝贵的代价。八年以来我沦陷区同胞和流离转徙于异乡，或颠连病困于穷途，亟待救济。尤其是残臂断股的战士和孤儿寡妇的遗族，尚未抚恤。我后方同胞服兵役者，为国忘家，从事生产者负担繁重，言念及此，不胜战栗。所以我们今后的工作，不独要恢复战时为平时，并且要转化无业为有业。

我们国家的基础，比联合国任何一国为薄弱；我们抗战的时间，比联合国任何一国为久长。我们不独要在战火的废墟之上，精诚团结，一德一心，建立现代国家，并且要充实国力，与联合国共同负起国际和平、世界繁荣的责任。我们在创巨痛深的破坏之后，面对着任重道远的建国大业，深觉工作的纷繁，弥感责任的重大。我诚恳希望全国同胞，对于上述最低限度的设施和最为迫切的要求，要举国一致，积极推进，期于完成。我们过去的工作，是军事第一，胜利为先；我们今后的努力，则在国家统一，政治民主。我们只有共循统一与民主的道路，完成建国工作，实行国父的三民主义，才能同臻于国力充沛、民生康乐的境域。五十年国民革命所期求，八年抗战所祈祷，就在于这个最大的成功。总之，我们必须以和蔼亲随、共济互助的精神，正视八年来国内残破疮痍的现实，而导国家于复兴，更必须以坚毅刻苦、自觉自勉的精神，使我中国跻于平等自由的现代国家之林，以慰国际友人的期望。我在今天溯忆抗战的初衷，敬悼忠勇的先烈，感谢友邦的援助，怀念人民的痛苦，真觉得感想无限，特以这个内政方针普告全国国民，切望真纯坦白，共矢精诚，同负责任，实现我们国家民族迫切的要求，达成我们全国一致奋斗共同建设的使命。

图书在版编目(CIP)数据

血钟与义旗 / 沈钧儒等著. — 北京 : 中国文史出版社, 2019.12

(民国演讲 ; 第一编)

ISBN 978 - 7 - 5205 - 1291 - 6

Ⅰ. ①血… Ⅱ. ①沈… Ⅲ. ①演讲 - 中国 - 民国 - 选集 Ⅳ. ①I266

中国版本图书馆 CIP 数据核字(2019)第 193267 号

责任编辑：薛媛媛

出版发行：**中国文史出版社**
社　　址：北京市海淀区西八里庄 69 号院　邮编：100142
电　　话：010 - 81136606　81136602　81136603（发行部）
传　　真：010 - 81136655
印　　装：北京新华印刷有限公司
经　　销：全国新华书店
开　　本：720 × 1020　1/16
印　　张：21.75　　字数：245 千字
版　　次：2019 年 12 月第 1 版
印　　次：2019 年 12 月第 1 次印刷
定　　价：68.50 元